Le Livre de Poche Jeunesse

Fille des cauchemars

Kendare Blake

D'origine coréenne, Kendare Blake a été élevée aux États-Unis. Elle a passé sa licence de commerce à l'université d'Ithaca, puis elle est partie à Londres pour étudier l'écriture à l'université du Middlesex. Elle vit aujourd'hui à Lynnwood, Washington.

KENDARE BLAKE

Fille des cauchemars

Tome 1

Traduit de l'anglais (États-Unis)
par Victoria Duhamel

L'édition originale de cet ouvrage a paru chez Tor Teen Book,
publié par Tom Doherty Associates, LLC,
sous le titre :
Anna Dressed in Blood

Traduit de l'anglais (États-Unis) par Victoria Duhamel.

1

Cheveux gominés, blouson de cuir élimé, jean roulé à la cheville… Le garçon qui s'apprête à monter dans ma voiture a l'air tout droit sorti d'une scène de *Grease*. Rien ne manque, de la démarche chaloupée au Zippo qu'il s'amuse à dégainer toutes les trente secondes. Plus caricatural, tu meurs. Ça tombe bien : ce type va mourir ce soir pour la seconde fois.

Les fantômes dans son genre, je les repère au premier coup d'œil. Sans me vanter, je suis passé expert dans la chasse aux revenants et autres créatures surnaturelles. Le secret, c'est de deviner leur mode opératoire. Par exemple, celui-là, son truc c'est de faire du stop. Voilà des années qu'il hante une route sinueuse perdue au fin fond de la Caroline du Nord, bordée par une antique palissade à la peinture écaillée. Je ne m'explique pas comment les gens peuvent bien le laisser monter dans leur voiture. Il doit falloir une sacrée dose d'ennui pour en arriver là. Je suppose qu'ils ne se méfient pas, qu'ils se disent juste que c'est un gosse paumé qui a trop lu Kerouac.

— Je vais bientôt retrouver ma poule, me déclare-t-il, surexcité, comme si la jeune fille en question nous attendait au prochain tournant.

Il assène deux coups de briquet au tableau de bord. Je vérifie discrètement que le bois vernissé est intact. Manquerait plus qu'il m'abîme la voiture, après tout ce que j'ai dû endurer pour pouvoir l'emprunter à M. Dean. À soixante-dix ans, ce vieux colonel à la retraite qui vit à deux pas de chez nous tient une forme olympique. Si je n'avais pas eu à tondre sa pelouse l'été durant, j'aurais pu rester des heures à l'écouter me raconter ses souvenirs du Vietnam. Au lieu de ça, j'ai débroussaillé, biné, sarclé le terrain du vieux grincheux de long en large pour qu'il puisse y planter de nouveaux rosiers, sans qu'il me lâche une seconde des yeux. Je comprends qu'il préfère y regarder à deux fois avant de confier sa précieuse Chevrolet Camaro de 1969 à un jeune homme de dix-sept ans affublé d'un T-shirt des Rolling Stones délavé et des gants de jardinage de sa mère.

S'il savait ce que je comptais en faire, de sa voiture ! En y repensant, je ne peux pas m'empêcher de me sentir coupable. C'est un véritable bijou. Elle ronronne dans les virages, impeccablement entretenue. Je n'en reviens pas qu'il m'ait laissé les clés, même en échange des litres de sueur déversés dans son jardin. Mais je ne me plains pas : c'est grâce à ça que j'ai enfin réussi à ramasser mon auto-stoppeur. Ça valait la peine de bouffer du terreau.

— Elle doit être jolie, ta copine, commenté-je, pas très inspiré.

— Je veux, mon pote !

Pour la centième fois, je me demande qui peut être assez stupide pour ne pas piger tout de suite que ce garçon est mort. Il parle comme dans un film avec James Dean. Et puis il y a l'odeur. Ce fumet de mousse humide qui flotte autour de lui. D'accord, ce n'est pas aussi fort que les relents d'un cadavre en décomposition, mais quand même, ça paraît dingue que les gens ne percutent pas. Ils ont seize kilomètres pour réagir, seize kilomètres avant que le pont ne se profile devant eux, et pourtant ils ne font rien. Après, c'est trop tard. Car à ce fameux pont, l'auto-stoppeur s'empare du volant et les précipite dans la rivière. Pourtant, je suis sûr que ses victimes se doutent de quelque chose en le voyant de près. Ses vêtements, ses intonations, cette odeur d'os pourris, étrangement familière... Mais voilà, ils doivent se raisonner, se dire que c'est ridicule, que maintenant qu'ils l'ont laissé monter, il faut assumer. Ils rationalisent.

Fatale erreur.

Pendant que je me fais ces réflexions, mon passager continue son monologue de sa voix d'outre-tombe. Il me parle de Lisa, la fille qui l'attend. Combien il aime ses beaux cheveux blonds, sa bouche carmin. D'ailleurs, dès qu'il sera rentré, ils vont se marier. Il a travaillé tout l'été en Floride dans la concession auto de son oncle. C'était le moyen le plus rapide d'économiser pour la noce, même si c'était dur de vivre séparés pendant tout ce temps.

— C'est vrai que c'est pénible, la distance, lâché-je avec une pointe de compassion. Elle va être tellement heureuse de te retrouver.

— Je veux ! J'ai tout le pognon qu'il faut maintenant, dit-il en tâtant la poche de son blouson. Je l'épouse et on part vivre sur la côte. J'ai mon copain Robby là-bas. Il nous laissera vivre chez lui jusqu'à ce que je trouve un job dans un garage.

— Sympa.

Je vois son visage rayonner à la lueur de la lune et des loupiotes de la voiture. Au fond, je le plains. Sa Lisa ne l'a jamais revu. Il a fait son dernier voyage dans une voiture qui ne devait pas être très différente de celle-ci. C'était en 1970. Les gars qui l'ont pris en stop cette nuit-là ne se sont pas laissé dire deux fois que leur passager avait de quoi commencer une nouvelle vie dans la poche de son blouson.

Alors ils se sont arrêtés au niveau du pont. Ils l'ont sorti de la voiture pour le passer à tabac. Puis ils l'ont traîné dans la forêt et lui ont mis deux coups de couteau dans le ventre avant de l'égorger, juste pour le plaisir. Ils ont balancé le corps dans le vide, espérant qu'il disparaîtrait dans la rivière. Six mois plus tard, un paysan l'a retrouvé en contrebas, prisonnier du lierre, la mâchoire figée dans une expression de surprise. Comme s'il ne pouvait pas croire qu'il allait à jamais rester coincé ici.

D'ailleurs à mon avis, il n'a toujours pas compris. Ça arrive souvent : ils ne se souviennent pas qu'ils sont morts. Dans le silence de l'habitacle, l'auto-stoppeur sifflote un air en marquant le rythme de la tête. Certainement la chanson qui passait le soir où il a été assassiné.

Pour un fantôme, il n'est pas d'une compagnie désagréable. Mais je ne m'y trompe pas. Dès qu'on aura atteint le pont, je n'aurai plus à côté de moi qu'un démon furieux, assoiffé de sang. Douze personnes seraient mortes, victimes du Vagabond de la départementale, comme l'ont surnommé les autorités. Il en aurait blessé huit autres. Le pire, c'est que je le comprends : pour lui, c'est insupportable de laisser les autres rentrer chez eux alors qu'il n'a jamais eu la chance de serrer une dernière fois sa fiancée dans ses bras.

On passe la borne trente-trois. Le pont est à moins de deux minutes. Après avoir parcouru cette fichue route tous les soirs depuis mon arrivée dans ce bled, je la connais par cœur. Chaque fois, j'ai espéré voir le pouce de l'auto-stoppeur se dresser dans la lumière de mes phares. En vain. Jusqu'à aujourd'hui. Sans la Chevrolet de M. Dean, j'y serais encore demain, à enchaîner les virages, la lame de mon poignard toute froide contre ma cuisse. Je déteste quand mes missions s'éternisent. C'est à devenir fou, comme quand on passe des heures à attendre le poisson et que rien ne vient. Seulement, je ne me décourage jamais. Et jusqu'ici, ma patience a toujours été récompensée.

Je lâche l'accélérateur.

— Un problème, mon pote ? me demande mon passager.

Je secoue la tête.

— J'anticipe juste le moment où tu vas vouloir nous faire valser dans le vide. Ce n'est pas ma voiture, tu comprends.

L'auto-stoppeur éclate d'un rire forcé.

— Mec, je ne sais pas à quoi tu carbures, mais je préfère que tu me laisses descendre ici, OK ?

Non, mais qu'est-ce qui m'a pris de jouer au plus malin ? Si je m'arrête maintenant, ma proie n'aura qu'à ouvrir la portière pour se volatiliser dans la nature. Hors de question qu'elle m'échappe. Je n'ai pas le choix, soit je tue mon passager en conduisant, soit je recommence tout à zéro. Or je doute que M. Dean me laisse à nouveau emprunter sa bagnole. Et, de toute façon, je dois être à Thunder Bay dans trois jours.

Pendant une seconde, je pense à l'horreur de ce qu'a traversé ce pauvre type, horreur que je suis sur le point de lui faire revivre. Mais mon remords est fugace : après tout, il est déjà mort.

Il n'y a pas une seconde à perdre : trop ralentir, c'est risquer de le voir s'éjecter de la voiture en chemin.

Je me baisse pour sortir mon couteau de sa cachette. Au même moment, j'aperçois le pont, droit devant nous. La main de l'auto-stoppeur s'abat sur le volant et le braque violemment à gauche. Je freine de toutes mes forces, en luttant pour redresser le tir. Les pneus mordent le bitume. À quelques centimètres de moi, le visage du jeune homme a laissé place à un masque de chair pourrie, dévoré de trous sombres. Ses lèvres décomposées révèlent une mâchoire serrée et des dents grises. On dirait qu'il sourit.

La voiture enchaîne les tête-à-queue. Qu'est-ce que je verrais si ma vie se mettait à défiler devant mes yeux ? Le cortège macabre de tous les fantômes que j'ai expédiés dans l'au-delà ? Pour l'heure, les images qui m'apparaissent me semblent affreusement prémonitoires : mon corps affaissé, la poitrine transpercée par le volant. Ou alors mon cadavre décapité gisant en travers de la vitre fracassée.

Pas le temps de paniquer : un arbre surgit droit devant, se rapprochant à toute vitesse. Je redresse le volant, écrase l'accélérateur. La voiture bondit. L'obstacle est derrière nous. Il faut à tout prix qu'on s'arrête avant le pont, si on peut l'appeler comme ça : pas même une rambarde pour nous protéger du vide.

— Ce n'est pas si mal d'être mort, tu sais, siffle le garçon en enfonçant ses ongles dans mon bras pour me faire lâcher prise.

— Merci bien, mais je me passerai de l'odeur.

Par miracle, mon couteau est toujours bien au chaud dans ma main. Mon poignet est près de se rompre, et les tonneaux de la voiture m'ont éjecté de mon siège. Je suis vautré sur le levier de vitesse. D'un coup de hanche désespéré, je mets la voiture au point mort. Dans le même geste, je sors mon poignard.

C'est alors qu'il se produit une chose inattendue. La peau se reforme sur le visage de l'auto-stoppeur. Un éclat vert reparaît au fond de ses orbites. Je n'ai plus devant moi qu'un gosse terrifié, les yeux fixés sur ma lame. Je reprends le contrôle de la voiture et freine jusqu'à ce qu'on s'immobilise.

Cette ultime secousse sort le fantôme de sa torpeur. Il me regarde, m'implore.

— J'ai travaillé tout l'été pour gagner cet argent, murmure-t-il. Lisa va me tuer si je le perds.

Mes oreilles bourdonnent sous l'afflux d'adrénaline. Je ne sais pas quoi répondre. Je veux juste en finir. Pourtant je m'entends lui dire malgré moi :

— Elle te pardonnera. Tu as ma parole.

Dans ma main, l'athamé de mon père me semble soudain léger.

— J'ai peur que tout recommence, chuchote l'auto-stoppeur.

— Ne t'inquiète pas. C'est la dernière fois.

Joignant le geste à la parole, je plonge le couteau dans sa gorge, y découpant une plaie béante. Le garçon porte les mains à son cou. J'en ai déjà vu d'autres avoir ce réflexe, comme s'ils espéraient recoller la peau. Mais il ne peut pas lutter contre le flot de liquide noir et poisseux qui s'échappe de la blessure, inonde son blouson, remonte jusqu'à la racine de ses cheveux, dévorant son visage au passage.

Il se dissout sous mes yeux. Un cri meurt dans sa poitrine, étouffé par l'affreux fluide qui obstrue sa trachée. En moins d'une minute, tout est fini. Il a disparu sans laisser de trace.

Je passe la main sur son siège. Sec. J'ouvre la portière et fais le tour de la voiture dans l'obscurité, à l'affût d'éventuels dégâts. Il n'y a que les pneus qui ont morflé : ils sont encore tout fumants, la gomme à moitié fondue. J'imagine les yeux exorbités de M. Dean. Il va falloir que je trouve le temps de les lui remplacer d'ici notre départ. Et le plus tôt possible, si je veux me sortir vivant de cette histoire.

2

Il est plus de minuit quand je gare la Chevrolet devant notre maison. En passant sous les fenêtres de M. Dean, j'ai cru sentir son regard qui me scrutait de derrière un rideau. Pas étonnant qu'il ne dorme pas, avec les litres de café noir qu'il avale à longueur de journée. Heureusement qu'il me laisse sa voiture jusqu'à demain. En me levant aux aurores, je pourrai l'emmener au garage et faire changer les pneus sans qu'il puisse soupçonner quoi que ce soit.

Dans la lumière des phares, je vois soudain deux points verts clignoter à la fenêtre. Deux yeux malins de chat. Quand j'ouvre la porte, l'animal en question a déjà quitté son poste d'observation. Il a dû filer à l'étage alerter ma mère de mon retour. Tybalt, puisque c'est son nom, n'obéit à aucune autre loi que la sienne. Il ne m'aime pas, et je le lui rends bien. Je ne comprends rien à son comportement étrange, par exemple son habitude de s'arracher des touffes de poil noir qu'il sème ensuite partout dans la maison.

Je ne dis rien, parce que je sais combien la compagnie d'un chat est importante aux yeux de ma mère. Comme les enfants, ils sont connectés avec un monde qui nous est invisible, ils captent des choses de l'au-delà. Ce qui, dans une maison comme la nôtre, peut se révéler plutôt utile.

Je laisse mes chaussures dans l'entrée et monte quatre à quatre l'escalier qui mène à ma chambre. Je n'ai qu'une hâte : prendre une douche, me débarrasser de cette odeur d'os pourris qui me colle à la peau. Je veux aussi m'assurer que la lame de mon athamé est intacte, et la laver de la matière noire dont elle doit être encore tachée.

Arrivé en haut des marches, je trébuche sur une caisse en plastique.

— Et merde ! m'écrié-je à pleine voix.

Pour la discrétion, c'est raté. J'aurais pu anticiper. Ma vie entière est meublée de ces boîtes où nous rangeons nos possessions à longueur de déménagement, ma mère et moi. C'est un art dans lequel nous sommes passés maîtres. Pas question de nous embarrasser des vieux cartons de marchandises que les amateurs récupèrent au supermarché. Nous, on a du matériel de professionnels : caisses ultrarenforcées, étiquettes imprimées. En l'occurrence, j'ai pu distinguer dans la pénombre que mes orteils avaient été victimes des « Ustensiles de cuisine n° 2 ».

Je gagne la salle de bains sur la pointe des pieds. Je sors le couteau de mon sac à dos en cuir. Je l'ai enveloppé à la hâte dans un morceau de velours noir tout à l'heure. Il fallait faire vite. J'étais pressé de m'éloigner de ce pont, de quitter cette route. Ce n'est pas que j'aie eu peur. J'en ai vu d'autres. Mais on ne s'habitue jamais tout à fait à regarder un fantôme se désagréger à quelques centimètres de soi.

— Cas ?

Je lève les yeux. Une silhouette douillette se découpe dans le miroir en face de moi. Le chat noir s'est réfugié entre ses bras. Je repose mon athamé.

— Salut, maman. Je t'ai réveillée. Excuse-moi.

— Ce n'est pas grave, j'aime savoir que tu es rentré. D'ailleurs tu devrais toujours me réveiller, que je puisse dormir tranquille.

Plutôt que de lui faire remarquer qu'elle dit n'importe quoi, j'ouvre le robinet pour passer mon poignard sous un filet d'eau froide.

— Je m'en occupe, dit ma mère en étendant la main.

Quand elle aperçoit les bleus spectaculaires qui affleurent sous ma peau, elle m'agrippe vivement le bras.

Je la connais, en mère poule inquiète pour sa progéniture, elle va cancaner pendant cinq bonnes minutes puis disparaître dans la cuisine me chercher de la glace et une serviette humide. Elle a toujours eu tendance à exagérer. Et encore, je suis déjà revenu plus amoché que ça. À ma grande surprise cependant, elle ne dit rien. Est-ce à cause de l'heure tardive ? Parce qu'elle est trop fatiguée ? Peut-être qu'elle a fini par se faire une raison, au bout de trois ans.

— Donne-moi l'athamé.

Je m'exécute, ayant déjà gratté une bonne partie de la matière noirâtre. Elle quitte la pièce, le poignard à la main, pour accomplir son rituel : bouillir la lame puis la ficher dans un bocal rempli de gros sel qui devra rester trois nuits dehors, sous un rayon de lune. Il suffira ensuite de frotter le métal avec de l'huile de cannelle pour qu'il soit comme neuf.

Ces gestes, elle les faisait avant pour mon père. Quand il rentrait à la maison encore tout taché du sang d'un énième fantôme, ma mère lui plantait un baiser sur la joue et lui prenait l'athamé des mains, comme si elle le débarrassait de son attaché-case. Je me souviens des moments que l'on passait mon père et moi assis devant le bocal à regarder la lame briller sous la lune. Nous n'avions pas besoin de parler, nos regards dubitatifs étaient assez éloquents. Pour moi, tout ça n'était qu'un jeu. Je voyais ma mère en Merlin l'Enchanteur, et l'athamé comme une nouvelle Excalibur, prisonnière de son rocher.

Je ne sais pas si mon père était aussi sceptique que moi. Le fait est qu'il laissait courir. En même temps, il savait très bien dans quoi il s'embarquait en épousant cette jolie sorcière à la chevelure roux foncé qui portait une guirlande de fleurs blanches autour du cou, en wiccan convaincue. Il lui avait un peu menti pour la séduire, se faisant lui aussi passer pour un adepte de la Wicca, faute d'avoir trouvé un meilleur terme pour se définir. Mon père n'était pas de ceux qu'on peut enfermer dans une case.

Un de ses traits caractéristiques, c'était son amour des légendes, des histoires susceptibles d'ajouter une pincée de merveilleux au monde. La mythologie grecque par exemple. Vous comprendrez mieux d'où je tiens mon prénom… Thésée, comme le héros vainqueur du Minotaure. Déjà, ce n'est pas simple à porter, mais mes parents ne se sont pas arrêtés là. Puisque ma mère est une amoureuse invétérée de l'œuvre de Shakespeare, il a bien fallu qu'ils trouvent un compromis. Secouez bien, et vous obtiendrez le pire prénom composé de la terre : Thésée Cassio. Oui, Cassio, comme le type qui se fait pigeonner dans *Othello*. Merci du cadeau. Thésée Cassio Lowood. Inutile de vous dire que les gens m'appellent Cas, tout court. Au fond, j'ai de la chance dans mon malheur : mon père était aussi fondu de mythologie nordique. En gros, je suis passé à deux doigts de m'appeler « Thor », ce qui m'aurait juste privé de toute existence sociale.

Je souffle un bon coup, me regarde dans la glace. La bagarre n'a pas laissé plus de traces sur mon visage que sur les sièges en cuir de la voiture – Dieu merci ! J'ai une drôle de dégaine. Pour un peu, je ne me reconnaîtrais pas. C'est qu'il a fallu faire croire à M. Dean que je lui empruntais sa voiture pour épater une fille. Et donc me mettre sur mon trente et un pour un prétendu rencard. J'ai même utilisé du gel, pour les beaux yeux d'un fantôme. Ridicule. Maintenant mes cheveux se vengent, trois fois plus hérissés que d'habitude. On dirait un clown. Avec une frange.

— Tu devrais te coucher, mon cœur. Il est tard et on a encore des cartons à finir demain.

Revenue de la cuisine comme par magie, ma mère se tient dans l'encadrement de la porte. Tybalt se frotte contre ses chevilles, comme un poisson rouge qui passe et repasse devant le château en plastique au fond de son bocal sans le voir.

— J'aimerais juste prendre une douche.

Ma mère se détourne avec un soupir. Puis elle me demande en s'éloignant, presque incidemment :

— Alors cette fois, tu l'as eu ?

— Oui.

Un sourire se dessine sur ses lèvres, triste et rêveur.

— Il était temps. On est déjà en août.

— C'était plus difficile que prévu, expliqué-je en prenant une serviette sur l'étagère.

Je pensais avoir eu le dernier mot, mais ma mère s'arrête soudain, et, se tournant carrément vers moi :

— On s'était fixé de partir pour Thunder Bay demain, mais si tu n'avais pas tué l'auto-stoppeur ce soir, qu'est-ce qui se serait passé ? Tu aurais repoussé ta prochaine mission ?

Je connais ma réponse avant même qu'elle ait fini sa question. J'affecte cependant de réfléchir avant de lâcher :

— Non.

J'attends qu'elle se soit enfoncée dans le couloir, avant de lancer :

— Au fait, je peux t'emprunter des sous ? Oh, trois fois rien, juste de quoi acheter un nouveau set de pneus pour une voiture de luxe…

— Thésée Cassio ! tonne ma mère.

Je sais que j'abuse, mais voilà, chasser les fantômes a un coût. Elle me fixe, furibonde. Est-ce qu'elle va dire non ? Je serais dans un sacré pétrin. Finalement, elle lâche un soupir exaspéré. Je respire : demain la voiture de M. Dean sera comme neuve.

C'est le grand jour. La camionnette qui contient toute notre vie est prête. Ce départ-là n'est pas comme les autres. Car au bout du voyage qui nous mènera jusqu'au Canada, il y a Anna Korlov. « Anna à la robe de sang ». Et je viens pour la tuer.

— Tu as l'air préoccupé, me lance ma mère en manœuvrant l'engin pour passer le portail.

À force de déménager, on ferait mieux d'acheter notre propre camionnette ; mais non, ma mère insiste pour louer. Peut-être parce qu'elle espère encore qu'on s'installera pour de bon quelque part, tôt ou tard ?

— Qu'est-ce qui te fait dire ça ?

Je suis son regard et me rends compte que mes doigts pianotent nerveusement sur mon sac, pile à l'endroit où j'ai rangé l'athamé de mon père. Je serais tenté d'arrêter, mais je ne veux pas lui donner raison. Et donc je continue.

— Maman, j'avais quatorze ans quand j'ai tué Peter Carver. C'était mon premier fantôme, tu te rappelles ? Après toutes ces années, ce n'est pas Anna Korlov qui va me faire peur.

Son visage se crispe.

— Je n'aime pas quand tu parles comme ça. Tu n'as pas « tué » Peter Carver. D'une, c'est Peter Carver qui t'a attaqué. De deux, il était déjà mort.

Sa capacité à transformer la réalité en jouant sur les mots m'étonnera toujours. Si jamais la vente d'articles de magie ne marchait plus pour elle, son avenir serait tout assuré dans la communication.

C'est Peter Carver qui m'a attaqué... Oui, on peut le voir comme ça. Si on oublie que *je* me suis introduit par effraction chez lui. C'était ma première mission. Ma mère a tout fait pour m'empêcher de me lancer. Elle m'a barricadé dans ma chambre, a mis un cadenas à ma fenêtre ; mais il en fallait plus pour m'arrêter. J'ai forcé le cadenas, pris le poignard de mon père et je suis allé chez les Carver où j'ai dû casser un carreau pour entrer. J'ai attendu jusqu'à deux heures du matin dans la chambre où Peter a tué sa femme d'une balle dans la tête avant de se pendre dans le placard avec sa propre ceinture. Je suis resté terré à l'endroit même où, deux ans après le drame, son fantôme a assassiné l'agent immobilier chargé de vendre la maison, puis un collègue malchanceux, un an plus tard.

Je m'en souviens comme si c'était hier. Mes mains tremblaient, j'étais malade de peur, et plus déterminé que jamais. Quand enfin les fantômes ont daigné se montrer (oui, car ce n'était plus seulement Peter Carver mais aussi sa femme, avec laquelle il s'était réconcilié dans l'au-delà, se découvrant une passion commune pour le meurtre), j'ai failli m'évanouir. Lui a surgi du placard, le cou violet, les cervicales exposées. D'elle, je n'ai d'abord vu qu'une tache sanguinolente grossir sur le sol, comme dans une pub pour du papier absorbant. Je ne lui ai pas laissé le temps de se matérialiser. Mon instinct a pris le dessus. Je l'ai clouée au tapis avec mon athamé. La réaction de Carver ne s'est pas fait attendre. Pendant que j'essayais d'arracher mon couteau planté dans le sol encore trempé du sang de sa femme, il m'a projeté dans les airs avec une telle force que j'ai failli passer par la fenêtre. Quand j'ai vu que j'étais encore vivant, j'ai rampé vers mon athamé en poussant de petits jappements apeurés. Je n'arrive toujours pas à savoir comment je suis venu à bout de Peter. C'est comme si ma lame avait agi de son propre chef en le transperçant au moment où il commençait à serrer sa ceinture autour de mon cou. Un détail que j'ai préféré épargner à ma mère, vous comprendrez pourquoi.

— Arrête, maman. Il n'y a que les naïfs pour croire qu'on ne peut pas tuer ce qui est déjà mort.

Je m'abstiens d'ajouter que papa aurait été de mon avis. Ce serait cruel. Ma mère a beaucoup changé depuis qu'il nous a quittés. Comme si une partie d'elle était morte en même temps que lui. Je n'ai plus jamais entendu ses grands éclats de rire cristallins. Une distance s'est installée entre elle et le monde. Je me suis dit pendant longtemps que c'était ma faute, que je ne suffisais pas à la rattacher à la vie ; et puis j'ai compris que ça n'avait rien à voir. C'est juste qu'elle n'aurait jamais pensé se retrouver seule pour élever son fils. Elle croyait sa famille indestructible. La nôtre a été amputée, déchirée comme une photo dans un vieil album. On ne s'en est jamais remis. Succession de fuites, nos vies s'articulent autour d'une absence.

— Cette Anna ne me résistera pas longtemps, lui assuré-je. Je ne passerai pas l'année scolaire à Thunder Bay, c'est moi qui te le dis.

Ma mère secoue la tête et se penche pour vérifier un angle mort.

— Attends, Cas, ne parle pas si vite. Ce serait bien pour une fois de se poser un peu, tu ne crois pas ? J'ai entendu dire que ce coin de l'Ontario était très sympa, en plus.

Je lève les yeux au ciel. Elle le fait exprès ou quoi ? Jamais on ne mènera une petite vie bien rangée, elle devrait pourtant le savoir. Le quotidien, la routine, ce n'est pas pour nous. On est des nomades, des aventuriers. La mort de papa a un peu accéléré le rythme, c'est vrai, mais on voyageait déjà tout le temps de son vivant. C'est bien pour ça d'ailleurs que ma mère gère sa clientèle à distance depuis des années. Elle tire les cartes et nettoie les auras par téléphone, et vend des objets occultes en ligne. Une véritable sorcière par correspondance. Le pire, c'est que ça marche : on vit confortablement grâce à ça.

Nous roulons vers le nord, sur une petite route qui serpente le long du lac Supérieur. Je n'ai aucun regret à quitter la Caroline du Nord, son thé glacé, son accent caractéristique et son sens inné de l'hospitalité qui me mettait mal à l'aise. J'aime ces longs trajets en voiture. C'est dans ces moments-là que je me sens le plus libre. Je laisse mes pensées vagabonder au gré des kilomètres qui passent. Tant que je n'aurai pas foulé le sol de Thunder Bay, je m'accorde le droit d'oublier la mission qui m'attend et de simplement profiter du paysage : les pins qui passent, la roche qui borde la route, la complainte presque imperceptible des ruisseaux souterrains. Je savoure la vue sur le lac Supérieur, ses couleurs si intenses qu'elles m'éblouissent malgré mes lunettes de soleil.

— Et tes études ? Tu y as pensé ?

— Maman !

Je sens la colère me monter au nez. Elle me refait le coup du cinquante-cinquante. D'un côté elle accepte ce que je suis, le but que la vie m'a fixé ; de l'autre elle persiste à me traiter comme si j'étais un garçon normal, avec des préoccupations ordinaires. Je me demande si elle faisait pareil avec mon père. Honnêtement, j'en doute.

— Même les superhéros vont à l'université, Cas, grogne-t-elle à son tour.

— Je ne suis pas un superhéros.

OK, elle fait vraiment tout pour m'énerver. Elle sait très bien que je déteste cette étiquette idiote. Est-ce que je parade en slip et collants, moi ? Est-ce que je reçois les honneurs et les clés de la ville en échange des services que je rends à la communauté ? Non.

J'agis dans l'ombre. Dans le secret le plus absolu, je tue ceux qui auraient toujours dû rester morts. Si les gens savaient, ils me prendraient pour le méchant de l'histoire. Pauvre petit Casper, penseraient-ils, pleins de compassion déplacée. Ce qu'ils ne savent pas, c'est que le Casper en question n'aurait aucune vergogne à boire leur sang jusqu'à la dernière goutte ; et qui se retrouverait à devoir les pourchasser eux aussi, quand ils reviendraient hanter le monde pour se venger ? C'est moi. L'antihéros. Je suis Rorschach dans *Watchmen*, ou alors Grendel. Je suis le survivant dans *Silent Hill*.

— Tu sais, certaines villes regorgent de suffisamment de fantômes pour te tenir occupé pendant tes années de fac, argumente ma mère en garant la camionnette devant la dernière station essence avant la frontière. Prends Birmingham, par exemple. Même avec deux mises à mort par mois, tu aurais encore de quoi faire jusqu'à ta licence.

— À condition que j'aie envie de m'enterrer dans le trou-du-cul du monde.

Ma mère me lance un regard sévère. Je marmonne une excuse. D'accord pour laisser son fils de dix-sept ans traquer des fantômes assassins à longueur de nuit, mais à condition qu'il surveille son langage !

Elle coupe le moteur et regarde devant elle, silencieuse. Puis, dans un soupir :

— Tu l'as déjà vengé plus de fois que nécessaire, Cas.

Elle sort et claque la portière avant que j'aie eu le temps de répliquer.

3

Du côté canadien de la frontière, le paysage change radicalement. Les arbres, omniprésents, couvrent les collines qui se déroulent sur des kilomètres. C'est la forêt boréale, m'informe ma mère. Elle a pris l'habitude de se renseigner à fond sur chaque endroit où nous élisons domicile. Elle aime savoir dans quel restaurant il faut aller, repérer les musées et les sorties. Ça lui donne l'impression de préparer un départ en vacances. Et sans doute l'illusion d'être un peu chez elle.

Elle a laissé Tybalt sortir de sa cage. L'animal est perché sur son épaule, la queue enroulée autour de son cou. Il ne m'accorde pas un regard. Ce chat-là n'est pas à moitié siamois pour rien. Comme chez ses congénères, son affection est exclusive. C'est-à-dire qu'à part ma mère, tout le monde peut aller se faire voir. Tant pis, moi, tout ce que je lui demande, c'est d'être un bon radar à fantômes.

Ma mère lève le nez vers les nuages qui nous surplombent, un petit refrain sur les lèvres. Son sourire rusé me rappelle étrangement celui du chat.

— Tu m'as l'air de bien bonne humeur. Pas trop ankylosée, cette fois ?

— D'ailleurs, si tu veux tout savoir je ne sens plus mes fesses depuis longtemps, réplique ma mère. Non, c'est juste que j'ai un bon pressentiment à propos de Thunder Bay. Je pense qu'on va y être bien. Et quand je vois ces nuages, je me dis qu'on a des chances d'y rester un bout de temps.

Je les observe à mon tour, ces nuages énormes, d'une blancheur impériale, parfaitement statiques. Je les fixe sans ciller jusqu'à ce que les yeux me piquent. Rien à faire, ils n'ont pas bougé d'un pouce.

— Qui chemine sous des nuages immobiles entre dans une période de stabilité, chantonne ma mère.

J'ai envie de lui dire ce que je pense de ses superstitions idiotes. Ces nuages n'ont aucune signification. D'ailleurs, si on les regardait suffisamment longtemps, on finirait par voir qu'ils se déplacent. Mais je me retiens. Après tout, je la laisse bien nettoyer mon athamé avec du gros sel.

La vue de ces nuages impassibles finit par me donner mal au cœur. Je me remets à contempler la forêt, ce flot de sapins aux éclats verts, bruns et rouille, rehaussés çà et là par la blancheur d'un bouleau aux allures de squelette. Je me sens mou. Ça ne me ressemble pas. D'habitude, en voyage, je suis comme une pile électrique ; la perspective d'un nouveau fantôme, d'une ville à découvrir… je passe toute la route dans un état de griserie proche de l'ébriété. Là, j'ai dû accumuler trop de fatigue. Je ne dors pas beaucoup, et quand ça m'arrive, les cauchemars me laissent peu de répit. C'est comme ça depuis que je me sers de l'athamé de mon père. Puisque je m'interdis d'avoir peur pendant mes missions, mon inconscient doit profiter de mon sommeil pour exprimer toutes les émotions que je refoule ; les cauchemars sont particulièrement violents après une chasse couronnée de succès. Je ne vous raconte pas la nuit que j'ai passée après avoir éliminé l'autostoppeur… La tête me tourne. Je ferais bien de me reposer un peu, quand même.

Une heure s'écoule sans que j'arrive à succomber au sommeil quand soudain Thunder Bay se profile enfin devant nous. Je découvre une ville tentaculaire, de plus de cent mille habitants. Nous y entrons par les quartiers d'affaires, sans aucun attrait. Les grands complexes commerciaux sont peut-être utiles aux vivants, mais je n'ai encore jamais vu un fantôme s'y attarder pour comparer les prix de l'essence ou s'acheter une console. Ce n'est que lorsque nous nous enfonçons dans le cœur proprement dit de la ville, la partie ancienne qui s'étend au-delà du port, que je commence à m'intéresser au paysage.

Entre deux maisons cossues remises à neuf se nichent de vieilles bicoques biscornues ; la peinture tombe par plaques et les volets cassés pendent lamentablement, donnant à leurs façades des airs de pirates borgnes. Ce sont ces maisons-là qui me plaisent, au détriment des jolies bâtisses, sitôt vues, sitôt oubliées.

J'en ai visité des villes, au long de mes voyages. J'en ai connu de sinistres, où l'on sait dès le premier abord que les ennuis vous guettent. Je me suis toujours méfié des agglomérations ensoleillées aux pavillons flambant neufs, avec leurs garages peints en beige où se logent de grosses voitures, leurs pelouses où s'ébattent des enfants joyeux. On pourrait croire que ces endroits sont moins hantés que les autres, mais c'est faux. Ils cachent mieux leur jeu, les hypocrites. Moi, je préfère largement les quartiers comme celui-ci, où un franc parfum de mort vous chatouille les narines à chaque bourrasque de vent.

Le lac Supérieur s'étend au pied de la ville comme un chien endormi. Mon père disait que les morts aiment la proximité de l'eau. Rien ne les attire autant, ni ne les dissimule mieux.

La voix électronique du GPS, que ma mère a baptisé Brian en hommage à un oncle au sens de l'orientation calamiteux, nous guide dans le dédale des rues comme si nous étions demeurés : « Préparez-vous à tourner à droite à cent mètres. Préparez-vous à tourner à droite. Tournez à droite. » Tybalt est revenu dans sa cage. Il doit sentir que le voyage touche à sa fin. Quand j'en referme la grille, il m'éternue sur la main avec mépris comme pour m'indiquer qu'il aurait très bien pu le faire tout seul.

Nous voici devant notre nouvelle maison. Elle n'est pas très grande, deux modestes étages, une façade marron, moulures et volets sombres, le tout fraîchement repeint. Isolée, elle s'élève au bas d'une petite colline au milieu d'un vaste jardin laissé en friche. Pas de voisins pour nous épier derrière un rideau, ou pour sortir nous saluer sur leur porche. Rien ne viendra troubler notre quiétude solitaire.

— Qu'est-ce que tu en penses ? me demande ma mère.

— J'aime bien. C'est le genre d'endroit d'où on peut voir venir.

Elle me regarde avec un soupir. Je sais qu'elle se rappelle l'époque où, à chaque arrivée, je sautais de joie et grimpais les marches du perron à toute blinde pour être le premier à entrer. Mon jeu, c'était de m'approprier la suite parentale en sautant comme un beau diable sur le lit double. Sauf que papa était encore là. Et que moi, j'avais sept ans. Je refuse de céder à sa nostalgie, et de me laisser culpabiliser par le regard fatigué qu'elle me lance. Oui, j'ai grandi, je suis adulte maintenant. Oui, le temps où nous tressions des couronnes de marguerites assis dans l'herbe pour en coiffer le chat et le sacrer roi du solstice d'été est révolu.

Pour marquer le coup, j'empoigne la cage de Tybalt et m'extirpe de la camionnette. Ma mère n'est pas longue à m'emboîter le pas. Elle tourne la clé dans la serrure et nous entrons. Ça sent le renfermé et toutes sortes d'odeurs laissées en souvenir par les précédents locataires. Le salon est spacieux, meublé d'un canapé crème et d'un fauteuil. Dans un coin, une lampe à l'abat-jour défraîchi surmonte une table basse en acajou. Au fond, la cuisine se détache derrière une arche en bois. Elle ouvre sur la salle à manger.

Je distingue l'ombre d'un escalier sur ma droite. Sans bruit, je referme la porte et dépose la cage de Tybalt sur le parquet. Je soulève la grille. Une seconde plus tard, une paire d'yeux verts s'aventure dans la pièce. C'est un des trucs que m'a transmis mon père : quand on pénètre dans une maison inconnue, il faut toujours envoyer un chat en éclaireur. C'est la meilleure façon de s'assurer que l'endroit n'est pas hanté et de se prémunir contre certaines mauvaises surprises dont nous avons fait les frais il y a quelques années.

On venait d'arriver à Portland, où mon père avait été appelé pour une mission. Une histoire d'incendies à répétition aux circonstances obscures dans une usine. C'était la première fois qu'il entendait parler de fantômes capables de combustion spontanée, et il avait passé les derniers mois à enquêter sur le sujet. Bref, on débarquait dans une maison qu'il avait louée un peu au débotté, sans prendre le temps de se renseigner. Évidemment, le propriétaire avait omis de nous informer que la précédente location s'était terminée en drame. Un homme avait tué sa femme enceinte en la poussant dans l'escalier. Pas très vendeur, il faut dire.

C'est quand même marrant, les fantômes. Même si de votre vivant vous étiez tout ce qu'il y a de plus normal, il suffit que vous mouriez dans des circonstances violentes pour devenir un putain de cinglé monomaniaque. Vous passerez l'éternité à faire une fixette sur ces deux secondes où tout a basculé, et qui vous ont enfermé à jamais dans un cercle vicieux de colère et de vengeance. Une seule chose vous obsède : le couteau qui vous a égorgé, la main qui vous a étranglé ; et vous n'avez qu'une envie, c'est de montrer ce que ça fait à ceux qui osent être encore en vie. L'avantage dans tout ça, c'est qu'un fantôme est prévisible. Encore faut-il connaître son histoire.

Bref, retour à Portland. Ma mère et moi étions en train de monter mes affaires dans ma nouvelle chambre. On utilisait encore de vrais cartons à l'époque, tout détrempés par la pluie battante qui tombait ce jour-là. Ils s'effritaient entre nos mains, ce qui rendait l'opération difficile. Je ne sais pas pourquoi, ça m'amusait beaucoup de nous voir patauger dans la boue et laisser de grosses traces sur le lino de l'entrée. Avec le bruit de nos semelles, on aurait dit qu'une armée de canards prenait possession des lieux. Les joies d'un enfant de six ans, quoi.

La bonne humeur régnait, jusqu'à notre troisième voyage dans l'escalier. J'arrive le premier en haut des marches, saute à pieds joints pour déposer l'empreinte de mes chaussures. J'avais pris soin d'extraire mon gant de baseball de son carton pour qu'il ne prenne pas l'eau. Là, je sens quelque chose me frôler délicatement, comme une caresse sur l'épaule. C'était agréable en fait, presque… maternel. Ça, je ne l'ai jamais dit à personne, vu la suite de l'histoire ; mais c'était comme si une main bienveillante voulait me protéger, m'écarter du passage. Bien sûr j'ai cru que c'était ma propre mère qui me faisait des chatouilles, alors je me suis tourné vers elle avec un large sourire. Juste à temps pour voir le fantôme d'une femme se matérialiser entre nous. Elle me tournait le dos, mais je me souviens d'avoir distingué les traits de son visage à travers la peau de son crâne.

J'avais déjà croisé un paquet de fantômes avant. Mais c'était la première fois que j'en voyais un soulever ma mère et la précipiter dans le vide. J'ai essayé de la retenir, mais tout ce qui m'est resté dans les mains, c'est un bout de carton déchiré. La chute m'a paru interminable. Le fantôme la surplombait, triomphante, un sourire carnassier aux lèvres. C'est bizarre, mais une des choses dont je me souviens le mieux, c'est d'avoir vu les molaires de ma mère au moment où elle ouvrait la bouche pour crier. Ses molaires du haut. J'y ai même aperçu deux caries. C'est l'image la plus frappante que je garde de cet incident. Mon haut-le-cœur en découvrant les dents cariées de ma mère. Ses fesses ont d'abord violemment heurté les marches. Elle a laissé échapper un petit « oh », avant de dévaler le reste de l'escalier, la tête la première, jusqu'à s'écraser contre le mur. Je ne me rappelle rien d'autre. Mon père a sans doute réglé son compte au fantôme le jour même, mais je ne sais plus si on est restés dans cette maison, ni même à Portland. C'est là qu'on a adopté Tybalt, qui n'était alors qu'un chaton. Et ma mère garde depuis ce jour une douleur au coccyx qui se réveille par temps d'orage.

Le chat promène son regard sur le plafond, renifle les murs. Sa queue fend l'air, nerveuse. Nous le suivons tandis qu'il inspecte minutieusement l'étage du bas. Arrivé à la salle de bains, il préfère s'étaler de tout son long sur les dalles fraîches plutôt que de continuer son investigation. Je claque des doigts pour le rappeler à l'ordre. Il se lève à contrecœur, non sans m'avoir lancé un regard mauvais.

Dans la cage d'escalier, il hésite. Pas un problème. Je serais plus inquiet s'il se mettait à feuler sans raison apparente ou s'il s'asseyait brusquement, le regard dans le vide. Quand un chat voit un fantôme, il le manifeste franchement. Une hésitation ne veut rien dire, il n'est pas assez intelligent pour avoir du recul. Je prends ma mère par la main. On ne sait jamais. Je garde toujours mon athamé sur moi, dans mon sac à dos. C'est un peu comme un talisman, il me protège.

L'étage compte trois chambres et une autre salle de bains. La trappe d'un grenier se détache sur le plafond au bout du couloir. On y accède par une échelle rétractable. Ça sent la peinture fraîche, ce qui est plutôt bon signe. Le neuf repousse les morts. On a moins de chances de voir surgir un vieux fantôme sentimental dans un environnement comme celui-là.

Tybalt fait nonchalamment le tour de la salle de bains avant de pénétrer dans une chambre. Il promène un regard désapprobateur sur la grosse armoire dont les tiroirs pendent, laissés ouverts, puis sur le lit nu. Après quoi il s'assied et commence à faire sa toilette.

— Rien à déclarer. On n'a plus qu'à y mettre nos affaires et à protéger la maison.

Un tel déploiement d'énergie n'est pas de l'avis du chat, qui m'adresse un grondement bien senti. L'ignorant superbement, je me dirige vers l'extrémité du couloir, histoire de faire un tour dans le grenier. Je tends la main vers l'échelle.

— Aïe !

Tybalt vient de me sauter dessus, toutes griffes dehors. Non, mais il m'a pris pour un arbre ou quoi ? J'essaie de m'en défaire, mais il s'accroche à mes vêtements. Le pire, c'est qu'il ronronne comme un forcené, le petit salopard.

— C'est génial, il joue avec toi ! s'exclame ma mère en me libérant des serres affûtées de l'animal, une patte après l'autre. Ne t'inquiète pas, je vais le remettre dans sa cage et le laisser dans une chambre en attendant d'avoir tout transporté à l'intérieur. Va chercher sa litière, tu seras gentil. Je crois qu'elle est tout au fond de la camionnette.

— Avec plaisir, ironisé-je.

Après avoir enfermé le chat dans la future chambre de ma mère, il nous faut seulement deux heures pour vider toutes nos affaires et prendre possession des lieux. C'est la force de l'expérience. Le soleil commence à se coucher tandis que ma mère se lance dans ce que j'appelle sa tambouille de sorcière. À chaque nouvel emménagement, elle fait bouillir toutes sortes d'ingrédients, huiles et herbes, dont elle enduit les portes et les fenêtres. D'après elle, c'est une barrière antifantôme qui repousse toute présence hostile. Je ne pourrais pas vous dire avec certitude si ça marche. Le fait est que, jusqu'ici, personne n'est venu nous chercher des noises ; on est quittes pour mariner des semaines dans une odeur pestilentielle de bois de santal et de romarin.

Une fois que chaque chambranle est dûment enduit de l'onguent maternel, je rassemble un peu de bois sec au fond du jardin pour purifier par le feu toutes les babioles trouvées dans la maison et qui pourraient avoir une valeur pour un ancien locataire. Un collier de perles mauves, quelques cache-pots en terre cuite façonnés à la main, et même une petite boîte d'allumettes en trop bon état pour être honnête. Pas question de nous retrouver avec un fantôme sur les bras, venu récupérer quelque chose auquel il tient. Je regarde danser les flammes quand soudain ma mère m'applique son pouce humide sur le front. Une odeur de romarin m'assaille les narines.

— Maman !

— Tu connais la règle. Tous les soirs pendant les trois premières nuits. Comme ça rien ne pourra t'arriver.

— Rien sauf une poussée d'acné. Je te rappelle que je commence l'école dans deux semaines !

Je proteste, mais je n'essuie pas le liquide pour autant. On n'est jamais trop prudent.

Elle ne répond rien, baisse les yeux sur son pouce comme si elle allait le porter à son propre front. Le feu avive les reflets roux de sa chevelure. Après un moment, elle relève la tête et s'essuie sur son jean.

La ville exhale un étonnant parfum de fumée. Elle est plus hantée que je ne l'aurais cru. Une énergie macabre fourmille dans le sol, prête à éclore. Les rires des enfants qui fusent dans la rue masquent à peine une nappe de chuchotements continus. Des mouvements imperceptibles ne cessent d'attirer mon attention. Ce genre de manifestations restent inoffensives. C'est du classique, comme les gémissements qu'on entend au crépuscule ou les petites taches blanches qu'on voit parfois apparaître sur un Polaroid. Jc laisse ça aux amateurs.

Car je sais que, quelque part, ce tissu urbain cache une proie digne de moi. On la dit si puissante qu'elle pourrait tuer par la seule force de son regard.

Mes pensées voguent à nouveau vers elle. Anna à la robe de sang. Je me demande à quelle catégorie de fantômes elle appartient, si elle est du genre à flotter au-dessus du sol, ou à pousser des hurlements. Un rire sardonique, peut-être ? Quelle est son histoire ? J'ai presque hâte qu'elle essaie de me tuer, pour savoir comment elle s'y prendra.

4

— Qu'est-ce que tu préfères ? Être un tigre ou un Troyen ?

Ma mère fait sauter des pancakes dans une poêle pendant que je dors à moitié sur la table de la cuisine. Depuis deux semaines qu'on est ici, elle n'a pas eu le temps de m'inscrire au lycée et elle a décidé de s'y mettre sérieusement aujourd'hui. Ça tombe bien, la rentrée est demain. Je ne peux pas la blâmer, elle n'a pas eu une minute à elle, trop occupée à tisser des liens avec les commerçants du centre-ville. Toute son affaire tourne autour du bouche-à-oreille. Une fabricante de bougies s'est laissé convaincre de sortir une gamme à partir d'un des élixirs de ma mère. Ces bougies magiques seraient vendues dans plusieurs boutiques en ville, et maman pourrait aussi les proposer à sa clientèle par correspondance.

— Hein ? bougonné-je mollement. On a quoi comme confiture ?

— Fraise et amélanche. C'est une sorte de baie canadienne. Ça ressemble un peu à de la myrtille.

— Je prendrai la fraise, dis-je avec une grimace suspicieuse.

— Allons, vis dangereusement. Essaie l'amélanche.

— Je trouve que je prends déjà suffisamment de risques comme ça. C'est quoi cette histoire de tige ou de crottin ?

Ma mère empile toasts et pancakes dans mon assiette, surmontés de ce que je prie pour être de la confiture de fraises.

— Tigre ou Troyen. Ce sont les emblèmes des deux lycées les plus proches d'ici. Winston-Churchill et la Collégiale-du-Nord.

Je laisse échapper un soupir. Le choix de mon futur lycée est bien le cadet de mes soucis. Ce sera partout la même routine : faire semblant d'aller en cours, passer les examens juste pour la forme et déménager, tôt ou tard. Tout ce qui m'intéresse à Thunder Bay, c'est Anna. Mais le seul moyen pour que ma mère me fiche la paix, c'est d'avoir l'air de prendre mes études à cœur.

— Va pour les Troyens. Ça aurait bien plu à papa.

Ma mère se fige une seconde avant de faire glisser le dernier pancake dans son assiette.

— OK. Ce sera Winston-Churchill alors.

Génial. Le nom le plus stupide. Mais bon, encore une fois, tout ça m'importe peu à côté de ma mission.

Je repense à la façon dont Anna m'est tombée dessus… Je traquais en vain le vagabond de la départementale quand une enveloppe sale est arrivée dans notre boîte aux lettres. On y déchiffrait à peine mon adresse, entre deux taches de café. À l'intérieur, il y avait juste un morceau de papier avec le nom d'Anna dessus. Des messages comme ça, j'en reçois tout le temps, des quatre coins du monde. Ce qui est plus rare, c'est que l'auteur se donne la peine d'écrire en lettres de sang.

Il y a peu de gens qui font ce que je fais. Je crois même que je suis le seul. Ceux qui recherchent mes services et suivent ma trace partout où je vais pour me proposer de nouvelles missions sont d'autant plus nombreux. On bouge tout le temps, c'est vrai, mais je ne suis pas très difficile à trouver, au fond. Chaque fois qu'on fait nos valises, ma mère met à jour son site Internet, et nous ne manquons jamais d'avertir quelques-uns des amis de mon père de notre prochaine destination. Tous les mois, je reçois des centaines d'alertes au fantôme. Ça peut être un mail qui mentionne une disparition suspecte au sein d'une église satanique en Italie du Nord. Ou bien des coupures de journaux rapportant de mystérieux sacrifices d'animaux près d'une sépulture ojibwé. Avec une telle profusion, il faut choisir. Je privilégie les missions sur lesquelles m'aiguillent les contacts de mon père. Ses anciens camarades de lycée, issus de la même confrérie de sorciers ; quelques spécialistes des questions occultes rencontrés à travers ses voyages, et des amis de longue date. Avec eux, au moins, je suis sûr de ne pas me faire mener en bateau.

Ces dernières années, je me suis mis à développer mon propre réseau, ce dont je ne suis pas peu fier. Quand j'ai lu le nom d'Anna, une plaie béante sur le papier immaculé, j'ai su que ce message ne pouvait venir que d'une seule personne : Rudy Bristol. Il n'y a que lui pour imaginer ce genre de mise en scène, sur fond de parchemin façon romance gothique. Il espérait sans doute me faire croire que ladite Anna avait trempé sa plume dans le sang d'un quidam et m'avait envoyé son nom comme une invitation à un goûter d'anniversaire.

Rudy « Daisy » Bristol, comme tous les gothiques qui se respectent, aime à enjoliver son patronyme d'une petite touche fleur bleue. Il vit à La Nouvelle-Orléans et tient un bar dans les entrailles du quartier français où il promène sa vingtaine à la dérive tout en priant pour se réveiller un matin et avoir seize ans à nouveau. Il est rachitique, pâle comme un vampire, et porte beaucoup trop de résille noire à mon goût. Mais il m'a déjà mené vers trois bons fantômes, de ceux qui se laissent expédier facilement, dans les règles de l'art. Il y en avait un par exemple qui se balançait au bout de sa corde au fond d'une cave, et qui susurrait à chaque nouveau résident de venir le rejoindre. Il m'a suffi de pousser la porte, de lui planter mon couteau dans le ventre, et c'était fini. J'ai commencé à faire confiance à Rudy ; mais je ne me suis jamais vraiment fait à sa personnalité… exubérante.

Bref, une seconde après avoir lu sa lettre, j'avais décroché mon téléphone.

— Salut mec ! Comment tu as su que c'était moi ? me répondit Rudy, hystérique, comme s'il était une gamine de douze ans et moi un des Jonas Brothers.

Il a toujours eu l'étoffe d'un groupie. Si je le laissais faire, il enfilerait un grand imper comme dans *SOS fantômes* et me suivrait à travers tout le pays.

— C'était tellement évident. Tu as dû y passer des heures pour que les lettres aient l'air crédibles. Le sang est faux, rassure-moi ?

Silence au bout du fil.

— Rudy, ne me dis pas que tu as utilisé ton propre sang ?

Je peinais à réprimer un rire.

— Écoute, tu la veux, cette info, oui ou non ?

— Allez, je t'écoute.

Mes yeux étaient attirés par le morceau de papier. *Anna*. Même si j'avais su tout de suite que Rudy se cachait derrière ce stratagème un peu bête, ce nom en lettres rouges me semblait étonnamment beau.

— Anna Korlov. Assassinée en 1958.

— Par qui ?

— Personne ne sait.

— Mode opératoire ?

— Personne ne sait non plus.

Ça commençait à faire un peu trop d'inconnues. Quand il y a meurtre, il y a enquête. Chaque goutte de sang répandue laisse une trace administrative, que ce soit ici ou dans n'importe quel coin du monde.

Et le ton lugubre sur lequel Rudy s'efforçait de prononcer « personne ne sait » commençait à m'agacer légèrement.

— Personne ne sait rien à part toi, c'est ça ?

— Non. Tout le monde à Thunder Bay raconte l'histoire d'Anna Korlov. C'est la mascotte de la ville.

— Si tu essaies de me vendre une attraction touristique, je préférerais que tu ne me fasses pas perdre mon temps.

Encore aujourd'hui, j'ai du mal à expliquer cet élan de scepticisme. J'étais prêt à froisser le papier et à lui raccrocher au nez, alors que je sais très bien que les rumeurs populaires sont souvent les plus vraies. Les gens adorent jacasser, mais ils n'agissent jamais. Quand on débarque dans un endroit qui peut se vanter de répandre ce genre d'histoire, il ne se passera pas cinq minutes avant que quelqu'un du coin mette la conversation sur le tapis, par amour du frisson facile. C'est tellement simple de jouer les oiseaux de malheur sans se mouiller.

— Ce n'est pas ce que tu crois, se défendait Rudy. Si tu parles d'Anna Korlov au tout-venant, les gens te riront au nez. Mais dans les milieux renseignés, tu verras, c'est autre chose. Je te garantis que tu entendras son histoire dans toutes les pyjamas parties dignes de ce nom.

— Contrairement à toi, ce n'est pas vraiment mon genre de m'incruster dans les pyjamas parties.

Il a ri jaune. Touché.

— Bon, dis-m'en plus, alors.

— Fille d'émigrés finlandais. Morte à seize ans. Son père est mort noyé et sa mère tenait un petit hôtel dans le centre-ville. Anna a été tuée alors qu'elle se rendait au bal de sa promo. Égorgée. Enfin, en vrai, elle a été à moitié décapitée. Elle portait une robe blanche qui n'en est pas sortie indemne. C'est de là que lui vient son surnom : Anna à la robe de sang.

J'ai répété à voix basse, pour moi-même :

— Anna à la robe de sang.

— Les gens disent que c'est l'un des pensionnaires de l'hôtel qui a fait le coup. Un psychopathe à qui elle plaisait, qui l'aurait suivie ce soir-là. D'autres parlent d'un éventuel petit copain jaloux.

J'avais pris une profonde inspiration. Ce n'est jamais agréable de mettre le nez dans ce que la nature humaine a de plus abject. Cette histoire-là était sordide, mais ce n'était pas la pire que j'aie entendue. Prenez Howard Sowberg par exemple, ce fermier du centre de l'Iowa qui a massacré toute sa famille à coups de taille-haie. Et quand je dis toute sa famille, c'est sa femme, ses deux petits garçons, un nouveau-né, sans oublier sa vieille mère. J'espérais pouvoir les venger, mais quand je suis arrivé sur les lieux du crime, je n'ai rien trouvé. Pas une trace d'Howard Sowberg. À croire qu'il n'avait pas de remords, donc aucune raison de rester piégé ici-bas. D'ailleurs, ce sont plutôt les victimes qui tournent mal dans l'au-delà et viennent grossir le rang des fantômes sur terre. Les vrais salauds, eux, partent en toute tranquillité et redeviennent poussière ; ou se réincarnent en mouches à merde, qui sait. Ils n'ont plus besoin de déverser leur haine après leur mort : ils ont déjà tout donné de leur vivant.

Rudy continuait à me raconter la légende d'Anna, d'une voix de plus en plus haletante. Il en faisait des tonnes. Je ne savais plus si je devais en rire ou en pleurer.

— OK, et qu'est-ce qu'elle fait, alors, cette Anna ?

Après une hésitation :

— Elle a assassiné vingt-sept personnes. Tous des adolescents.

Vingt-sept jeunes en un demi-siècle. Ça sentait l'arnaque. Soit Rudy me prenait pour un con, soit un tueur en série avait inventé le meilleur plan pour maquiller ses méfaits. Personne ne tue vingt-sept ados sans que ça se sache. Pas même un fantôme.

— Vingt-sept gamins du coin ? Tu te fiches de moi, non ? Et personne n'a réagi ?

— Eh bien…

— Accouche, Bristol, et fais gaffe à ce que tu vas me dire.

J'étais en colère, sans savoir pourquoi. Après tout, qu'est-ce que ça pouvait me faire qu'il me raconte des salades ? J'avais au moins quinze autres fantômes pour me consoler, si je voulais. Tiens, ce type dans le Colorado par exemple ; une sorte d'homme des bois qui assassine tous les chasseurs qu'il croise. J'avais de quoi m'amuser, avec ça.

— On n'a jamais retrouvé les corps, a finalement lâché Rudy. La police tire toujours la même conclusion, que ces gamins se sont enfuis, ou qu'ils ont été enlevés. Les seuls à soupçonner Anna, ce sont leurs copains, et bien sûr personne n'ose le dire aux adultes. Tu sais bien comment ça marche, ces choses-là.

C'était vrai, je savais comment ça marche. Et je savais aussi qu'avec une histoire aussi tordue, malgré la confiance que j'avais en Rudy, je ferais mieux de me méfier. Pourtant, en regardant ce nom gravé en lettres rouges, j'ai senti quelque chose au creux de mon ventre : une certitude inébranlable. Cette affaire était pour moi. Anna serait la prochaine sur ma liste. Mon père me disait toujours que, lorsqu'on sentait quelque chose dans ses tripes, il fallait l'écouter. Mon instinct était formel, mais je ne pouvais pas me permettre de le révéler tout de suite à mon indic, qui respirait bruyamment dans mon oreille.

— OK, merci, Rudy. Je vais voir ce que je vais faire.

— Ça signifie que c'est bon, tu vas y aller ? a-t-il rugi, tout feu tout flamme.

— J'ai dit que j'allais y penser. J'ai d'abord une ou deux choses à finir.

— Ah oui ? Raconte !

Je lui ai touché deux mots du Vagabond de la départementale, sans m'appesantir. Il m'a fait quelques suggestions d'une rare stupidité sur la meilleure façon d'attirer le fantôme que j'ai préféré oublier depuis. Puis comme chaque fois, il a essayé de me convaincre de lui rendre visite.

Je n'irais pas à La Nouvelle-Orléans pour tout l'or du monde. Il n'y a pas ville plus hantée, et plus fière de l'être. Aucun endroit sur Terre ne prend autant soin de ses propres fantômes. Parfois, je m'inquiète même pour Rudy. Si ses concitoyens découvraient qu'il joue les indicateurs pour quelqu'un comme moi, il n'y aurait pas longtemps avant que je me retrouve à le chasser lui-même, dans sa version fantôme, traînant ses chaînes dans je ne sais quel hangar désaffecté.

Quand j'ai raccroché ce jour-là, une drôle d'impression s'est emparée de moi. Je me suis soudain senti à un tournant de ma vie. Si Anna existait bel et bien, et si elle était telle que je me l'imaginais, elle marquerait une pierre blanche dans ma carrière. Le fantôme le plus dangereux que j'aie jamais croisé ; le plus mystérieux aussi. Je n'en avais rien laissé paraître pendant la conversation, mais Rudy avait réussi à piquer ma curiosité. Depuis, je n'arrête pas de me demander à quoi peut bien ressembler une robe de sang.

5

Le lycée général et professionnel Winston-Churchill ressemble à n'importe quel lycée américain. Je passe le début de la matinée à faire mon emploi du temps avec la conseillère d'éducation, Mme Ben. Elle a un physique fluet d'oiseau, des cols roulés trop grands et probablement beaucoup de chats pour lui tenir compagnie.

C'est la pause. Dans le couloir, tous les regards s'attardent sur moi. Je suis nouveau, c'est la phase d'observation obligatoire. En même temps c'est la rentrée, et le monde entier épie son prochain. Chacun est curieux de voir ce que les autres sont devenus pendant l'été. Entre ces murs, il y a au moins cinquante personnes qui étrennent un nouveau look ou un nouveau maquillage. Je m'amuse à les repérer. Peut-être que ce mec aux cheveux décolorés et au collier de surfeur est un ancien intello complexé. Ou que je viens de croiser un ex-coureur de fond maigrichon qui a passé deux mois à soulever de la fonte et roule désormais des mécaniques dans un T-shirt qui moule ses pecs.

Au milieu de tout ça, je sais très bien que je ne passe pas inaperçu. Parce que je ne me comporte pas comme un nouveau de base. Je n'ai pas l'air perdu, je ne compte pas les salles de classe comme si ma vie en dépendait. Je sais que je finirai par trouver mon chemin, alors je marche, nonchalant. On prend l'habitude, après avoir fréquenté pas moins de douze lycées différents en trois ans. Je n'ai jamais eu aucun problème pour m'intégrer. Or c'est ça ma priorité : m'assimiler rapidement à ce petit monde, amener les gens à me considérer comme un des leurs pour ensuite avoir accès à tous les renseignements dont j'ai besoin. La première chose à faire pour y arriver : trouver la reine des abeilles.

Je veux parler de la fille qui connaît tout et tout le monde. Chaque établissement en compte une. Tu deviens ami avec elle, et toutes les portes s'ouvrent pour toi. Je pourrais essayer de me lier avec le quater-back, plutôt populaire, mais avec l'équipe de football américain, je suis trop vite démasqué. Mon père m'a transmis son indifférence totale pour ce sport. On n'a jamais joué ensemble, ni regardé un match. J'ai beau passer des nuits entières à me battre au corps à corps avec des fantômes, je me ridiculiserais en cinq minutes sur un terrain. Me lier avec les filles, en revanche, n'a jamais été un problème. Je ne sais pas d'où ça me vient. J'use et abuse de l'attrait de la nouveauté ; et de mes mèches rebelles aussi. Parfois, en me regardant dans le miroir, j'identifie ce petit quelque chose qui leur plaît, je crois, et qui me rappelle mon père. Mais assez parlé de mon charme, revenons à mes abeilles. La voilà enfin. Car à force d'arpenter les couloirs, je finis toujours par trouver celle que je cherche.

Pas moyen de se tromper. La fille la plus populaire d'un lycée se doit d'être jolie. Celle que j'ai en face de moi est à couper le souffle. Ses cheveux blonds lui tombent jusqu'aux hanches, et ses lèvres ont la couleur d'une pêche bien mûre. Elle est le centre d'un groupe dont je m'approche suffisamment pour qu'elle me remarque. Quand elle m'aperçoit, elle me salue d'un hochement de tête. Je n'ai pas beaucoup à me forcer pour lui sourire. Cette fille doit régner littéralement sur tout Winston-Churchill. Chouchoutée par ses profs, reine du bal de promo, cavalière idéale pour tous les garçons du coin. Je sais qu'elle détient la clé des secrets que je veux percer. Et j'espère bien l'amener à me la livrer.

Je la dépasse en affectant de l'ignorer. L'effet est immédiat. J'ai à peine fait quelques pas qu'elle se sépare de son groupe d'amis pour me rattraper.

— Salut. C'est la première fois que je te vois dans le coin, non ?

— Je viens d'arriver en ville.

Elle me décoche un nouveau sourire. Dents parfaites, yeux noisette qui pétillent d'intelligence. Elle est irrésistible.

— Si tu as besoin d'un guide, tu peux me demander. Je m'appelle Carmel Jones.

— Thésée Cassio Lowood. Quel genre de parents appellent leur fille Carmel ?

Elle éclate de rire.

— Quel genre de parents appellent leur fils Thésée Cassio ?

— Facile : des clowns.

— Je te le fais pas dire.

Je ris aussi, presque sincère. Le charme de Carmel Jones est magnétique. Elle a le monde à ses pieds, ça se voit dans sa façon de se tenir : on sent qu'elle ne s'est jamais écrasée devant qui que ce soit. La foule s'écarte autour d'elle, comme un groupe d'oiseaux à l'approche d'un chat en chasse. Et pourtant, elle n'a pas l'air hautain, comme le sont parfois ses semblables. Un regard à mon emploi du temps et elle remarque tout de suite que nous avons bio ensemble et les mêmes horaires de déjeuner. Elle me conduit jusque devant la porte de mon prochain cours avant de s'éloigner, non sans m'avoir envoyé un clin d'œil par-dessus son épaule.

Si je n'étais pas ici pour le boulot, ce serait tout à fait mon type de fille. Mais je dois garder la tête froide : je ne suis pas là pour ça.

Deux heures plus tard, me voici dans la queue de la cafétéria. Je repère Carmel, qui me fait de grands signes de la main pour que je la rejoigne. Prudence ! Si j'ai l'air trop intéressé, elle pourrait se faire des idées. Or je me suis interdit de flirter avec elle. Même si elle est terriblement jolie… Bah, je suis certain qu'elle est ennuyeuse. C'est ce qui arrive aux gens à qui tout sourit. Et puis, à bien y réfléchir, elle est beaucoup trop vivante pour moi. Comme toutes les autres. Mon existence est faite de déménagements et de combats au couteau à la tombée de la nuit. Je ne pourrais imposer ça à personne.

Je promène mon regard sur le réfectoire où se répartissent les diverses communautés de l'école. Je me demande laquelle me mènerait le plus rapidement vers Anna. Avec les gothiques, j'entendrais la version la plus précise de l'histoire, mais je sais d'expérience qu'ils sont collants. Si par malheur ils apprenaient que je suis venu tuer leur fantôme, je ne pourrais plus faire un pas sans avoir une armée de gamins fardés sur les talons, qui twitteraient tous mes faits et gestes en brandissant leur crucifix d'ex-fan de Buffy.

— Ohé ! Thésée !

Merde, j'ai oublié de dire à Carmel de m'appeler Cas. Il n'en faut pas plus pour détruire ma réputation et que tout le monde me donne du Thésée jusqu'à la fin de mon séjour. Je me faufile jusqu'à sa table, sentant plusieurs paires d'yeux s'écarquiller en me voyant me diriger vers la star du lycée. « Carmel Jones s'intéresse au petit nouveau. » Je parie qu'une bonne dizaine de filles viennent subitement de tomber amoureuses de moi, par pur mimétisme. Ce n'est pas pour me vanter, tout bon sociologue vous le dirait.

— Salut, Carmel.

— Salut. Alors, comment tu trouves W-C ?

C'est donc sous ces initiales qu'on désigne le lycée ? Pas mon truc.

— Pas mal, surtout depuis que je m'y repère grâce à toi. Au fait, il faut que tu saches, on m'appelle juste Cas.

— Caz ?

— C'est ça. Mais avec un *s* à la fin. Qu'est-ce que vous mangez ici, d'habitude ?

— En général on se fait une pizza, ils en proposent juste derrière, me répond-elle en m'indiquant un comptoir d'un geste vague. Dis-moi un peu, qu'est-ce qui t'amène à Thunder Bay ?

— Le paysage ? dis-je avec un sourire. Sérieusement, si je t'avouais la vraie raison, tu ne me croirais pas.

— Vas-y, mouille-toi.

Elle me lance un regard provocateur. On ne refuse rien à Carmel Jones. Et je ne vais certainement pas laisser filer une pareille occasion. Ma bouche forme déjà les mots : *Je suis venu pour Anna*, mais je m'interromps tout net en voyant l'expression de Carmel changer. Je n'ai pas à me retourner pour sentir qu'un groupe vient de se déployer derrière nous. Probablement l'Armée troyenne, affublée de T-shirts aux couleurs de l'équipe de foot.

— Carmel, appelle l'un d'entre eux.

Rien qu'à son ton jaloux, je déduis que ce garçon est, ou a été, dans un passé très proche, le petit copain de Carmel. Et à en juger par la façon dont cette dernière lève les yeux au ciel, je dirais qu'il joue plutôt dans la catégorie des ex.

— Tu seras là ce soir ? poursuit le type en faisant comme si je n'existais pas.

Je le jauge d'un œil amusé. On dirait que le mâle alpha de la meute est en train de marquer son territoire. Je me tourne vers Carmel.

— Qu'est-ce qui se passe ce soir ?

— C'est la fête de la fin du monde. Un truc qu'on fait chaque année depuis des siècles le soir de la rentrée, ajoute-t-elle avec un brin de dédain dans la voix.

Depuis des siècles ? Tu veux dire depuis la sortie du film *Les Lois de l'attraction* avec Ian Somerhalder, me dis-je en mon for intérieur.

— Ça a l'air cool, commenté-je.

À ce stade-là, je ne peux plus faire comme s'il n'y avait personne derrière moi. Je tends donc une main à l'homme de Cro-Magnon à qui Carmel n'a toujours pas répondu et me présente.

Il faut vraiment être con pour refuser de serrer la main de quelqu'un. Le mec se contente de me faire un petit signe de tête en maugréant un « salut » entre ses dents. Il ne daigne même pas me dire son nom, ce dont Carmel se charge pour lui.

— Je te présente Mike Andover. Et derrière lui, Chase Putnam, Simon Parry et Will Rosenberg.

J'ai droit à un hochement de tête hostile de chacun d'entre eux. Will Rosenberg est le seul à se montrer à peu près civilisé et à me rendre ma poignée de main. Lui au moins n'a pas l'air complètement attardé. Il se tient voûté, comme pour cacher le blason qui s'étale sur sa poitrine... On pourrait presque croire qu'il en a honte. Ou que la situation le met mal à l'aise.

— Alors, tu seras là ? insiste Mike.

— Je ne sais pas encore, le rembarre Carmel d'un ton sec. Je verrai.

— On sera à la cascade vers 22 heures. Dis-moi si tu veux que je passe te prendre en voiture, conclut Mike avant de s'éloigner.

Carmel lâche un profond soupir. Je feins de m'intéresser :

— La cascade ?

— Cette année, la fête se passe à la cascade de Kakabeka. Le lieu change à chaque fois pour éviter d'avoir les flics sur le dos. L'an dernier, on était à la cascade de Trowbridge, mais tout le monde s'est mis à flipper quand...

Elle s'interrompt.

— Quand quoi ?

— Rien. Des histoires de fantômes. Tu vas te foutre de moi.

Alors là, c'est mon jour de chance. Ça me semble presque impensable de toucher si tôt au but. En général il me faut au moins une semaine avant de glisser le sujet « fantôme » dans la conversation. Ce n'est pas le genre de truc qu'on case facilement.

— J'adore les histoires de fantômes ! Et j'aimerais beaucoup découvrir la vie nocturne de Thunder Bay.

Carmel plante son regard dans le mien.

— On prendra ma voiture. Où est-ce que tu habites ?

Quelqu'un me suit. Je le sens dans toutes les fibres de mon corps. Ce dont je suis sûr aussi, c'est qu'il ne s'agit pas d'un fantôme, mais de quelqu'un qui respire encore. Ça ne me plaît pas, mais j'ai trop de fierté pour me retourner et en avoir le cœur net. J'ai croisé suffisamment de monstres immatériels dans ma vie pour me laisser déstabiliser par un vulgaire humain. Peut-être aussi que je me fais des films et qu'il n'y a personne. Mais je ne crois pas. L'avantage, quand on a affaire aux morts, c'est qu'ils sont faciles à déchiffrer. Ils n'ont que trois émotions : la haine, la souffrance et la confusion. Ils tuent, certes, mais seulement parce que c'est la seule chose qu'il leur reste à faire. Les vivants, c'est une autre paire de manches. Ils ont des raisons. Si on me suit, c'est parce qu'on me veut quelque chose. Et ça, ça me plaît encore moins.

Je mets un point d'honneur à regarder devant moi et fais exprès de m'arrêter longuement à chaque passage piéton, attendant le petit bonhomme vert, même s'il n'y a pas de trafic. Je me maudis intérieurement d'avoir eu la flemme de m'acheter une voiture. Je me demande où je vais pouvoir passer les prochaines heures si je veux éviter d'être suivi jusque chez moi. Je fais une nouvelle pause pour fouiller dans mon sac à dos. Ma main se referme sur le manche de mon athamé. Putain, cette situation me saoule !

Je passe devant un cimetière triste et mal entretenu. Les tombes sombres sont maculées de boue, çà et là ornées de fleurs mortes et de rubans qui claquent au vent. À quelques pas de moi, une stèle s'est affaissée et gît, couchée sur une dépouille anonyme. Le lieu a beau être triste, il s'en dégage une sérénité qui me réconforte un peu. Une femme est là, seule au milieu des tombes. Une vieille veuve venue se recueillir auprès de son mari, sans doute. Elle porte un foulard sur la tête, noué au menton, et un épais manteau de laine. En plein mois d'août ? Bizarre bizarre.

Je toussote pour attirer son attention. Quand la femme se retourne, je frémis. Elle me fixe, deux pierres grises enfoncées dans les orbites, là où devraient être ses yeux. Les rides qui creusent ses joues sont si profondes qu'elles semblent soulignées au feutre noir. Je me demande quelle est son histoire. Elle a dû en baver pour se retrouver dans cet état, à contempler ce que je suspecte maintenant être sa propre tombe. Si navrant que ce soit, ça ne me fait pas oublier que quelqu'un me traque à travers la ville.

J'ouvre grand mon sac et tire doucement mon couteau de son étui, juste assez pour en dévoiler la lame. La bouche de la vieille se tord en une grimace affreuse. Le sol s'ouvre sous ses pieds : elle bat en retraite, redescendant lentement dans sa tombe sans me quitter du regard. J'ai l'impression qu'elle prend un escalator. Elle fait partie de la cohorte de fantômes inoffensifs qui peuple nos rues. J'en aurais été quitte pour la peur si elle m'avait pris par surprise, mais en l'occurrence, je me sens surtout penaud de ne pas m'être aperçu tout de suite qu'elle était morte. Un mec lambda ne l'aurait même pas vue. Sauf que je ne suis pas un mec lambda.

— Moi non plus.

Je fais un bond d'un mètre. La voix s'élève juste derrière mon épaule. Je me retourne pour découvrir un garçon de mon âge, grosses lunettes à monture noire, cheveux bruns en bataille. Depuis combien de temps est-il là ? Sa silhouette maigre est masquée par des vêtements verdâtres. Il me rappelle quelque chose. J'ai dû le croiser tout à l'heure au lycée.

— Flippante, la vieille momie, pas vrai ? me dit-il en regardant le cimetière. Mais tu as raison, elle n'est pas dangereuse. Son grand truc, c'est juste de revenir sur sa tombe trois fois par semaine. Désolé de t'avoir fait peur. En vrai, je ne lis les pensées des gens que lorsqu'elles sont particulièrement fortes ; mais j'ai comme l'impression que tu es du genre à penser fort, ajoute-t-il avec un sourire malicieux.

Un bruit sourd me tire de ma stupéfaction. Je viens de lâcher mon athamé, qui est retombé lourdement au fond de mon sac. Alors c'est *ça* qui me suivait ? Un putain de télépathe ? Fantastique.

Ce n'est pas la première fois que j'en croise. Il y en avait parmi les amis de mon père. D'après ce dernier, ça peut s'avérer très utile. Moi, j'ai toujours trouvé ça bizarre. La première fois qu'il m'a présenté Jackson, par exemple, télépathe de renom, j'ai tapissé l'intérieur de ma casquette avec du papier alu pour l'empêcher d'envahir mon cerveau. Quoi ? J'avais cinq ans ! C'était une super-idée, je vous jure ! Mon vrai problème, là, maintenant, c'est que je n'ai ni casquette ni alu sous la main. Je vais essayer de penser doucement, alors. Non, mais qu'est-ce qu'il a voulu dire, d'abord ?

— Tu es qui ? Pourquoi tu me suis ?

Tout à coup un déclic s'opère dans mon cerveau. Je suis sûr que c'est ce type qui a rencardé Rudy. Je vois d'ici le tableau. Au fin fond de son Canada natal, un gosse se découvre un don pour la télépathie et se pique soudain de pimenter sa petite existence. Quoi de mieux que de faire appel à un tueur de fantômes ? Cela fait des mois qu'il me guette, comme un chat tapi dans l'herbe, prêt à bondir sur sa proie. Il n'y a que ça pour expliquer qu'il sache qui je suis, et qu'il ait décidé de me pister.

— Tu veux manger un morceau ? Je meurs de faim. Ma voiture est garée un peu plus haut. En réalité ça fait juste dix minutes que je te suis.

Sans ajouter un mot, il tourne les talons. Je regarde le bas de son jean balayer le trottoir tandis qu'il remonte la rue, la tête basse et les mains dans les poches. Même sa démarche le fait ressembler à un chien battu. Non, mais d'où sort sa veste miteuse ? Il a dû la dénicher dans le magasin de surplus militaires que j'ai croisé à quelques pas d'ici.

— Je t'expliquerai tout autour d'une table, me lance-t-il par-dessus son épaule. Allez, viens.

Si incroyable que ça puisse paraître, je finis par lui emboîter le pas.

Nous voici à bord de sa vieille Ford Tempo, une épave qui ressemble moins à une voiture qu'à un assortiment de pièces détachées. Elle pétarade à chaque accélération avec le bruit inimitable d'un octogénaire atteint d'une quinte de toux.

Quand on s'arrête enfin devant une devanture aux vitres fumées, sombre et peu engageante, je crois d'abord à une blague. Le Sushi d'Or ? Vraiment ? Moi qui n'ai jamais mangé de ces trucs-là, au moins, je ne mourrai pas idiot. Heureusement, l'intérieur du restaurant est plutôt agréable. Une serveuse nous demande si l'on veut s'asseoir à la japonaise. J'aperçois derrière elles des tables d'à peine trente centimètres de haut, quelques coussins en guise de sièges. On ne va peut-être pas pousser le dépaysement trop loin pour une première fois.

— Non, merci, dis-je, sans laisser le temps à l'Armée du Salut de se manifester.

Je suis déjà suffisamment décontenancé par mon interlocuteur pour préférer ne pas entamer notre conversation à genoux en face de lui. Quand je lui avoue que je ne connais pas les sushis, il s'empresse de passer commande à ma place. J'ai horreur de ne pas maîtriser la situation. Vous savez, ce genre de cauchemar où on se voit en train de faire n'importe quoi, où on voudrait se mettre des baffes, mais où on continue mordicus à s'enfoncer sans pouvoir se réveiller.

En face de moi, le type arbore un sourire un peu niais.

— Je t'ai vu parler à Carmel Jones au lycée. Tu ne perds pas ton temps.

— Qu'est-ce que tu me veux ?

— T'aider.

— Je n'ai pas besoin de ton aide.

— Faux. Je t'ai déjà prouvé le contraire aujourd'hui.

Deux assiettes au contenu non identifié arrivent sur la table. Il se penche en avant comme un chiot affamé, humant ce qui s'apparente à de la friture d'un côté, et de l'autre, à de petits tas gluants tachetés de points orange.

— Goûte.

— C'est quoi ?

— Des californias.

— Et le truc orange ?

— De la rogue de morue.

— Hein ?

— Des œufs de poisson, quoi.

— Alors non merci.

Il ne pouvait pas m'emmener chez McDo, comme tout le monde ? Des œufs de poisson, franchement ! C'est qui, ce type, d'ailleurs ? Je ne connais même pas son nom.

— C'est vrai, j'aurais dû me présenter plus tôt. Je m'appelle Thomas Sabin.

— Arrête de faire ça.

— Désolé, me répond-il en souriant de plus belle. C'est tellement facile avec toi. Mais je sais que c'est intrusif. Et vraiment, c'est rare que je lise aussi nettement dans les pensées des gens.

Sur ce, il enfourne une pièce entière incrustée d'œufs orange. J'essaie de déguiser ma grimace et de bloquer ma respiration pendant qu'il mastique son poisson cru avec délices.

— Je disais donc que je t'ai *déjà* aidé. Tu te souviens, tout à l'heure à la cafèt', quand les quatre balourds sont venus vous emmerder ? Rappelle-toi ce que tu as pensé à ce moment-là.

Je fouille ma mémoire à contrecœur ; je n'ai pas eu besoin de me retourner pour savoir qu'ils appartenaient à l'Armée troyenne. Mais comment ce mot m'est-il venu à l'esprit alors que je ne le connaissais pas ?

— Exactement. Tu peux me remercier pour ça, par exemple.

Je revois la scène sous un autre jour. Alors comme ça mon point de vue était manipulé par une petite fouine télépathe ? Très fière d'elle, la fouine en question se lance dans une dissertation sur les difficultés de la transmission de pensées, une prouesse qui en l'occurrence lui a valu un joli saignement de nez. Il se prend pour qui au juste ? Mon ange gardien ?

— Te remercier ? Tu plaisantes ? explosé-je enfin. De quoi tu te mêles ? Maintenant, je ne suis même pas sûr que mon jugement sur ces types était fondé.

Ils m'ont paru imbuvables, mais si ça se trouve, c'était juste à cause de ton filtre à toi.

— Fais-moi confiance, même sans moi, tu aurais fini par penser pareil. D'ailleurs, tu ferais mieux d'éviter Carmel Jones pour le moment. Elle vient de rompre avec Mike la grosse brute. Il est connu pour avoir percuté quelqu'un avec sa voiture parce qu'il était trop occupé à regarder Carmel, qui était assise à côté de lui.

OK, c'est décidé, je n'aime pas ce Thomas Sabin. Rien que sa façon de parler m'énerve. Ce qui le sauve, c'est qu'il n'a pas l'air méchant ; mais je jure que, s'il écoute mes pensées, là, maintenant, je lui crèverai ses pneus. C'est clair ?

— Je n'ai pas besoin de ton aide, Thomas.

Et j'aimerais bien qu'on m'épargne de devoir le regarder manger. Même si je dois avouer que le truc frit sent plutôt bon.

— Je t'assure que si. Ça fait, quoi, dix-sept jours que tu es à Thunder Bay ?

J'acquiesce lentement. Ça fait exactement dix-sept jours qu'on est arrivés en ville.

— C'est bien ce que je pensais. Ça fait dix-sept jours que mon crâne me fait souffrir le martyre. Les pires migraines télépathiques que j'aie jamais eues. J'aurais envie de m'arracher l'œil gauche pour que ça s'arrête. Mais maintenant que je te parle, je n'ai plus mal.

Il s'essuie la bouche, soudain sérieux.

— Ce que je vais te dire va te paraître étrange, mais il faut que tu me croies : chaque fois que j'ai eu une crise comme ça, quelque chose d'horrible est arrivé. Et c'est la première fois que c'est si fort.

Je m'appuie contre le dossier de ma chaise avec un soupir.

— Qu'est-ce qui te fait croire que tu peux m'aider ? Que sais-tu de moi ?

Je pose la question par pure formalité. Ce guignol ne peut rien pour moi, il n'a aucune idée de ce qu'est ma vie. Pourtant je suis curieux d'entendre ce qu'il a à en dire. Pour en avoir le cœur net. Putain, ça m'énerve de devoir tenir ce monologue intérieur tout en sachant qu'il peut très bien tout entendre. Je pourrais essayer de brouiller le flot de mes pensées avec des images. Un vendeur de hot-dogs à un coin de rue. Un chaton qui joue avec une pelote de laine. Un vendeur de hot-dogs qui caresse une pelote de laine. Heu…

Éludant ma question, Thomas s'essuie les commissures des lèvres avec sa serviette.

— Dis donc, tu trimballes un sacré attirail dans ton sac. La vieille n'en menait pas large tout à l'heure, quand tu lui as montré ton athamé.

Il fait claquer ses baguettes, se saisit d'un bout de machin frit et le fourre dans sa bouche, ce qui ne l'empêche pas de continuer à parler. Je vais être malade.

— OK, alors pour te répondre, je pense que tu es un tueur de fantômes. Et que tu es venu ici pour Anna.

Il en sait déjà beaucoup trop. Je devrais l'interroger encore, lui extorquer toutes ses informations. Mais je ne veux plus lui parler, c'est trop risqué.

Ça, Rudy, tu me le paieras cher. Me livrer en pâture à un télépathe pot de colle. Sans me prévenir en plus !

Un petit sourire arrogant se dessine sur les lèvres de Thomas Sabin. Il remonte ses lunettes. Malgré son regard fuyant, une certaine assurance se dégage du personnage. C'est son don qui lui donne cette force, ce pouvoir sur les autres. Ce pouvoir sur moi, en l'occurrence.

J'éprouve soudain le besoin de meubler le silence, et enfourne à mon tour un morceau de friture. C'est fondant et onctueux, nappé d'une sauce légèrement sucrée. Pas si mauvais. Les œufs de poisson ne m'inspirent toujours pas, en revanche. Thomas ne dit rien. Je commence à en avoir assez. Il est temps de lui donner une petite leçon. Je vais lui faire regretter son sourire prétentieux et de m'avoir jamais adressé la parole.

— Anna qui ? fais-je avec un froncement de sourcils perplexe.

Il me regarde avec surprise. Il commence à bafouiller quelque chose quand je me penche brusquement vers lui.

— Écoute-moi bien, mec. C'est peut-être grâce à toi que je suis dans cette ville à la poursuite d'Anna Korlov, mais mets-toi une chose dans le crâne : j'ai toujours travaillé seul, et ce ne sont pas tes talents de voyante qui vont me faire changer d'avis. Est-ce que je me suis bien fait comprendre ?

Je ne lui laisse pas le temps de répondre et abats mon ultime carte : je pense haut et fort à toutes les atrocités qui ont ponctué ma carrière. Je convoque mes souvenirs les plus horribles, le sang, les brûlures, les membres disloqués. Tu veux des sensations fortes, Thomas ? Attends, je t'envoie les yeux de Peter Carver en train d'exploser dans leurs orbites. Et le Vagabond de la départementale qui se vide de sa substance, sa peau qui se rétracte autour de ses os avant qu'il ne disparaisse dans une explosion de viscères.

On dirait que Thomas vient de se prendre un uppercut. Il vacille, le front soudain baigné de sueur. Sa pomme d'Adam s'agite dangereusement au milieu de son cou. S'il pouvait éviter de me vomir ses sushis dessus, j'aimerais autant. Je demande l'addition sans qu'il proteste. Fallait pas me chercher, Thomas Sabin.

6

Je laisse Thomas me conduire jusque chez moi. Il m'agace beaucoup moins depuis qu'il ne la ramène plus. Je claque la portière et monte les marches du perron. Il me demande timidement à travers sa vitre baissée si je viens à la fête ce soir. Sa pâleur me fait presque pitié. Il n'est pas près de se remettre des images que je lui ai balancées tout à l'heure. C'était un peu cruel de ma part. Après tout, je l'ai peut-être mal jugé. Ce n'est qu'un gamin solitaire et maladroit. Je ne lui réponds rien parce que je n'ai pas envie de lui infliger un nouveau coup en lui disant de me laisser tranquille. S'il est aussi lucide qu'il le prétend, il doit sentir qu'il ferait mieux de ne pas insister.

Je ferme la porte derrière moi et me dirige vers la cuisine. Ma mère est en train de hacher des herbes aromatiques. Deux choix possibles : soit elle prépare le dîner, soit c'est pour une de ses potions magiques. Des queues de fraises et des bâtons de cannelle sont éparpillés sur le plan de travail. Ça ressemble autant à la recette d'un philtre qu'à celle d'une des délicieuses tartes dont elle a le secret. Tiens, mais d'ailleurs, je meurs de faim, moi. Je me dirige vers le frigo pour me faire un sandwich.

— Hé, m'interpelle ma mère. Le dîner sera prêt dans une heure.

— Je sais, mais j'ai besoin d'un en-cas avant. Je suis en pleine croissance, je te rappelle.

Je sors la mayonnaise, du fromage et un reste de sauce bolognaise. J'étends la main pour attraper le pain, tout en déroulant mentalement la liste de ce qui me reste à faire avant que Carmel ne passe me chercher. L'athamé est propre, c'est toujours ça, même si je ne me fais aucune illusion sur la probabilité de voir un revenant pendant la fête. Les fantômes ne s'attaquent pas aux groupes de plus de dix personnes. Ces choses-là n'arrivent que dans les films d'horreur.

Non, ce soir, je suis simplement en mission d'infiltration. Mon but, c'est d'entendre l'histoire d'Anna, et de rencontrer les gens qui me mèneront à elle. Parce que c'est bien joli de connaître son âge et son nom de famille, mais encore faut-il la localiser. Tout ce que je sais, c'est qu'elle a été tuée dans sa propre maison. Je pourrais trouver mes réponses en passant un après-midi à la bibliothèque à éplucher les archives de la ville. L'adresse des Korlov doit bien y figurer. La presse s'est sans doute emparée de l'histoire à l'époque. Mais ça m'enlèverait tout le plaisir. Ce que je préfère dans une chasse, c'est le début ; le moment où je découvre ma cible à travers ce que m'en disent les gens. J'adore accumuler le plus de détails possible, disposer d'un énorme fichier d'informations sur chaque fantôme. Et lorsque je les affronte enfin, j'aime qu'ils soient à la mesure de leur réputation.

— Tu as passé une bonne journée, maman ?

— Ça va, me répond-elle, penchée sur son mortier. Tout à l'heure j'étais dans le grenier et j'ai vu un machin courir et se carapater dans un trou du mur. Je vais devoir appeler une entreprise de dératisation.

Elle frissonne avec une grimace de dégoût.

— Pourquoi est-ce que tu ne laisses pas Tybalt s'en occuper ? C'est à ça que servent les chats, non ?

La grimace s'accentue.

— Berk ! Hors de question qu'il chasse un rat pouilleux. Il pourrait m'attraper des vers. Demain j'appelle un spécialiste. Ou alors, peut-être que tu peux monter installer des pièges ?

— D'accord. Mais pas ce soir. Je sors.

— Ah bon ? Avec qui ? demande ma mère en levant une tête curieuse.

— Carmel Jones, dis-je avec un sourire.

Puis je m'empresse de préciser :

— C'est strictement professionnel. Il y a une fête de rentrée et je compte bien en profiter pour récolter quelques infos sur Anna.

Ma mère pousse un soupir et se remet à piler ses herbes.

— Elle est comment, cette Carmel ?

Pourquoi faut-il toujours qu'elle se concentre sur la partie la moins importante de l'énoncé ?

— Tu sais que je n'aime pas que tu utilises les gens pour arriver à tes fins, me reproche-t-elle.

Je m'assieds sur le plan de travail en riant et lui vole une fraise.

— Il ne faut pas exagérer, tu me fais presque passer pour un pervers manipulateur.

— Ce qui me trouble, c'est que tu mises toujours sur les filles. J'espère que tu fais attention à leurs sentiments, c'est tout.

— Je n'ai jamais brisé le cœur de personne, maman.

— Tu dis ça parce que tu n'es jamais tombé amoureux, Cas, réplique-t-elle en levant les yeux vers moi.

Attention, terrain glissant ! J'ai déjà donné en termes de conversations gênantes avec ma mère ; évitons de lui parler d'histoires de cœur. Je marmonne que j'ai des devoirs à faire et m'évade de la cuisine. Elle pense que je ne fais pas attention aux gens, moi ? C'est la meilleure. Je suis blessé parce que j'ai l'impression qu'elle ne me connaît pas. Est-ce qu'elle ne voit pas tout le mal que je me donne pour protéger mon entourage ? Toute la prudence que je déploie à chaque mission ?

Je passe ma colère sur mon sandwich. Après tout, elle fait juste son boulot de mère. Mais c'est dommage qu'elle n'ait pas compris pourquoi, depuis toutes ces années, elle ne m'a jamais vu ramener un seul ami à la maison.

Quant à tomber amoureux, comme elle dit… C'est une complication dont je me suis très bien passé jusqu'ici. Ça m'arrivera peut-être un jour, je ne suis pas fermé à l'idée. Tout ce que j'espère, c'est que ça ne m'empêchera jamais de faire mon travail. Que je sois amoureux ou non, les fantômes ne cesseront pas de tuer et de se multiplier à la surface de la terre.

Carmel se gare devant chez nous un peu après neuf heures. Elle est sublime dans son haut à bretelles roses et sa minijupe noire. Ses longs cheveux blonds ondulent sur ses épaules. Je voudrais lui sourire, lui faire un compliment, mais les mots restent coincés dans ma gorge. J'ai des scrupules maintenant. Merci, maman !

Je prends place dans sa luxueuse Audi argentée, et nous partons. Plutôt surprenante, la signalisation canadienne : des panneaux nous indiquent de faire attention aux élans qui pourraient traverser la route. Les derniers rayons de soleil disparaissent au loin, jetant une lumière orange sur le paysage. L'humidité du soir s'engouffre par la vitre baissée. Si j'osais, je sortirais ma tête tout entière pour humer l'air, comme font les chiens le nez au vent. Nous laissons la ville derrière nous et je tends l'oreille. Anna est si proche… Je me demande si elle a senti que quelqu'un la guettait ; si elle devine ma présence autant que moi je devine la sienne, au milieu des centaines d'autres fantômes qui errent sans but.

Je me demande ce que ça fait d'être mort. J'ai beau avoir côtoyé un nombre incalculable de revenants, je n'ai jamais réussi à percer leur mystère. Pourquoi certains restent et d'autres non ? Et où vont ceux qui partent pour de bon ? Où est-ce que je les envoie, moi, lorsque je leur plante ma lame entre les côtes ?

Carmel me pose des questions sur mes cours, sur mon ancien lycée. Je lui fais des réponses vagues. Autour de nous, la campagne succède à la ville. Nous traversons un patelin de maisons à moitié en ruine. Elles sont habitées, apparemment, puisqu'il y a des voitures garées devant, mais on dirait qu'elles ont été fixées au sol par la rouille. Ça me rappelle quelque chose, mais quoi ? J'en ai vu tellement, des lieux différents, qu'à force je ne me souviens plus. Il faudra bien que ça s'arrête un jour si je ne veux pas devenir complètement blasé.

— Tu bois ? me demande Carmel.

— Bien sûr.

Je frime un peu, mais la vérité c'est que je ne suis pas un buveur régulier. Où voulez-vous que je trouve le temps ?

— Cool. Il y aura quelques bouteilles et de la bière.

Elle met son clignotant et nous quittons la route pour nous enfoncer sur un chemin de terre. J'entends d'ici la rumeur persistante de la cascade, cachée par les arbres. On arrive. C'est passé beaucoup plus vite que je ne pensais. Je n'ai prêté aucune attention au trajet, happé par mes fantômes et la pensée d'une jeune fille en particulier qui m'attend quelque part, j'en suis certain maintenant.

La fête n'a rien d'exceptionnel. On me présente à une multitude de visages auxquels je suis incapable d'associer un prénom. Les filles rient pour un rien et cherchent à attirer l'attention. Les garçons évoluent en troupeaux et ont laissé leur cerveau dans leur voiture. J'ai réussi à avaler deux bières. J'en tiens une troisième à la main pour faire illusion. Une heure que je n'y ai pas touché. Je m'ennuie.

Les gens se sont massés au bord de la cascade, où une eau boueuse se déverse en contrebas. Le flux est plutôt faible, ce qui n'est pas étonnant après un été aussi sec. Il n'empêche, l'érosion de la pierre noire est assez impressionnante. J'aimerais bien escalader cette roche à pic, si j'avais les chaussures pour. Ce serait plus intéressant que ce qui se passe autour de moi. Je ne suis pas sûr que l'humanité mérite une « fin du monde » aussi triste.

Si au moins je pouvais parler à Carmel… mais chaque fois que j'essaie de la prendre à part, Mike Andover surgit comme par enchantement sur mon chemin, le regard menaçant. Et quand j'arrive à le semer, ce sont les amies de Carmel qui se plantent devant moi pour me dévorer des yeux. Il y a Natalie et Katie, quasi indiscernables l'une de l'autre. Elles sont brunes toutes les deux, le même visage allongé, et poussent le vice jusqu'à porter la même barrette ! Comme elles s'intéressent manifestement à moi, je ne peux pas m'empêcher de faire le coq, leur souriant comme un crétin en essayant de dire des choses spirituelles. La tête me tourne légèrement. Il suffit que j'ouvre la bouche pour qu'elles se mettent à glousser en se regardant ; elles rient de plus belle, puis se retournent vers moi, à l'affût de ma prochaine blague. Parfois je me demande vraiment si je ne préfère pas la compagnie des morts à celle des vivants.

Finalement, une certaine Wendy se met à vomir par-dessus la balustrade, me procurant une diversion parfaite pour saisir Carmel par le bras et l'entraîner sur la passerelle en bois qui enjambe le torrent. Je veux l'emmener de l'autre côté, mais elle s'arrête au milieu du pont, se penchant pour regarder l'eau s'écouler.

— Tu passes une bonne soirée ? me demande-t-elle.

J'acquiesce silencieusement. Elle commente :

— Les gens t'aiment bien.

Honnêtement, je ne vois pas ce qui lui permet de penser une chose pareille. Je n'ai pas dit un seul mot intéressant. Normal, puisque tout ce qu'il y a d'intéressant chez moi doit rester secret.

— Les gens m'aiment bien par égard pour toi, si tu veux mon avis.

Je m'attends à ce qu'elle proteste, me dise que je me fais des idées, mais elle se contente de hocher la tête. Elle sait très bien que j'ai raison et est trop intelligente pour donner dans la fausse modestie. Je me demande vraiment ce qu'elle faisait avec un type comme Mike. Pas étonnant qu'elle ait fini par larguer un balourd pareil.

Tout d'un coup, je songe à Thomas Sabin. Je m'attendais à le voir rôder entre deux troncs d'arbres, épiant le moindre de mes mouvements. Jusqu'ici, il est resté invisible. Il a dû renoncer. Après toutes les rencontres insipides que j'ai faites ce soir, je finirais presque par le regretter.

— Tout à l'heure à la cafèt' tu me racontais ce qui s'était passé à la fête de l'année dernière. Une histoire de fantômes, je crois... ?

Carmel me lance un regard surpris, puis sourit.

— En effet.

Elle s'éclaircit la gorge et commence son récit en me restituant le contexte dans ses moindres détails. Qui était là, avec qui et pourquoi. Il y a des gens comme ça qui ne peuvent pas se passer de toutes sortes de précisions inutiles. Moi, je préfère qu'on laisse une part de mystère, et faire travailler mon imagination. Je m'approprie d'autant mieux les situations qu'on laisse un peu d'espace pour la rêverie. C'est souvent plus captivant que de se taper la version intégrale des faits.

Après quelques développements interminables, Carmel arrive enfin dans le vif du sujet. C'est-à-dire au moment où le taux d'alcoolémie général était à son maximum et que les gens se sont assis en cercle pour se raconter des histoires qui font peur. Avec une prédilection pour celle de ces randonneurs qui se sont tués dans les chutes de Trowbridge il y a quelques années, et qui sont revenus les hanter, vous poussant dans le vide quand vous vous approchiez trop près du bord. Il paraît que plus d'une personne aurait été victime de leurs mains invisibles. Ça ne me surprend pas. Les fantômes sont toujours vindicatifs, quel que soit le pays où ils sévissent. Carmel s'interrompt un instant avant de reprendre :

— Pile à ce moment-là, on a entendu des hurlements. Tony Gibney et Susanna Norman ont déboulé comme des dingues, en criant qu'on les avait attaqués pendant qu'ils étaient en train de s'embrasser sur un des chemins de promenade. Il était tard et les gens commençaient vraiment à paniquer, alors on a décidé de rentrer. J'étais venue en voiture avec Mike, Chase, et Will qui conduisait. On allait quitter le parc, quand soudain un machin sorti de nulle part a bondi sur la route juste devant nous. Je ne sais pas s'il venait de la colline un peu plus haut, ou s'il nous attendait, perché dans un arbre, mais en tout cas il ressemblait à une sorte de puma hérissé. Will a freiné à mort pour l'éviter. La bête n'a pas bougé d'un pouce, elle est juste restée là à nous fixer. J'ai cru qu'elle allait sauter sur le toit, j'étais à deux doigts de hurler. Elle nous a montré les crocs avec un feulement bizarre et puis…

— Et puis ? glissé-je, feignant de retenir mon souffle.

— Elle s'est redressée, a tourné les talons et s'est enfoncée dans la forêt, debout sur ses deux jambes.

J'éclate de rire et Carmel me donne une tape sur le bras.

— Je ne suis pas bonne pour raconter les histoires, se justifie-t-elle tout en pouffant de rire à son tour. Mike le fait super bien.

— Ça, c'est sûr, avec son langage fleuri et raffiné, ce doit être un délice.

— Carmel.

Je me retourne. Évidemment, qui est derrière nous ? Mike, flanqué comme à son habitude de Will et Chase.

— Qu'est-ce qui vous fait autant rire ? demande Chase en écrasant sa cigarette sur la rambarde.

Il replace ensuite soigneusement le mégot dans le paquet, ce que je trouve à la fois répugnant et surprenant. Je n'aurais jamais soupçonné une telle conscience écologique chez ce garçon.

— Rien. Carmel était juste en train de me raconter comment vous étiez tombés nez à nez avec le yéti l'année dernière.

Mike esquisse un sourire. Il y a un truc bizarre chez lui. Son attitude a changé, et ce n'est pas uniquement parce qu'il est bourré.

— Je te jure que l'histoire est vraie, mon pote.

Tiens, Mike me parle, maintenant ? Non seulement, il ne m'ignore plus, mais il me regarde droit dans les yeux. C'est assez perturbant, et surtout, je ne crois pas une minute que ce soit sincère. Non, il a certainement quelque chose derrière la tête. Je ne sais pas ce qu'il me veut, mais je ne suis pas serein.

Je l'écoute patiemment me raconter à nouveau la même histoire, avec toute la gouaille et la vulgarité que j'imaginais tout à l'heure. Les deux versions sont étonnamment proches. Je ne pourrais pas dire si ça confirme la véracité des faits, ou si c'est juste qu'ils les ont tellement rabâchées tous les deux qu'ils ont fini par accorder leurs violons. Quand il a fini, Mike reste un instant sans rien dire. Il vacille un peu, comme une toupie en fin de course, l'air perdu.

— Alors comme ça, tu aimes les histoires de fantômes ? me demande Will Rosenberg, rompant le silence.

— J'adore, assuré-je en me redressant.

Une brise humide tourbillonne autour de nous, et mon T-shirt commence à me coller à la peau. Je frissonne.

— Mais je vous avoue que votre bestiole velue ne me fait ni chaud ni froid. Le truc ne s'est même pas donné la peine de vous attaquer. C'est nul, provoqué-je délibérément.

— Je suis bien d'accord avec toi ! approuve Will en riant. Il n'y a même pas de chute à l'histoire. Moi, j'attends toujours le deuxième épisode, genre « La Revanche du cousin Machin », mais apparemment ce n'est pas pour ce soir.

J'éclate de rire, ignorant le petit regard outré de Carmel. J'aime bien Will. Au moins il a un cerveau. Ce qui fait aussi de lui le plus dangereux des trois larrons. Mike se renfrogne un peu. Il doit être déçu de voir Will fraterniser avec l'ennemi, ça ne doit pas faire partie de sa stratégie. Comme je suis conciliant, je décide de leur tendre une perche.

— Alors, vous n'avez rien de mieux à me raconter ?

— Si tu savais… me répond Will.

— Natalie m'a dit que ta mère était un peu sorcière, l'interrompt Chase. Sans déconner ?

— Sans déconner, dis-je en haussant les épaules. Elle tire les cartes. Elle vend aussi du matériel de magie sur Internet. Vous n'imaginez pas le nombre de gens qui mettent leur fric là-dedans.

— C'est marrant, commente Carmel avec un sourire. Elle pourrait peut-être me prédire l'avenir, un de ces jours.

— Putain, c'est tout ce dont cette ville avait besoin, une invasion de tarés. Si ta mère est une sorcière, toi, tu es qui ? Harry Potter ?

— Mike, ne fais pas le con, se fâche Carmel.

— Tu lui en demandes beaucoup.

Mike ne relève pas. Il se tourne vers Carmel et lui demande pourquoi elle traîne avec un cinglé dans mon genre. Très agréable. Je sens Carmel de plus en plus tendue, comme si elle avait peur que Mike pète les plombs et me balance par-dessus la balustrade. Je jette un coup d'œil dans le vide. Il fait trop sombre pour évaluer la profondeur, mais il n'y a sans doute pas assez d'eau pour amortir une chute. C'est un coup à se fendre le crâne. J'essaie de rester calme, les mains enfoncées dans mes poches pour donner le change. J'espère secrètement que mon indifférence le fera enrager encore plus. Je n'aime pas du tout qu'on insulte ma mère, et encore moins qu'on me compare à un putain d'apprenti sorcier. S'il m'envoyait par le fond ce soir, il verrait de quel bois se chauffe mon fantôme. Croyez-moi, je le poursuivrais sans relâche jusqu'à ce que je lui aie mangé le cœur.

— Attends, Mike, calmos, intervient Will. Il veut des histoires de fantômes ? On va lui en donner. Si on lui parlait de celle qui empêche tous les gamins de Thunder Bay de fermer l'œil ?

Ça y est, nous y voilà enfin.

— Vas-y, balance, c'est qui ? l'encouragé-je tandis qu'il ménage son suspense.

— Anna Korlov. Anna à la robe de sang.

Le nom roule dans l'espace comme une déferlante. Ma voix intérieure se le répète depuis si longtemps que je frissonne de l'entendre, dans la bouche d'un autre, trancher l'air comme une lame de rasoir.

— Ne me dites pas qu'on croise aussi le Petit Chaperon rouge dans vos forêts ?

Je fais exprès de tourner l'affaire en dérision, juste pour les inciter à me faire le portrait le plus épouvantable possible d'Anna. Je veux qu'elle soit terrifiante. Mais Will me regarde avec étonnement, comme s'il se demandait ce que les frères Grimm avaient à voir là-dedans.

— Anna Korlov avait seize ans, et tout ce qu'elle voulait, c'était aller au bal de fin d'année, reprend-il finalement. Elle n'a jamais pu s'y rendre. Quelqu'un lui a coupé la gorge avant qu'elle ne sorte. On a retrouvé son corps le lendemain au milieu d'un essaim de mouches, sa robe blanche trempée de sang.

— C'est son mec qui a fait le coup, non ? lance Chase juste à point.

— C'est ce qui s'est dit. On a soupçonné un jeune type qui a quitté la ville quelques mois après. Mais il avait un alibi en béton : il avait passé la soirée au bal à demander où était Anna ; tout le monde l'avait vu. Il avait même fini par penser qu'elle lui avait posé un lapin. Mais peu importe de savoir qui l'a tuée ou comment. Le vrai nœud de l'histoire, c'est qu'Anna n'est jamais partie. Environ un an plus tard, elle est revenue dans la maison où elle est morte. Sa mère avait disparu six mois plus tôt, emportée par une crise cardiaque, et la baraque avait été vendue à un pêcheur qui s'y était installé avec sa famille. Anna ne s'est pas contentée de les tuer jusqu'au dernier, elle les a mutilés d'une façon atroce. On dit qu'elle a empilé leurs têtes et leurs bras devant l'escalier et a accroché le reste des dépouilles à des crochets dans la cave.

Quelques personnes nous ont rejoints, attirées par le récit de Will. Je passe en revue les visages, plus pâles les uns que les autres. Je lis le malaise sur certains, notamment celui de Carmel. D'autres ont juste les yeux fixés sur moi, curieux de ma réaction.

Mon pouls s'est accéléré, mais je fais appel à tout ce que j'ai de sang-froid pour lancer, d'une voix sceptique :

— Qu'est-ce qui vous dit que ce n'est pas un psychopathe qui les a tués ?

— Parce que les flics n'ont jamais fait d'enquête. Ils se sont empressés d'étouffer l'affaire, n'ont enregistré aucune déposition ni arrêté personne. La maison a été mise sous scellés, et deux mois plus tard, c'est comme si rien ne s'était passé. Les gens ont préféré oublier, et ils l'ont fait avec une facilité déconcertante.

J'approuve silencieusement. C'est tellement vrai, les gens préfèrent enterrer ce qui leur fait trop peur.

— Par ailleurs, poursuit Will, on a retrouvé des inscriptions plutôt éloquentes, tracées sur le mur avec le sang des victimes : « Ici loge Anna. »

— Le père de famille était gaulé comme un taureau, renchérit Mike avec un sourire sadique. Elle lui a arraché les bras et la tête comme si c'était une mouche. Aucun être humain normal ne pourrait faire ça, à moins d'être un catcheur professionnel, d'avoir sniffé de la coke et de s'être planté une seringue d'adrénaline dans le cœur.

Je renifle avec dédain. L'Armée troyenne rit de mon audace.

— Il ne nous croit pas ! s'exclame Chase.

— Tu parles, il est mort de trouille, conclut Mike.

— Fermez-la, crie Carmel en me prenant le bras. Fais pas attention à eux. Ils t'ont pris en grippe parce que je t'aime bien. Mais ces histoires sont stupides, laisse tomber.

J'ai envie de lui dire qu'elle se trompe, mais je me contente de prendre sa main dans la mienne et de la serrer pour lui faire comprendre que tout va bien. Puis je me tourne vers mon public.

— Alors, vous me la montrez, cette maison ?

Comme prévu, les trois comparses échangent un regard satisfait : c'est exactement ce qu'ils voulaient.

7

Nous nous entassons à cinq dans une voiture et nous quittons la cascade pour revenir vers la ville. On roule si vite que je ne distingue pas les panneaux qui défilent à toute allure. Chase et Mike ont baissé leurs vitres et jouent à accumuler les détails sordides sur les méfaits d'Anna, en une surenchère qui les fait rugir de rire. Ils font si bien que j'en oublie de repérer le chemin.

Ça n'a pas été facile de quitter la fête sans éveiller les soupçons. Ils ont dû convaincre les autres de rester pour boire un dernier coup. Pour se dépêtrer de Natalie et Katie, Carmel s'est même livrée à la plus vieille ruse du monde, pointant quelque chose derrière leur tête en disant : « Oh, regardez, là, derrière vous ! » avant de plonger dans la bagnole. Remarquable.

— La route est longue, me prévient Will.

C'est à nouveau lui qui conduit, comme le soir de la fameuse anecdote de Trowbridge. Ce garçon me surprend de plus en plus. Apparemment, c'est lui le chauffeur désigné de la bande, celui qui ne boit pas ; ça renforce mon intuition qu'il ne fréquente ces crétins que par souci de s'intégrer. À mon avis, en vrai, c'est lui qui tire les ficelles sans que les autres s'en aperçoivent. Il est assez malin pour ça.

— Il faut sortir de la ville, mais par le nord cette fois, m'informe-t-il.

— C'est quoi le plan, quand on sera sur place ?

Ma question est accueillie par un éclat de rire général.

— Boire des bières, jeter les bouteilles contre la façade de la maison, rien de précis. On s'en fout un peu, non ? répond Will avec un haussement d'épaules.

Il a raison. Ce n'est pas ce soir que je vais tuer Anna. Je suis déjà trop content de me rapprocher d'elle. J'espère au moins sentir sa présence, cachée derrière une fenêtre à m'observer. Peut-être qu'elle préférera rester terrée dans les profondeurs de son antre. À vrai dire, je suis forcé de constater qu'Anna Korlov exerce sur moi une étrange fascination. Jamais aucun autre fantôme n'a occupé autant de place dans mon esprit. Aucun, excepté celui qui a tué mon père.

Nous longeons le lac Supérieur. Des murmures affleurent à la surface de l'eau ; les morts me regardent depuis les profondeurs de leurs yeux vides, les joues mangées par les poissons. Ils attendront.

Will finit par s'engager dans un chemin si mal entretenu que les pneus de sa voiture protestent, et nos genoux s'entrechoquent à chaque cahot. Une forme noire se profile au bout de l'allée. Je distingue une maison ramassée sur elle-même, à l'abandon depuis si longtemps qu'elle commence à s'affaisser. Will s'arrête. Je sors promptement de la voiture. Les phares illuminent le rez-de-chaussée, révélant un crépi gris en piteux état, et un perron à moitié pourri, envahi par les mauvaises herbes. Trente mètres me séparent de la porte d'entrée.

J'entends Chase chuchoter derrière moi :

— Tu es sûr que c'est là ?

Il doute, mais pas moi. Je sais que nous sommes chez Anna. Mes cheveux et mes vêtements se soulèvent sous un vent inexistant. La maison nous observe. Je fais un pas en avant, bientôt rejoint par mes compagnons qui s'approchent à pas hésitants, un pack de bières à la main.

À en croire ce qu'ils ont raconté pendant le trajet, Anna tue quiconque ose s'aventurer dans sa maison. Des sans-abri à la recherche d'un toit, par exemple, sont morts éviscérés à la seconde où ils ont fermé les yeux pour dormir. On ne peut pas vérifier ce genre d'anecdotes, mais je ne serais pas surpris qu'elles soient vraies.

Un son violent nous fait sursauter. C'est Carmel qui vient de claquer la portière. Ses talons font crisser le gravier de l'allée.

— C'est idiot, d'être venus ici. On aurait mieux fait de rester à la soirée.

La température a baissé. Elle a jeté un gilet gris sur ses épaules raidies par le froid, les mains enfoncées dans les poches de sa jupe.

Trop occupés à se donner une contenance en descendant des bières et en gueulant comme des bœufs, nos trois compères ne l'écoutent pas. Je m'avance vers la maison à pas feutrés, ne quittant pas les fenêtres des yeux, à l'affût de tout mouvement suspect. Quand j'entends quelque chose siffler au-dessus de ma tête, je me penche instinctivement : une canette de bière me frôle avant d'atterrir au bout de l'allée, rebondissant contre le perron.

— Anna ! Hé, Anna ! Viens un peu nous montrer ta face de vieille charogne ! hurle Mike en partant d'un rire gras.

Chase lui tend une autre bière. Malgré l'obscurité, je vois ses joues embrasées par l'alcool. Il tient à peine debout.

Je ne peux pas laisser passer ça. Je voudrais bien pousser mon enquête, mais c'est impossible dans ces conditions. On ne se moque pas impunément des morts. Je ne sais pas ce qui me retient de leur aplatir une canette de bière sur la tronche. Et ne venez pas me dire que c'est contradictoire de prendre la défense d'un fantôme que je suis venu tuer de mes propres mains. Je ne suis pas d'humeur.

Carmel saute d'un pied sur l'autre pour se réchauffer. Ses cheveux ont l'air plus fins à la lumière de la lune, comme une toile d'araignée drapée autour de son visage.

— OK, les mecs, on s'en va. Carmel n'a pas l'air bien et on ne trouvera rien d'autre ici que des termites et des souris.

Je reviens vers eux, mais Mike et Chase m'attrapent chacun par un bras. Will s'est rapproché de Carmel. Il lui parle doucement, faisant des signes vers la voiture. Je la vois secouer la tête et s'avancer vers nous. Mais, une main sur son épaule, Will l'empêche d'aller plus loin.

— On ne s'en ira pas tant qu'on ne sera pas entrés, m'annonce Mike.

Ils me forcent à faire demi-tour, m'escortent vers la porte d'entrée comme deux gardiens de prison.

— Aucun problème. Merci, je peux encore marcher tout seul, fais-je en me dérobant à leur emprise.

Je ne devrais pas entrer dans leur jeu, mais le fait est que je meurs d'envie d'inspecter la maison. Je préférerais être seul, c'est sûr, mais maintenant que j'y suis… Je fais un petit geste à Carmel pour la rassurer.

Au moment où je pose le pied sur la première marche du perron, un frémissement parcourt la bâtisse ; on dirait qu'elle respire, comme si elle se réveillait après des années de solitude. Je grimpe les deux autres marches et me tiens devant la silhouette grise de la porte. Je regrette de ne pas avoir de lampe torche ou de bougie sur moi. De loin, j'avais cru que la maison était grise, de la couleur des plaques de crépi tombées par terre, mais maintenant, je ne saurais plus dire. Ses murs suintent une sorte de pourriture noire. Ou est-ce de la peinture ? Mais qui peindrait une maison en noir ?

Une épaisse couche de poussière obstrue les imposantes fenêtres qui s'ouvrent de part et d'autre de la porte. Je vais à gauche, passe une main sur le carreau. Les pièces sont vides, à l'exception d'un ou deux meubles renversés çà et là. Un canapé recouvert d'un drap blanc est échoué au milieu de ce qui a dû être le salon. Au-dessus, les restes d'un lustre dégarni se balancent au plafond.

Il fait si sombre dehors que c'est presque inouï d'y voir si clair à l'intérieur. Une lumière surnaturelle baigne la pièce, une sorte de halo gris venu de nulle part. Je ne comprends pas tout de suite pourquoi cette clarté me trouble autant. Puis je percute : cet éclairage étrange ne projette aucune ombre.

Un murmure derrière moi me rappelle que je ne suis pas seul. Je me tourne vers Mike et Chase pour leur dire qu'il en faut plus pour me faire peur, et qu'on peut retourner à la fête ; mais je n'ai pas le temps d'ouvrir la bouche : en face de moi Mike brandit à deux mains une planche cassée. Avec laquelle il est clairement en train de viser ma tête.

Une horrible odeur de saleté me rappelle à la réalité du monde. J'émerge avec la sensation que ma cervelle s'échappe par une fente de mon crâne. Je suis allongé sur le côté ; chacune de mes respirations soulève un petit nuage de poussière sur le parquet. Je roule sur le dos, cligne des paupières. Ma tête a l'air intacte, mais elle me fait si mal que je ne peux pas garder les yeux ouverts. Je suis complètement désorienté. Qu'est-ce que je faisais avant d'arriver ici ? Je n'arrive pas à penser, mon cerveau roule à l'intérieur de ma boîte crânienne comme un hamster dans sa cage. Une image me revient. Un abruti au front bas en train de brandir une planche. Ça y est, je me rappelle. Les pièces du puzzle se mettent doucement en place. Je rouvre les yeux, apaisé par la douce lueur grise.

Attendez une seconde… Douce lueur grise ? Ma mâchoire se décroche sous le coup de la surprise : je suis à l'intérieur de la maison.

Ça me fait l'effet d'un coup de fouet : mes neurones s'activent immédiatement, alertes comme un tigre sur son tabouret de cirque. Combien de temps suis-je resté inconscient ? Dans quelle pièce suis-je ? Comment en sortir ? Et bien sûr, le point le plus crucial : est-ce que ces salauds m'ont laissé tout seul ?

La réponse à cette dernière question me parvient rapidement par la voix lointaine de Mike :

— Tu vois, je savais bien qu'il n'était pas mort.

Il tape sur la vitre pour attirer mon attention. Je me tortille sur le sol, lève les yeux vers lui. Il est dehors, un sourire suffisant sur les lèvres. Il ânonne des phrases stupides que j'entends à peine. « Tu es un homme mort » et autre « voilà ce qui arrive à ceux qui marchent sur mes plates-bandes ». Puis la voix de Carmel l'interrompt, criant qu'elle va appeler les flics. Elle lui demande d'un ton paniqué si j'ai au moins repris connaissance.

— Carmel ! Je vais bien.

— Cas… Je te jure que je ne savais pas ce qu'ils allaient te faire.

Je la crois. Je me frotte l'arrière du crâne. Mes cheveux sont mouillés. Je regarde ma main : elle est couverte de sang. C'est assez impressionnant, mais je ne m'inquiète pas. Les plaies à la tête saignent toujours beaucoup, même quand elles sont superficielles. Je tâtonne autour de moi et le sang mêlé à la poussière forme une pâte rougeâtre sur mes doigts.

Mais impossible de me lever : mes forces me lâchent au moindre mouvement. J'ai le vertige, il faut que je me rallonge. La pièce tourne.

— Merde, il n'arrive pas à bouger. On ferait mieux de le sortir de là, Mike. Il a peut-être un traumatisme crânien.

— Je l'ai assommé avec une planche, Chase. Bien sûr qu'il a un traumatisme crânien, pauvre crétin.

Dans un vague élan de conscience, je songe intérieurement que Mike est bien placé pour traiter qui que ce soit de crétin. J'ai du mal à me concentrer sur ce qui se passe autour de moi. Cette scène, par exemple, est complètement absurde. Je dois être en train de rêver.

— Allez, on s'arrache. Il finira bien par trouver son chemin.

— Arrête tes conneries, mec. Regarde sa tête, il saigne comme un porc.

Ils se lancent dans une discussion surréaliste sur ce qu'il convient de faire, entre me ramasser à la petite cuillère ou me laisser crever sur place. Pendant ce temps, je me sens à nouveau perdre pied, happé par l'obscurité. C'est peut-être la fin. Assassiné par des vivants. Qui l'eût cru ?

Soudain un cri strident me perce les tympans. C'est Chase qui hurle à pleins poumons, cinq octaves plus haut que la normale :

— Putain de merde !

— Quoi ? s'exclame Mike d'un ton énervé et paniqué à la fois.

— L'escalier ! Regarde en haut de l'escalier !

J'entrouvre douloureusement les paupières, mais il faut encore que je soulève ma tête d'un centimètre ou deux. Qu'est-ce qu'il a, cet escalier ? Il m'a l'air plutôt normal, à part qu'il est un peu étroit et que la rampe a été cassée en trois endroits. Qui a bien pu s'acharner comme ça ? Et pourquoi ? En même temps, je n'en vois que les premières marches. Il faudrait que je lève un peu plus les yeux…

Mon Dieu. En haut des marches. Elle est là. Anna. Est-ce à cause du coup que j'ai reçu ? J'ai l'impression qu'elle clignote, comme si je regardais une vieille télé mal raccordée, comme si elle peinait à se matérialiser pour sortir de l'écran. D'une main, elle saisit la rampe et, dans un craquement sinistre, l'image se stabilise. Elle descend.

Encore désorienté, je secoue la tête. C'est elle, enfin, celle qui hante mes pensées depuis des semaines. Je n'arrive pas à croire que je la rencontre au moment où je suis le plus vulnérable. Je suis enfermé, piégé. Pour une des rares fois de ma vie, je ne sais pas quoi faire. Dehors, Chase et Mike se disputent encore, la voix blanche de terreur, pour savoir s'ils doivent se sauver sans demander leur reste ou essayer de me sortir de la maison.

Anna arrive au milieu de l'escalier. Elle flotte à vingt centimètres au-dessus des marches et les descend sans faire un pas. Je suis pris d'un haut-le-cœur en voyant ses pieds pendre sous sa robe, inertes. Sous sa peau translucide se dessine un réseau de veines violâtres. Ses cheveux sont d'un noir qui semble absorber la lumière, ils ondulent autour de son visage comme un massif d'algues ou un nid de serpents. Tout a l'air mort en elle, sauf ses cheveux.

Sa gorge, d'une pâleur languide, est intacte ; aucune trace de la blessure qui lui a fait perdre la vie. En général, les fantômes affichent leurs stigmates. Ici, seule la robe assure le spectacle. Elle dégouline littéralement de sang, laissant une longue traînée rouge sur le sol.

Mon dos se heurte à une surface froide. Sans que je m'en rende compte, je me suis recroquevillé contre la fenêtre, à quelques mètres de là. Je n'arrive pas à détacher mes yeux des siens, deux gouttes d'huile noire qui semblent ne rien fixer, aveugles. Mais je ne suis pas assez naïf pour espérer qu'elle ne m'ait pas vu. Elle est extraordinaire. Elle est monstrueuse.

Je sens mon cœur cogner comme un forcené dans ma poitrine. La douleur dans ma tête est si forte que je ne peux pas envisager une seconde de me lever. Toutes mes forces m'abandonnent. Anna va me tuer. Au fond, je ne suis pas fâché que ce soit elle qui se charge de me faire passer dans l'au-delà. Je préfère subir le supplice qu'elle me réserve plutôt que de finir sans gloire sur un lit d'hôpital parce qu'un crétin m'a attaqué avec une planche.

Elle s'approche. Je n'arrive plus à maintenir mes yeux ouverts, mais je perçois son déplacement, fendant l'air sur son passage. J'entends chaque goutte de sang s'écraser sur le sol.

Dans un dernier effort, je la regarde. Elle se tient au-dessus de moi, lèvres noires, mains froides, majestueuse. La déesse de la Mort qui contemple sa proie.

— Anna, murmuré-je, esquissant un faible sourire.

Elle baisse les yeux sur moi, misérable vermisseau blotti dans un recoin de sa demeure. Une drôle d'expression passe sur son visage. Puis soudain, elle dirige ses regards vers la fenêtre au-dessus de moi. Avant que je ne puisse faire le moindre geste, les deux poings d'Anna traversent la vitre. Un hurlement perce la nuit. Chase, Mike, ou bien les deux ensemble. Je les entends comme s'ils me criaient dans les oreilles. Un peu plus loin, je distingue la voix de Carmel en contrepoint.

Anna empoigne Mike et le ramène dans la maison par le cadre béant de la fenêtre. Il braille comme un animal qu'on emmène à l'abattoir, et se tortille au bout du bras d'Anna sans la regarder en face. Il a beau se débattre dans tous les sens, le fantôme est inflexible.

— Lâche-moi ! bégaie le malheureux. Allez, lâche-moi, c'était juste pour rire. Juste pour rire !

Anna repose sa proie sur le sol. Le visage et les mains de Mike sont couverts de coupures. Il recule d'un pas. Anna retrousse ses lèvres, à mi-chemin entre le sourire et la grimace. Ma voix m'échappe et me surprend moi-même. Je lui demande d'arrêter, ou alors je crie, je ne sais pas. Mike, lui, n'a le temps de rien dire. D'un seul geste, Anna lui transperce la poitrine de ses deux poings serrés, déchirant la chair et les muscles. Puis elle écarte les bras, comme si elle ouvrait une fenêtre à la volée, et voilà Mike Andover coupé en deux, qui tombe sur le sol, agité de convulsions.

J'entends les cris de Chase s'éloigner, puis le bruit d'une voiture qui démarre. Je m'écarte de mon mieux du tas de membres encore chauds, tout près de moi, me forçant à détourner les yeux. Je ne veux pas savoir si un dernier sursaut de vie le parcourt encore ; s'il est en train de contempler ses jambes se livrant à d'horribles contorsions.

Anna observe le cadavre avec calme. Puis elle plonge ses yeux dans les miens, avant de reporter son attention vers Mike. Elle est si absorbée qu'elle ne semble même pas remarquer la porte d'entrée, qui vient de s'ouvrir. Une seconde plus tard, je sens qu'on me prend sous les épaules pour me tirer hors de la maison. Mes jambes inertes rebondissent sur les marches. Quand on me lâche, je m'affale de tout mon long, ma tête cognant violemment le sol. Je perds connaissance pour de bon.

8

— Allez, mon pote, réveille-toi.

Je connais cette voix. Je ne l'aime pas. J'ouvre un œil. Son visage est à deux centimètres du mien.

— Eh ben, tu nous as fait peur ! On a hésité à t'emmener à l'hosto, mais ça aurait éveillé trop de soupçons.

— Merci, Thomas, je vais bien.

Je me frotte les yeux et réunis tout mon courage pour m'asseoir. Je sens déjà la nausée me monter dans la gorge. Je bascule péniblement les jambes et pose les pieds sur le sol.

— Que s'est-il passé ?

— À toi de me le dire, rétorque Thomas en allumant une cigarette.

J'aurais vraiment préféré qu'il s'abstienne. Avec sa tignasse en bataille et ses grosses lunettes, il ressemble à un gamin de douze ans qui aurait piqué un paquet de clopes dans le sac de sa mère.

— Qu'est-ce que tu foutais dans la maison des Korlov ?

— Qu'est-ce que tu foutais à me suivre ? Tu étais là toute la soirée ? répliqué-je en prenant le verre d'eau qu'il me tend.

— J'ai juste tenu parole, j'étais là pour t'aider. Mais, bon sang, j'aurais jamais cru que tu en aurais autant besoin. T'es malade ou quoi, d'avoir voulu entrer chez elle ?

Je sens à travers son regard bleu qu'il me prend vraiment pour un imbécile.

— Parce que tu crois que j'en suis arrivé là en frappant poliment à la porte et en ratant une marche ?

— Non. Je les ai vus t'assommer. Comment ils ont pu faire un truc pareil ? Ils auraient pu te tuer.

Je regarde autour de moi. Quelle heure est-il ? Le soleil s'est levé, et je trône au milieu d'une boutique d'antiquités. Il y en a partout, des meubles, des tableaux, des bibelots. Plutôt jolis, d'ailleurs. Rien à voir avec les ramassis d'ordures qu'on trouve parfois dans des endroits plus miteux. Cela dit, ça sent quand même salement le renfermé.

Je suis assis sur un vieux canapé poussiéreux. Une croûte de sang séché tache le coussin où reposait ma tête. J'espère qu'il s'agit bien du mien, et pas de celui d'un macchabée syphilitique à qui aurait appartenu le sofa.

Thomas ne décolère pas. Toute sa haine des membres de l'Armée troyenne remonte à la surface.

Il doit leur servir de souffre-douleur depuis des années. Mal dégrossi et tout maigre comme il est, sans compter l'aspect télépathe et le fait qu'il vit dans un souk, il a dû être une cible de choix pour leurs brimades. Moi, je reste convaincu qu'ils n'avaient pas l'intention de me tuer. Ils voulaient juste me bizuter. Eux-mêmes ne prenaient pas Anna au sérieux, ils ne s'attendaient pas à la voir surgir.

Résultat, Mike est mort.

— Merde ! m'écrié-je en y pensant.

Je ne veux pas imaginer ce qui va arriver à Anna maintenant. Ce n'est pas un quelconque vagabond qu'elle a attaqué, cette fois, mais l'un des garçons les plus populaires de son lycée. Et Chase a tout vu. J'espère qu'il a eu trop peur pour aller voir les flics. S'ils s'en mêlaient, ça ne ferait qu'allonger la liste des victimes. Personne ne doit entrer dans cette maison. Personne à part moi. Anna est *ma* prochaine victime. Je la revois, si pâle, si proche, sa robe toute ruisselante… Le souvenir est tellement fort que ma tête me lance – je suis encore trop faible pour faire face.

— Merci de m'avoir sorti de là, Thomas.

Il tire nerveusement sur sa cigarette.

— J'avoue que je n'étais pas ravi de devoir m'y coller. Je ne t'aurais jamais laissé comme ça, mais entre le cadavre encore fumant de Mike et Anna, qui était quand même à moins d'un mètre, j'ai dû prendre sur moi. Putain, je ne parviens pas à croire qu'il soit mort, ajoute-t-il en avalant une nouvelle bouffée. Qu'elle l'ait tué, comme ça.

— Pourquoi ? Tu as toujours su qu'Anna existait.

— Oui, mais je ne l'avais jamais vue de mes propres yeux. Personne n'a jamais vu Anna. Ceux qui l'ont vue…

— Ne sont pas revenus, complété-je d'un ton sombre.

Un bruit de pas se fait entendre sur le parquet ciré. Un vieux bonhomme apparaît, un sac de glace à la main. Il a une longue barbe blanche terminée par une tresse et porte un T-shirt délavé d'AC/DC sous une veste en cuir. Ses bras sont couverts de tatouages.

— Toi, mon garçon, tu as une chance de pendu. Je dois dire que pour un tueur de fantômes, je m'attendais à un peu plus de professionnalisme.

J'attrape la glace et la plaque sur ma tête. Il m'observe derrière ses lunettes argentées, sa peau tannée plissée par un sourire.

Soudain je comprends enfin :

— C'est vous qui avez contacté Rudy. Je croyais d'abord que c'était Thomas, mais non.

Il continue de me sourire sans rien répondre. Son silence est suffisamment éloquent. Thomas s'éclaircit la gorge.

— Je te présente mon grand-père, Morfran Starling Sabin.

J'ai du mal à ne pas rire.

— Expliquez-moi pourquoi vous, les gothiques, passez votre temps à vous trouver des noms bizarres ?

— Étrangement j'ai du mal à prendre la remarque au sérieux venant de la part d'un garçon qui s'appelle Thésée Cassio.

J'aime bien cet homme, il est drôle, pour un vieux. Et puis il a cette voix, tout droit sortie d'un vieux western. Il sait qui je suis, mais ça ne me met pas mal à l'aise ; au contraire, j'en suis soulagé. Ça me fait toujours du bien de rencontrer un de mes pairs, c'est-à-dire quelqu'un qui sait ce que je fais, qui connaît ma réputation, et celle de mon père avant moi. Je ne suis pas comme ces héros qui vivent cachés. J'ai besoin de guides pour me montrer le chemin. Dommage que Thomas ne m'ait pas abordé plus simplement hier, j'aurais juste été heureux de pouvoir compter sur un allié, et ça nous aurait évité des débuts douloureux.

— Comment va la tête ? me demande ce dernier.

— Tu dois le savoir mieux que moi, monsieur le télépathe.

Il semble vexé.

— Je t'ai déjà dit que mon don n'était pas si développé. Si on oubliait ce qui s'est passé hier ? Si tu veux tout savoir, c'est mon grand-père qui m'a dit que tu serais en ville, et qu'il fallait que je te trouve. Et puis c'est vrai, parfois j'arrive à lire les pensées des gens, mais rassure-toi, aujourd'hui les tiennes sont indéchiffrables. Peut-être parce que tu as reçu un coup sur la tête, ou alors parce que je n'ai pas besoin de savoir ce que tu penses. Au moins tu vois que ce n'est pas un truc permanent.

— J'aime autant. Je déteste les télépathes. Voilà, c'est dit. Morfran, pourquoi est-ce qu'on ne s'est pas rencontrés directement ? Parce qu'il est gentil, votre petit-fils, mais il m'a quand même sérieusement refroidi hier.

— Je voulais que tu sois sur le coup le plus rapidement possible, et en même temps Rudy m'avait prévenu que tu aimais conserver ton indépendance et ne pas te sentir contraint. Je devais pourtant garder un œil sur toi, et je t'assure que tu dois malgré tout une fière chandelle à Thomas. Tueur de fantômes ou pas, tu restes quand même un gamin de dix-sept ans.

— D'accord. Et pourquoi cette urgence à me faire venir ? Anna est là depuis des années, elle ne va pas s'envoler.

— Il se passe des choses étranges avec Anna en ce moment, répond Morfran en s'appuyant contre le mur. Elle est en colère. J'ai un lien spécial avec les morts, plus intime que tu ne pourrais l'imaginer. Je les vois, je ressens leurs émotions et leurs besoins. Je suis comme ça depuis que…

Il s'interrompt. Il y a une histoire derrière tout ça. Sans doute la meilleure de son répertoire. Je comprends qu'il ne veuille pas me la révéler tout de suite, en garder un peu sous le pied. Il poursuit en se massant les tempes :

— Je sais et je ressens chaque fois qu'un malheureux franchit le seuil de sa maison et qu'elle le tue. Avant, ça me faisait comme un pincement entre les omoplates. Mais, maintenant, ça me prend aux tripes, ça me remue pendant trois jours. Il y a quelque temps, elle ne se serait même pas montrée dans une circonstance comme celle d'hier. Elle n'est pas stupide, elle sait très bien quelles sont les proies faciles et celles qui vont lui attirer des ennuis. En s'attaquant à la jeunesse dorée, elle a fait une erreur. Bientôt elle va se retrouver à la une des journaux, et tu sais aussi bien que moi qu'il y a certaines choses que le public n'a pas besoin de savoir.

Il s'assied dans un vieux fauteuil et tape deux fois sur ses cuisses. Un bruit de pattes se fait entendre et je vois surgir un énorme labrador noir qui pose son museau grisonnant sur les genoux de son maître.

Anna… Quand je repense à elle maintenant, je me rends compte qu'elle dépasse tout ce que j'avais pu m'imaginer. Je n'arrive plus à me représenter l'image que je me faisais d'elle avant. Je crois que je la voyais comme une gamine pâle et pitoyable, qui tuait par peur et par tristesse. Arpentant sa maison à pas lourds dans une robe blanche tachée de rouge au niveau du col. Dans mes visions, elle avait deux sourires : l'un sur son visage ; l'autre, sanglant, lui barrait le cou. Quand je la rencontrais dans mes fantasmes, elle me demandait d'abord ce que je faisais chez elle, puis elle se jetait sur moi, dévoilant ses dents aiguisées pour tuer.

Au lieu de ça, je me suis heurté à une force brute, plus puissante qu'une tempête. Pas un simple petit fantôme, non ; Perséphone remontée des Enfers.

Un frisson me parcourt l'échine. Ce n'est pas que j'aie peur, c'est juste que j'ai perdu beaucoup de sang. Oui, c'est ça, pas peur du tout.

— Qu'est-ce que tu comptes faire ? me demande Morfran.

Je retire le sachet de glace déjà fondue, tacheté de rouge après son séjour sur ma tête. En premier lieu, je souhaite rentrer chez moi prendre une bonne douche, rassurer ma mère et surtout ne pas trop lui en dire, si je veux éviter d'être badigeonné avec de l'huile de romarin.

Puis il faudra retourner au lycée et essayer de gérer Carmel et les membres restants de l'Armée troyenne. Ils ne savent pas que Thomas m'a sauvé la vie et doivent me croire mort, moi aussi. Je les vois d'ici en train de tenir une réunion de crise pour décider quoi faire. Comment expliquer deux horribles disparitions sans passer pour des fous ? Je suis sûr que Will, rusé comme il est, aurait plein de suggestions à faire.

Enfin, je reviendrai pour Anna. Maintenant que je l'ai vue à l'œuvre, je n'ai plus qu'une priorité : la mettre hors d'état de nuire.

Coup de chance, ma mère n'est pas à la maison quand je rentre. Elle m'a laissé un mot dans la cuisine pour me dire que mon déjeuner m'attend dans le frigo. Le ton est purement informatif, pas de petit cœur à la fin comme elle en a l'habitude. Je suis resté toute la nuit dehors sans l'appeler, elle n'est pas contente. Il faudra que je trouve un alibi solide qui m'évite de mentionner que j'ai passé la moitié du temps évanoui.

J'ai moins de chance avec Thomas, qui, après m'avoir raccompagné en voiture, n'a aucun complexe à s'incruster. Je sors de la douche avec l'impression que mon cœur joue les marteaux-piqueurs derrière mes globes oculaires. Quand je descends dans la cuisine, Thomas est assis à table face à Tybalt, dont il soutient fixement le regard. Aucun d'eux ne bouge, comme s'ils faisaient un concours de qui baisserait les yeux en premier.

— Il sort de l'ordinaire, votre chat, commente Thomas entre ses dents.

Tranquillement, Tybalt me jette un rapide coup d'œil, l'air de dire : « D'où sort cet idiot ? » Le bout de sa queue s'agite tel un balancier.

— Normal, c'est un chat de sorcière ! plaisanté-je en farfouillant dans les placards à la recherche d'un cachet d'aspirine – j'ai pris l'habitude d'en croquer quatre à la fois depuis que j'ai lu *Shining* de Stephen King.

À ces mots, Thomas détourne enfin la tête, vexé. Je lui fais un sourire et lui lance une canette de soda. Il l'ouvre délibérément à deux centimètres du museau de Tybalt, qui bondit en feulant et saute au bas de la table, me gratifiant d'un grondement désapprobateur. Je me baisse pour lui caresser le dos, mais il se dérobe en fouettant l'air de sa queue. C'est sa façon de me dire qu'il ne veut pas rester une seconde de plus sous le même toit que cet énergumène mal peigné.

Ledit énergumène lève sur moi ses yeux ronds.

— Qu'est-ce que tu vas faire pour Mike ?

— Reprendre le contrôle de la situation. Essayer de limiter la panique.

Il n'y a pas grand-chose d'autre à faire, au point où on en est. J'aurais eu plus d'options si je n'avais pas passé la totalité de la nuit évanoui, mais c'est trop tard. Il faut que je trouve Carmel. Et Will. Les faire jurer de ne rien dire.

— Et pour ça j'ai besoin que tu me conduises au lycée, lancé-je à Thomas.

L'étonnement se peint sur son visage : pour une fois, je n'essaie pas de me débarrasser de lui.

— Qu'est-ce que tu crois ? Tu es aussi impliqué dans l'histoire que moi, maintenant. C'est ce que tu voulais, non ?

Thomas a le mérite de ne rien dire et se contente d'avaler stoïquement sa salive.

Les couloirs de l'école sont entièrement vides. Ce n'est pas normal. Peut-être qu'on arrive trop tard ? Les élèves ont été renvoyés chez eux tandis que la police s'est lancée à la recherche de Mike ?

Mais je deviens parano. On est en plein milieu de la matinée : tout le monde est en cours, c'est pour ça qu'il n'y a personne à traîner.

On se dirige chacun vers nos casiers. Je n'ai aucune intention de rejoindre ma salle de classe. On décide d'attendre l'heure du déjeuner devant le casier de Carmel, en espérant qu'elle ne s'est pas fait porter pâle ce matin. Auquel cas on irait la trouver chez elle, puisque Thomas connaît son adresse. Avec un peu de chance, elle n'aura pas encore parlé à ses parents.

La cloche me surprend : je sursaute comme un hamster apeuré. Très mauvais pour ma tête, ça. Je me force à me concentrer et me mets à observer la foule, cherchant à distinguer Carmel au milieu du flot d'élèves. Elle apparaît enfin, je soupire de soulagement. Sa tenue impeccable laisse croire qu'il s'agit d'une journée ordinaire de cours. Seule sa pâleur trahit son état. Je vois à ses yeux rougis qu'elle a pleuré.

Une des deux filles brunes d'hier soir l'aborde en chemin. Comment elle s'appelle déjà ? Disons Natalie. Elle la prend par le bras et se met à bavarder comme une pie. La façon dont Carmel réagit lui vaudrait un Oscar. La tête penchée vers son amie, elle a le regard attentif et lâche un rire cristallin. Tout est parfaitement en place, naturel. Puis elle lui glisse quelque chose à l'oreille, et Natalie repart comme elle est venue. Aussitôt le désarroi revient sur le visage de Carmel.

Les yeux rivés au sol, elle ne s'aperçoit de ma présence qu'au dernier moment. Sa mâchoire se décroche. Elle prononce mon nom dans un souffle, puis elle s'approche en jetant des regards inquiets autour d'elle, comme si elle avait peur d'être entendue.

— Tu es… vivant !

C'est si difficile à croire qu'elle peine à le dire. Elle me regarde des pieds à la tête, paraissant chercher une blessure béante ou une fracture ouverte.

— Mais… Comment…

— C'est Thomas qui m'a sorti de la maison, dis-je en désignant la silhouette qui rase les murs à quelques mètres de là.

Carmel lui accorde un sourire. Elle n'ajoute pas un mot. J'aurais cru qu'elle me prendrait dans ses bras, mais non, rien. Cette retenue me la rend d'autant plus sympathique.

— Tu as vu Will et Chase ?

Je n'ai pas besoin de lui demander si personne d'autre n'est au courant. Je peux le déduire rien qu'à la façon dont tout le monde discute et rigole autour de nous comme si de rien n'était. Nous n'avons pas une minute à perdre, il faut qu'on se réunisse pour décider de la version officielle des faits.

— Je ne les ai pas vus ce matin. En principe, je les retrouve à déjeuner.

Son regard se dérobe. Je sens qu'elle veut parler de Mike. Dire combien elle est désolée, qu'il ne méritait pas ce qui lui est arrivé. Mais les mots ne viennent pas. Elle se mord les lèvres.

— Il faut absolument qu'on se parle, tous les cinq. Va les chercher, dis-leur que je suis vivant. Où est-ce qu'on peut se retrouver ensuite ?

Elle hésite. Allez, Carmel, ne me déçois pas !

— Je les emmènerai sur le terrain de football. Il sera désert à cette heure-ci.

Je hoche la tête, et elle fait volte-face, puis elle se retourne comme pour vérifier que je suis bien là, en chair et en os, et qu'elle n'est pas en train de rêver. À côté de moi, Thomas la regarde partir avec l'expression triste d'un bon chien fidèle qu'on aurait planté là.

— Tu viens ? l'interpellé-je tout en me dirigeant vers le gymnase, qui mène directement au terrain de foot. Ce n'est pas le moment de se laisser aller.

Je l'entends grommeler derrière moi que c'est toujours le moment. Je ne peux pas m'empêcher de sourire, jusqu'à ce qu'une pensée plus sombre me rattrape : je vais devoir convaincre Will et Chase de passer sous silence la mort de leur meilleur ami.

9

Nous sommes allongés sur les gradins du stade, Thomas et moi, les yeux perdus dans les nuages, lorsque Will et Chase arrivent sur le terrain. Il fait un temps radieux. Mère Nature ignore les tracas des hommes, et ne versera pas une larme sur la mort de Mike Andover. La lumière qui se déverse sur mon front endolori me fait un bien fou.

— Putain ! déclare l'un d'entre eux.

S'ensuit un chapelet d'exclamations qui ne valent pas d'être rapportées ici. Allons directement à la fin de la tirade :

— Il est vraiment vivant.

— Et ce n'est pas grâce à vous, remarqué-je en me relevant.

Thomas s'assied à son tour, mais il reste un peu voûté, comme s'il s'attendait à recevoir une volée de coups.

— Hé ho, proteste Will, on ne t'a rien fait, nous, d'accord ?

— Alors ferme ta gueule, ajoute Chase en me menaçant du doigt.

Je reste muet de surprise. Je croyais être venu pour les faire taire, et voilà qu'ils me volent mon rôle.

Je gagne du temps en époussetant mon jean sali par la poussière des gradins.

— Vous avez raison, dis-je en toute honnêteté. Je sais que vous vouliez seulement me ficher la trouille. Vous ne pouviez pas savoir que Mike allait finir en une mare de viscères sur le sol.

J'aurais pu leur épargner les détails. Chase est pâle comme un linge. Les derniers instants de Mike doivent se rejouer dans sa mémoire. Je me laisserais presque attendrir, mais une douleur pointue dans ma tête me rappelle qu'ils m'ont quand même assommé, ces trouducs.

Carmel se tient en retrait, assise sur un gradin, les bras serrés contre elle comme pour se réconforter, le regard perdu dans le vide. Je suis en colère. Je ne devrais peut-être pas ? C'est vrai, c'est terrible ce qui est arrivé à Mike. Et j'aurais pu l'empêcher s'ils n'avaient pas tous agi comme des irresponsables.

— Qu'est-ce qu'on va dire aux gens ? Mike a disparu. Ils vont se poser des questions. Tout le monde nous a vus partir de la fête ensemble.

— Il va falloir mentir, intervient Will d'un ton sombre.

— Mais qu'est-ce qui s'est passé dans cette maison ? demande Carmel. Mike a vraiment été assassiné par un fantôme ? Cas… ?

Je croise son regard.

— Je l'ai vu, Carmel.

— Moi aussi, surenchérit Chase, plus blanc que jamais.

— Non, ce n'est pas possible, reprend Carmel en secouant la tête. Si Cas est vivant, Mike ne peut pas être mort. Vous êtes juste en train de me faire marcher pour me faire payer d'avoir rompu avec lui.

— Tout ne tourne pas autour de toi, Carmel, intervient Will. J'ai vu ce monstre attirer Mike à l'intérieur. Il y a eu un cri, et l'instant d'après Mike se tortillait sur le plancher, coupé en deux.

Il marque une pause avant de se tourner vers moi.

— Qu'est-ce que c'était au juste ? Qui vit dans cette maison ?

— Un vampire, bredouille Chase.

Quel idiot ! Je ne relève même pas et réponds à Will :

— Personne ne vit plus dans cette maison. Mike a été tué par Anna Korlov.

— Je ne te crois pas, je ne te crois pas, répète Chase d'une voix de plus en plus paniquée.

Je n'ai pas le temps de gérer son choc post-traumatique. Heureusement, Will lui dit de la fermer, avant de se lancer lui-même :

— Voilà ce qu'on va dire aux flics : quand on est partis de la fête, Mike a commencé à s'énerver parce qu'il ne supportait pas que Carmel et Cas se rapprochent. Il est sorti de la voiture et on n'a rien pu faire pour le retenir. Il voulait rentrer à pied seul, et comme ce n'était pas si loin, on l'a laissé faire. En ne le voyant pas arriver au lycée aujourd'hui, on s'est dit qu'il devait avoir la gueule de bois.

Avant d'achever, Will contracte les mâchoires. Son sang-froid m'impressionne.

— Il y aura des recherches, une enquête. Il va falloir s'accrocher, faire face aux interrogatoires en attendant qu'ils se lassent et qu'ils classent l'affaire.

Il me lance un regard foudroyant. Mike avait beau être un beau salaud, Will était son ami. Et dans ce moment précis, je sais qu'il me préférerait mort, moi aussi. S'il n'y avait personne autour, je suis sûr qu'il me mettrait son poing dans la gueule.

Et s'il avait raison ? Si tout ça était ma faute ? Le doute m'assaille à nouveau. J'aurais pu approcher Anna autrement… Et puis non, je refuse de penser ça. Mike Andover m'a assommé, puis abandonné dans une maison hantée, simplement parce que j'ai eu le malheur d'adresser la parole à son ex. Il fallait bien que le destin finisse par le remettre à sa place. Même si terminer coupé en morceaux était une punition un peu extrême.

Chase s'est assis à son tour. La tête entre les mains, il se balance en maugréant une litanie de mots décousus. Je l'entends dire combien tout ça est affreux et quel cauchemar ça va être de mentir à la police. Comme la plupart des gens, il reporte son attention sur la partie rationnelle du problème. C'est ce genre de réflexe qui fait que les phénomènes comme Anna sont tenus secrets aussi longtemps.

Will lui donne un coup sur l'épaule pour qu'il se ressaisisse.

— Et elle ? Qu'est-ce qu'on va en faire ?

L'espace d'un instant je crois qu'il est en train de parler de Carmel.

— Tu ne peux rien faire.

La voix de Thomas retentit pour la première fois. C'est pas trop tôt, je me sentais un peu seul jusqu'ici. Mais cette fois, il réagit au quart de tour.

— Tu n'es pas de taille à t'attaquer à elle.

— Elle a tué mon meilleur ami, et tu voudrais que je reste les bras croisés ?

— Exactement.

Thomas prononce ce dernier mot d'un ton presque méprisant. Il joue avec le feu.

— Non. Il faut qu'on fasse quelque chose.

Je me tourne vers Carmel. Ses yeux sont tristes, mais déterminés, ses cheveux blonds lui mangent la moitié du visage. Elle n'a sans doute jamais été aussi désemparée de toute sa vie.

— Si Anna est réelle, il faut agir, poursuit-elle. On ne peut pas la laisser tuer les gens, elle est dangereuse.

— Ne t'en fais pas pour ça, on s'en occupe, assène Thomas avec la voix du type qui va sauver le monde.

J'ai envie de le pousser dans les gradins. Quand est-ce qu'il comprendra qu'il faut parfois savoir rester à sa place ?

— Écoutez-moi. Si vous mettez un pied dans la maison d'Anna, vous êtes morts. Alors à moins que vous ne vouliez finir en pièces détachées en train de regarder vos propres intestins couler sur le sol, vous resterez en dehors de tout ça, compris ?

Je ne devrais pas être aussi dur, mais j'avoue que je ne sais plus par quel bout m'y prendre. Il y a déjà un mort, et tous ces ahuris suivront le même chemin s'ils s'entêtent dans leurs idées de vengeance. La situation m'échappe complètement. Comment ai-je pu en arriver là ?

— Moi, j'y retourne. Il faut que je fasse quelque chose, déclare Will.

— Je viens avec toi, ajoute Carmel en me jetant un regard hargneux, comme si elle me défiait de l'en empêcher.

Si elle croit m'impressionner… Jamais elle n'arrivera à la cheville d'une autre fille dont le regard furieux m'a transpercé il y a moins de vingt-quatre heures.

— Personne ne va nulle part… pas sans être sérieusement préparé.

Je jette un coup d'œil à Thomas, qui me dévisage, les yeux écarquillés. J'espère qu'il va comprendre que j'essaie de faire diversion.

— Le grand-père de Thomas est magicien. Il s'appelle Morfran Starling et il en sait long sur Anna. Demandons-lui conseil avant d'entreprendre quoi que ce soit.

Thomas ouvre la bouche comme un poisson rouge sorti de son bocal. Je lui flanque une bonne bourrade.

— Comment est-ce qu'on tue un truc pareil ? demande Chase. En lui plantant un pieu dans le cœur ?

Il commence à m'énerver, à la fin. Anna n'est pas un vampire ! S'il se met à parler d'ail et de crucifix, je jure que je le tacle.

— Ne dis pas n'importe quoi, persifle Thomas. Elle est déjà morte, on ne peut pas la tuer. Il faut la chasser. Mon grand-père a déjà pratiqué ce genre de sort une ou deux fois. Ça exige du matériel et du savoir-faire.

Il m'adresse un regard entendu. Ce garçon s'avère plus malin que je ne croyais. Plus utile, surtout.

— Je peux vous présenter mon grand-père dès ce soir, si vous voulez.

Will nous jauge tous les deux attentivement. Chase a l'air de vouloir rentrer sous terre. Il se maudit d'avoir une réputation de dur à cuire à défendre. Carmel, elle, ne me lâche pas des yeux.

— C'est d'accord, dit enfin Will. Rendez-vous après les cours.

— Je ne peux pas, glissé-je, il faut que je règle des trucs avec ma mère. Mais je vous rejoindrai à la boutique de Morfran plus tard.

Sur ces mots, nous descendons des gradins. Thomas sourit en les regardant s'éloigner.

— Et voilà le travail, jubile-t-il. Qui a dit que je n'étais pas télépathe ? Tu vois, j'étais sur la même longueur d'onde que toi.

— C'est beau, l'intuition féminine, le taquiné-je. Maintenant il faut que Morfran et toi leur sortiez le grand jeu, d'accord ? Qu'ils aient l'impression d'être dans le coup même si on les met sur une fausse piste.

— Où est-ce que tu vas, toi ?

Je n'ai pas besoin de lui répondre. Il a très bien compris que ce n'est pas avec ma mère que je comptais passer la soirée.

10

La maison d'Anna se dresse devant moi. J'essaie de me répéter que ce n'est rien d'autre qu'une maison et que seul ce qu'il y a à l'intérieur est dangereux. J'ai pourtant l'impression qu'elle va s'arracher de ses propres fondations pour me dévorer sur place. Mais ce n'est qu'un tour de mon imagination, n'cst-ce pas ?

Un grondement me fait sursauter. Ça vient de derrière. Je me retourne prudemment. Tybalt a posé ses deux pattes sur le rebord de la vitre de la voiture de ma mère. Il regarde la maison.

— Flippant, pas vrai, le chat ?

Je ne sais pas pourquoi j'ai accepté de l'embarquer. C'est comme si je me baladais avec un détecteur de fumée ; concrètement, ça confirme qu'il y a un incendie, mais ça ne m'aide pas à l'éteindre. En rentrant du lycée, j'ai raconté grosso modo à ma mère ce qui s'était passé, en omettant de préciser que j'avais failli me faire tuer et qu'un de mes camarades de classe était mort. Je crois qu'elle n'a pas été dupe de ma version édulcorée des faits. La preuve, c'est que j'ai le front poissé par un nouvel échantillon d'huile de romarin. Et qu'elle m'a forcé à emmener le chat. Parfois je me demande si elle se rend compte de ce que je fais et de la violence de mes missions. Mais c'est sans doute mieux comme ça.

Elle n'a rien dit, et pourtant j'ai senti qu'elle brûlait de me dire de tout arrêter. Seulement il y aurait encore plus de morts si je n'étais pas là. Je suis né pour prendre la suite de mon père. Il m'a légué son don. C'est pour ça d'ailleurs que ma mère me laisse faire. Elle croyait en lui, elle le soutenait. Jusqu'au jour où il s'est fait avoir à son tour.

Sans plus attendre, je sors mon athamé de mon sac. Le jour de sa mort, mon père a quitté la maison armé de ce même couteau, pour une mission de routine. Le lendemain, ma mère déclarait sa disparition à la police. Ils sont venus frapper à notre porte quelques heures plus tard, nous annoncer que mon père était mort. J'étais caché dans un coin de la pièce pendant qu'ils interrogeaient ma mère. J'ai entendu l'aveu qu'a fini par lui faire le commissaire, incapable de garder le secret pour lui : le corps de mon père avait été retrouvé affreusement mutilé. Des morceaux entiers manquaient, comme découpés dans la chair par des mâchoires puissantes. Ce sont ces morsures monstrueuses qui avaient causé sa mort.

J'ai été hanté pendant des mois par l'horreur de cette révélation. Un millier de scènes différentes se jouaient chaque soir devant mes yeux, où mon père finissait dévoré. J'en cauchemardais toutes les nuits, je passais des heures à dessiner aux crayons noir et rouge de fines silhouettes osseuses noyées dans le sang. Ma mère a tout fait pour essayer de me faire oublier. Elle me chantait des berceuses, laissait la lumière allumée. Les images n'ont jamais cessé de me tourmenter. Jusqu'au jour où j'ai pris l'athamé de mon père dans ma main.

Inutile de dire qu'on n'a jamais retrouvé son assassin. La police ne peut rien contre les fantômes. Depuis mes sept ans, j'ai su quel était mon destin. C'est pour ça qu'aujourd'hui je n'ai pas peur en regardant cette maison. Ni Anna Korlov ni personne d'autre ne pourra m'atteindre avant le jour où je vengerai mon père, où je planterai mon couteau dans la bouche immonde qui l'a mangé.

Je respire à fond. Pas la peine de cacher mon couteau, je sais très bien qu'Anna est à l'intérieur. Et elle sait très bien que je suis revenu. Je la sens m'observer. Les yeux de Tybalt me suivent aussi depuis la voiture tandis que je m'avance au milieu de l'allée.

La nuit n'a jamais été plus calme. Pas un souffle de vent ni de vie. Le crissement du gravier sous mes pas est tonitruant. Inutile de chercher à me faire discret. J'ai la même sensation que lorsque je me lève en premier le matin et que chacun de mes mouvements est affreusement bruyant malgré tout le mal que je me donne pour être silencieux. Une certaine violence monte soudain en moi. J'ai envie de sauter à pieds joints sur les marches pourries du perron. Je veux en arracher les planches et m'en servir pour enfoncer la porte. Mais c'est une peine que je n'aurai pas à prendre : le battant est grand ouvert.

Sortie de nulle part, la fameuse lumière grise se déverse sur le seuil. Elle se mélange au noir de la nuit, créant comme un brouillard argenté. Je suis à l'affût du moindre bruit et le silence me fait mal aux oreilles. Je crois entendre un train passer au loin. Un couinement retentit tandis que je serre plus étroitement le manche en bois de mon couteau. Une fois dans la maison, je prends soin de fermer derrière moi. Je ne me ferai pas surprendre comme un débutant par un claquement de porte, ce serait trop bête.

La pièce principale est vide. L'escalier aussi. L'ossature du vieux lustre pend toujours au plafond, dans un silence lugubre. Je remarque une table couverte d'un drap poussiéreux. Je pourrais jurer qu'elle n'était pas là hier. J'avais beau tenter de me rassurer tout à l'heure, cette maison est vraiment bizarre. Je veux dire, outre le fait qu'elle est hantée.

— Anna.

À peine ai-je appelé que ma voix est happée par l'obscurité, étouffée par la lourdeur de l'air.

Je cherche des yeux l'endroit où Mike est tombé. Il ne reste plus rien de son corps, si ce n'est une tache sombre et luisante sur le parquet. Qu'est-ce qu'Anna a bien pu faire de lui ? Honnêtement, je préfère ne pas le savoir.

Je commence à m'impatienter de tant d'immobilité. Je n'ai pas le temps d'attendre. Je m'avance dans les profondeurs de la maison, laissant la cage d'escalier derrière moi. J'espère qu'Anna n'est pas à l'étage comme la dernière fois. Ça lui donne un peu trop d'avantage sur moi de descendre les marches dans ses atours de déesse mythique. J'évite prudemment les meubles éparpillés dans l'espace. Peut-être qu'elle se tient cachée quelque part ? Sous ce canapé défoncé, par exemple ? Deux précautions valent mieux qu'une, et je m'approche pour plonger mon poignard dans les coussins poussiéreux, quand j'entends quelque chose remuer derrière moi.

— Tu viens pour l'oraison funèbre ?

Je me retourne et lâche un cri de surprise. Le fantôme de Mike se dresse devant moi.

Dieu merci, il est « entier ». Je souris à son trait d'esprit. La mort l'aurait-elle rendu plus intelligent ? Méfiance, il ne s'agit peut-être pas du vrai Mike, mais d'un simulacre manipulé par Anna pour me déconcentrer. J'éprouve malgré tout le besoin de lui dire ce que j'ai sur le cœur.

— Je suis désolé de ce qui t'est arrivé, Mike. C'était trop tôt pour toi.

— Personne ne mérite de mourir et pourtant tout le monde y passe, dit Mike, philosophe, en hochant la tête.

Puis il sourit. Ironique ou sincère, ce sourire est terrifiant. Il s'efface de ses lèvres aussi vite qu'il est venu.

— Méfie-toi de cette maison. Une fois qu'on y entre, on n'en sort plus. Tu n'aurais jamais dû revenir.

— J'avais des affaires à régler.

Je m'efforce de ne pas penser au fait qu'il est prisonnier de cet endroit. C'est trop insupportable.

— Et moi, tu crois que je n'en avais pas, des affaires à régler ? me lance-t-il sur un ton menaçant.

Avant que j'aie le temps de répondre, la silhouette de Mike est déchirée par deux mains invisibles. Sa mort se rejoue sous mes yeux, épouvantable. Je recule. Mon genou se heurte à une table, ou Dieu sait quoi d'autre, je m'en fiche. Que m'importent les meubles alors que je viens de voir quelqu'un se faire couper en morceaux et tomber au sol en deux tas poisseux ? Je me force à penser que j'en ai vu d'autres, et que je ne flancherai pas devant cette tactique minable d'intimidation. J'essaie de respirer calmement. Mais une voix s'élève du sol :

— Ben alors, Cas, je t'ai fait peur ?

Mike ne me laisse pas une minute de répit. Je mets un moment à repérer son visage au milieu du désordre d'organes et d'os qui jonche le parquet. Sa tête est tournée vers moi, son cou formant un angle horrible. Sa colonne vertébrale est toujours d'une seule pièce. Je prends sur moi et m'empêche de compter ses vertèbres. Il roule les yeux furieusement.

— Ça ne fait mal qu'une seconde, tu sais.

Puis soudain, la dépouille de Mike est absorbée par le sol, lentement, comme un filet d'huile imprégnant une éponge. Pendant tout ce temps, son regard reste braqué sur moi. Je me serais bien passé de cette rencontre. Je me fige quelques secondes, les yeux rivés au plancher où il ne subsiste plus qu'une tache visqueuse, et je me rends compte que je ne respire plus. Combien de gens sont morts dans cette maison ? Anna va-t-elle s'amuser à me faire rencontrer chacune de ses victimes, manipulant leurs dépouilles comme autant de marionnettes en décomposition ?

Il faut que je me ressaisisse. Ce n'est pas le moment de paniquer. Je serre mon poignard et inspire à fond, quand soudain un petit bruit retentit derrière moi.

Ce n'est pas vrai, je me suis encore fait prendre de court ?!

Une mèche de cheveux noirs flotte au niveau de mon épaule. L'affreux tentacule commence à s'enrouler autour de moi. Je fais volte-face, fendant l'air de ma lame. Anna est là, flottant à quinze centimètres du sol.

Une seconde se passe, une seconde où nous hésitons tous les deux. Mon regard est rivé aux deux gouttes d'huile noire qui lui servent d'yeux. Elle mesure dans les un mètre soixante-dix. Mais là, suspendue dans les airs, elle est plus grande que moi. Je suis gêné par le bruit assourdissant de ma propre respiration. À côté, le tintement des gouttes de sang qui dégorgent doucement de sa robe sur le plancher est délicat et raffiné. Que lui est-il arrivé pour qu'elle prenne cette forme épouvantable ? Quel pouvoir, quelle colère en elle lui ont permis de devenir ce démon ivre de vengeance ?

Dans son élan, ma lame a tranché la pointe de ses cheveux. Quelques mèches volettent, et elle détourne les yeux pour les regarder disparaître, happées par le plancher comme Mike une minute plus tôt. Une ombre passe sur son visage, de la tristesse peut-être. Puis elle me fixe à nouveau, la mâchoire contractée.

— Pourquoi es-tu revenu ?

Je frémis, ne sachant que répondre. Je recule légèrement, malgré moi.

— Je t'ai laissé la vie sauve, et tu méprises mon cadeau ? reprend-elle.

La voix qui s'échappe de sa bouche caverneuse est rauque, effrayante. C'est une voix privée de souffle, où perce un léger accent finnois.

— Tu veux mourir en fait, c'est ça ?

Son intonation trahit un espoir. Son regard devient soudainement pressant. Elle aperçoit mon poignard. Sa tête est agitée d'un soubresaut. Une grimace haineuse tord les traits de son visage. Elle change si vite d'expression que j'ai l'impression qu'elle va imploser.

Puis un souffle puissant l'enveloppe. Je ferme les yeux. Quand je les rouvre, le démon a disparu. À la place se tient une jeune fille pâle aux longs cheveux bruns, les deux pieds campés sur le sol. Elle est plus petite que moi.

— Comment tu t'appelles ?

Voyant que je ne lui réponds pas, elle ajoute :

— J'ai le droit de savoir. Tu connais mon nom. Je t'ai sauvé la vie.

Quoi ? Si elle croit que je vais me laisser amadouer et renoncer à combattre juste parce qu'elle a repris forme humaine, elle se fourre le doigt dans l'œil. Même s'il faut bien admettre que son déguisement n'est pas trop mal. Le masque derrière lequel elle se cache a un regard pensif, et des yeux presque mauves. Elle porte une robe blanche passée de mode.

— Thésée Cassio Lowood, dis-je malgré moi.

— Thésée Cassio, répète-t-elle.

— Tout le monde m'appelle Cas.

— Tu es venu ici pour me tuer.

Elle se met à arpenter la pièce, dessinant un cercle autour de moi. Je tourne doucement pour rester toujours face à elle. On lui donnerait le bon Dieu sans confession, mais je sais très bien la créature que cache cette façade innocente. Hors de question de me retrouver dos à un truc pareil.

— Quelqu'un s'en est déjà chargé, rétorqué-je sans détour.

Je pourrais la baratiner en lui disant que je suis venu la délivrer, mais ce n'est pas mon genre de tromper les gens, même morts. Je n'ai aucune idée de l'endroit où je vais l'expédier, et ça m'est bien égal. Tout ce qui m'importe, c'est qu'elle quitte ce monde une bonne fois pour toutes.

— C'est vrai, murmure-t-elle.

Sa tête se dévisse à nouveau dans un soubresaut terrible. Durant une seconde, ses cheveux se dressent autour de son visage, nid de serpents furieux.

— Quelqu'un m'a tuée. Et toi, tu ne pourras rien me faire.

Donc elle sait qu'elle est morte. C'est assez rare. Souvent les fantômes sont complètement aliénés. Ils ne vous parlent que parce qu'ils vous confondent avec quelqu'un de leur passé. Je n'avais encore jamais rencontré une telle lucidité.

— Je ne me vanterais pas trop à ta place, chérie, dis-je pour masquer ma stupéfaction. Mon père était dans le même business, et à nous deux on a rayé de la carte plus de fantômes que tu ne pourrais croire.

— Sauf qu'aucun n'était comme moi.

Elle le dit avec une certaine fierté, mêlée d'amertume. Le pire, c'est qu'elle a raison. Anna ne ressemble à rien de ce que j'ai pu voir avant. Sa force est sans limites. Elle est très loin des spécimens piteux que j'ai fréquentés, qui ruminent les circonstances de leur décès avec aigreur. Anna est la mort en personne, hideuse et absurde. Fascinante.

Pourtant je n'ai pas peur. Elle n'est pas invincible, il faut juste trouver le bon moment pour frapper. Il n'y a personne qui puisse résister à mon athamé, et dès que je l'aurais touchée, elle disparaîtra dans l'éther comme tous les autres.

— Tu ferais bien d'appeler ton papa à l'aide, alors.

— Mon père est mort.

Son expression change. On dirait presque qu'elle regrette ses paroles, qu'elle a l'air gêné.

— Mon père aussi est mort quand j'étais petite. Emporté par une tempête sur le lac, ajoute-t-elle doucement.

Une chaleur se répand dans ma poitrine et ma colère décline. Cette soudaine vulnérabilité fait un contraste étonnant avec la violence du personnage. Cette conversation a trop duré. Je ne devrais pas me laisser toucher.

— Anna, articulé-je d'une voix forte, comme pour me rappeler à la raison.

Immédiatement, son regard me défie de nouveau. Ma lame se reflète dans ses yeux clairs.

— Va-t'en, m'ordonne-t-elle, impérieuse. Je ne veux pas te tuer, et pour la première fois je sens que je n'y suis pas obligée. Alors va-t'en.

Mille questions se bousculent dans mon esprit. Je ne bouge pas d'un pouce, et lui lance, avec tout l'entêtement dont je suis capable :

— Je ne partirai pas d'ici tant que tu n'auras pas regagné ta tombe.

— Je n'ai jamais été enterrée, me crache-t-elle en réponse tandis que le point noir de ses pupilles s'élargit jusqu'à dévorer son œil tout entier.

Une veine, puis une autre, puis cent, puis mille apparaissent, rampent sous sa peau, s'enchevêtrent en remontant vers ses tempes et sa gorge. Le sang affleure, bouillonne et se répand sur sa robe tout entière. Le tissu saturé dégouline sur le sol.

Je plonge en avant, brandissant la lame. Aussitôt Anna me bloque le bras et me propulse en arrière.

Je vole dans les airs avant de percuter le mur du fond. Merde alors. Je ne l'ai même pas vue bouger. Je lève les yeux : elle flotte, imperturbable, là où je me trouvais encore il n'y a pas une seconde. Je tombe à genoux, l'épaule en compote. Je sens sur mon bras la poigne surnaturelle d'Anna me brûler jusqu'aux os. Mais je ne m'avouerai pas si facilement vaincu. Je me relève et me jette à nouveau vers elle. Ce n'est pas comme ça que je l'atteindrai, j'ai visé trop court ; je serais content si je pouvais au moins lui trancher une mèche de cheveux, comme tout à l'heure.

J'ai à peine le temps d'allonger le bras que mes pieds quittent à nouveau le sol. Cette fois, j'atterris de tout mon long sur le plancher pourri. Je roule sur le côté, envahi par une explosion de douleur. D'une main je vérifie ce que je pressentais : des échardes se sont insinuées jusque dans mon pantalon. Anna n'a toujours pas bougé, mais son expression trahit une colère grandissante. Le *plic ploc* obsédant des gouttes de sang me rappelle un de mes professeurs, qui se tapotait les tempes en me lançant des regards furieux, planté devant mon bureau où je faisais régulièrement la sieste pendant son cours.

J'essaie de faire passer la lenteur avec laquelle je me relève pour un geste tactique, comme si je calculais tranquillement mon prochain coup. La vérité, c'est que chaque centimètre de mon corps me fait mal, mais plutôt crever que de l'admettre. Anna joue avec moi comme un chat avec une pelote de laine.

Elle ne frappe pas pour tuer, ce qui est d'autant plus humiliant. Si Tybalt me voyait, il se moquerait de moi. D'ailleurs, peut-être qu'il se marre, derrière la vitre de la voiture.

— Tu te fatigues pour rien, gronde la voix caverneuse d'Anna.

Je m'élance à corps perdu, dans un cri de rage. Elle me bloque les deux poignets. Je tente de me débattre, mais c'est comme si je voulais déplacer une pyramide. Dans un accès de frustration, je lâche :

— Mais laisse-moi te tuer, à la fin !

Soudain, la fureur embrase le regard du monstre en face de moi. Qu'est-ce qui m'a pris de dire ça ? Comment ai-je pu oublier à qui j'avais affaire ? Je vais connaître le destin de Mike, et tous les muscles de mon corps se contractent à l'idée d'être bientôt déchirés par deux mains vengeresses.

— Je ne te laisserai pas me tuer ! me crache Anna à la figure, avant de me pousser vers la porte.

— Pourquoi ? Tu pourrais enfin connaître la paix, tu y as pensé ?

Il va sérieusement falloir que j'arrête de dire tout haut ce qui me passe par la tête. Tout le mépris du monde se concentre dans le regard que me lance Anna. L'effet est immédiat, je me sens le pire crétin de la terre.

— La paix ? Après tous les crimes que j'ai commis ? La paix, dans cette maison où j'ai démembré, éviscéré, massacré des dizaines de personnes ?

Son visage est à deux centimètres du mien. Elle me fusille de ses yeux agrandis par la haine.

— Je ne peux pas te laisser me tuer.

Un cri phénoménal sort de sa poitrine, en même temps qu'elle me soulève dans les airs. Mes tympans vont éclater. Anna me jette de toutes ses forces hors de sa maison. Je vole à travers la porte, au-dessus des marches du perron, pour me fracasser sur les graviers de l'allée, au milieu des mauvaises herbes. L'écho de son cri résonne partout autour de moi.

— Je ne voulais pas mourir !

Dans ma chute, j'ai le temps de voir la porte claquer sur mon passage. Plus rien ne bouge. La maison a l'air vide, paisible, comme si rien ne s'était passé entre ses murs depuis des siècles. Je suis sonné, mais suis suffisamment conscient pour vérifier que je n'ai rien de cassé. Apparemment tout va bien. Je me mets à genoux.

Je ne peux pas blâmer Anna de ne pas vouloir mourir. Personne ne veut disparaître, et surtout pas les fantômes que j'ai croisés jusqu'ici. Même ceux qui se sont tués en se suicidant. Ceux-là, ils changent d'avis à la dernière seconde, mais il est trop tard. Le tabouret est déjà tombé, le coup de feu est déjà parti. J'aimerais qu'Anna puisse entendre tout ça, j'aimerais trouver les mots pour le lui dire et qu'elle se sente un peu moins seule. Si au moins j'étais parvenu à lui parler comme je raisonne intérieurement maintenant, ma visite aurait servi à quelque chose. Mais non, je me suis juste laissé malmener comme un apprenti cascadeur dont on ne verra jamais le visage à l'écran. Et on appelle ça un tueur de fantômes professionnel. La honte.

En regagnant la voiture, je reprends du poil de la bête. Anna pense que je ne peux rien contre elle ? Elle se trompe. Je finirai bien par l'avoir. Aucun fantôme ne m'a résisté jusqu'ici. Et au fond, je sais qu'elle ne demande pas mieux. Elle avait beau s'en défendre, son ton trahissait le désespoir. Elle sait de quoi elle est coupable et elle veut en finir. Je n'avais encore jamais rencontré une telle lucidité chez aucune de mes proies, ni vu aucun fantôme exprimer des remords. Elle n'est décidément pas comme les autres. Je passe une main sur mon bras douloureux, où les bleus commencent à apparaître. Au moins j'ai retenu ma leçon : ce n'est pas par la force que j'arriverai à mes fins. Il me faut un plan B.

11

Je passe la plus grande partie de la journée suivante à dormir. Ma mère me laisse tranquille, et quand elle finit par me réveiller, c'est pour me dire qu'elle m'a préparé un bain aux feuilles de thé, à la lavande et à la belladone. Belladone qui a pour vertu de dompter les mauvais caractères. Je ne relève pas la pique. Meurtri de la tête aux pieds, je ne refuserai pas un bon bain.

Je m'immerge doucement dans la baignoire, le visage crispé par la douleur. Il me faut un nouveau plan. Cette situation me dépasse, je dois bien l'admettre. Je suis rarement démuni, mais là c'est un cas extrême. J'attrape mon portable sur le rebord du lavabo. La seule personne qui peut m'aider, c'est le mentor de mon père.

— Bonjour, Thésée Cassio, me dit-il en décrochant.

Je ne peux pas m'empêcher de sourire. Je reconnais bien là son humour pince-sans-rire qui le pousse à toujours prononcer mon prénom en entier. Il le trouve tellement saugrenu qu'il ne peut pas résister.

— Bonjour, Gideon Palmer, répliqué-je sur le même ton ironique.

Je me l'imagine à l'autre bout du fil, à l'autre bout du monde, assis dans le salon de sa maison victorienne avec vue sur Hampstead Heath, le plus vieux parc de Londres.

— Eh bien, ça faisait longtemps. Trop longtemps, mon cher.

J'entends presque le froissement de son pantalon en tweed tandis qu'il décroise les jambes. Gideon est l'exemple typique du gentleman anglais. Dans les soixante-cinq ans, cheveux blancs et petites lunettes, il possède une montre à gousset et une impressionnante bibliothèque où les étagères, époussetées tous les jours, montent jusqu'au plafond. La pièce est équipée d'une échelle murale montée sur rails à laquelle je grimpais quand j'étais petit pour qu'il me propulse d'une poussée à la recherche de tel ou tel bouquin sur les esprits frappeurs, les envoûtements, ou Dieu sait quel autre truc bizarre. C'était l'époque où nous étions venus passer l'été chez lui, parce que mon père pourchassait une sorte d'ersatz de Jack l'Éventreur qui sévissait dans l'est de la ville.

— Dis-moi, Thésée, pourquoi tu n'envisagerais pas un petit séjour à Londres ? Ce ne sont pas les fantômes qui manquent, sans compter nos excellentes universités, toutes plus hantées les unes que les autres.

— Toi, tu as eu ma mère au téléphone, je me trompe ?

Il rit sans répondre, mais je n'ai plus aucun doute. Ma mère et lui sont restés très proches après la mort de papa. Plus qu'un mentor, Gideon était comme un père pour lui. Dès qu'il a appris ce qui s'était passé, il a sauté dans un avion pour venir nous soutenir. Je ne sais pas ce que nous aurions fait sans lui. Voilà à quoi je repense, tandis qu'il se met à discourir sur les documents à réunir pour l'inscription, et sur l'argent que mon père m'a laissé pour mes études – grâce à lui, je n'aurai pas à me mettre un emprunt sur le dos, alors qu'avec ma manie de déménager, je n'aurais certainement pas pu prétendre à une bourse d'études, et…

— J'ai besoin de ton aide, le coupé-je sans attendre. Et sur des sujets moins prosaïques que celui-ci, si tu vois ce que je veux dire. Gideon, je suis dans un beau pétrin.

Aussitôt, Gideon met fin à son laïus.

— Je t'écoute.

Je lui déballe toute l'histoire. Puis j'entends le bruit familier d'une échelle se déplaçant sur des rails et de son souffle qui s'accélère tandis qu'il grimpe à la recherche d'un livre.

— Elle a l'air de sortir de l'ordinaire, celle-là, commente-t-il.

— Oui. Je ne sais pas d'où elle tient son pouvoir.

— Peut-être de la façon dont elle est morte ?

— Je ne pense pas. Si ce que j'ai entendu est vrai, sa mort est totalement banale. Il en faut plus qu'une gorge tranchée pour se transformer en une putain d'araignée carnivore à l'affût du moindre petit moustique.

— On surveille son langage, jeune homme.

— Désolé.

— Voyons, marmonne-t-il dans sa barbe, essayons de la définir un peu. J'élimine d'emblée l'hypothèse du lémure. Un esprit frappeur, peut-être ? Non, ça ne colle pas, son libre arbitre est beaucoup trop développé.

Il s'arrête, et j'entends un bruissement de page au bout du fil.

— Tu es dans l'Ontario, n'est-ce pas ? Peut-être que la maison est construite sur une ancienne nécropole indigène ?

— Pas à ma connaissance.

— Hmm.

Je le laisse aligner encore un ou deux *hmm* avant de suggérer de mettre le feu à la maison, juste pour voir.

— Je te le déconseille, mon ami, me répond-il d'un ton morne. Si c'est la maison qui contient ton fantôme, tu seras dans de beaux draps quand il errera en liberté dans la ville.

— Ou alors au contraire, c'est de la maison qu'Anna puise sa force.

— Peut-être. En tout cas, tu vois bien que tu ne peux pas agir sur un coup de tête.

Je sais où il veut en venir. Dans une seconde je vais m'entendre reprocher ma fainéantise. Il va me dire de me secouer un peu et d'aller m'enterrer dans une bibliothèque pour me renseigner comme il se doit. Je connais son couplet par cœur : « Ton père au moins ne rechignait jamais devant les tâches ingrates. Ah, la jeunesse d'aujourd'hui, quelle pitié. »

— Tu vas devoir te fier à la magie, mon petit.

Hein ? Si je m'attendais à celle-là !

— C'est le seul moyen de révéler le secret que cache cette jeune fille. Il lui est arrivé quelque chose, c'est très clair. Elle est peut-être prisonnière d'une malédiction, ou d'un esprit malin. Tu ne pourras pas la faire partir tant que tu ne sauras pas de quoi il s'agit.

Il est gentil, mais je ne suis pas sorcier, moi.

— Tu penses que je peux m'en remettre à maman ? demandé-je en regardant mon corps flotter dans l'eau trouble de mon bain.

Ma peau commence à me tirailler, mais mes muscles semblent régénérés. Même mes bleus ont l'air de s'être résorbés. Ma mère est douée, il n'y a pas à dire.

Le gloussement de Gideon au bout du fil paraît ne pas aller tout à fait dans mon sens.

— Ta mère pratique la magie blanche avec talent, mais le sortilège dont tu auras besoin n'est pas vraiment dans ses cordes. Je ne te parle pas de concasser des fleurs dans de l'huile essentielle, mon garçon. Il te faudra des pattes de poule, un pentagramme inversé, un miroir magique – peut-être qu'un calice pourrait suffire – et un cercle de pierres consacrées.

— Sans oublier un sorcier qui s'y connaisse en magie noire. Parce que ce n'est clairement pas mon cas, je te rappelle.

— Avec toutes tes années d'expérience, je suppose que tu t'es créé un réseau assez large pour nous en dégoter un, non ?

J'ai beau faire la grimace, deux noms me viennent immédiatement à l'esprit. Thomas et Morfran.

— Donne-moi deux jours pour mettre au point la formule, et je t'enverrai les instructions par mail.

— Parfait, merci, Gideon.

— De rien. Au fait, Thésée…

— Oui ?

— Pendant ce temps, fais-moi le plaisir de pousser la porte d'une bibliothèque et de trouver comment cette fille est morte, veux-tu ? Plus on est prévenu, mieux c'est.

Je raccroche en souriant. Je savais qu'il ne pourrait pas s'en empêcher. S'il pense qu'il n'y a que l'action qui m'intéresse, et que je ne sais rien faire d'autre que jouer de mon agilité et de mon poignard, il se trompe. Il ignore que, bien avant d'avoir un athamé entre les mains, j'ai fait mes premières armes dans les livres.

La mort de mon père m'a laissé avec un trop-plein de questions sans réponses. Ça m'était insupportable. En fait personne ne *voulait* y répondre. J'ai découvert qu'on n'est jamais aussi bien servi que par soi-même.

Après le drame, ma mère et Gideon ont tout mis en œuvre pour que nous quittions au plus vite la ville où le corps de mon père devait reposer à jamais. Mais avant que nous ne bouclions le dernier carton, j'ai tout de même eu le temps de revenir sur les lieux du crime.

C'était dans le corps de ferme d'une exploitation agricole à l'abandon. Le bâtiment était horrible. On aurait dit que la façade me jetait des regards féroces, en grondant sourdement. Du haut de mes sept ans, j'ai cru qu'elle me montrait les dents en s'avançant au milieu du champ, prête à m'avaler. Malgré ma colère, j'ai failli rebrousser chemin.

Ma mère et Gideon étaient déjà venus quelques jours plus tôt pour sanctuariser les lieux et s'assurer que mon père était parti en paix. Ils ont allumé des bougies, disposé des runes. Ils ont eu beau m'assurer que mon père n'était plus là, moi, mon cœur me disait qu'il s'était caché pour m'attendre. J'ai fondu en larmes juste avant d'ouvrir la porte parce que je savais que j'allais le trouver derrière, tout sourires et irrémédiablement mort, des trous à la place des yeux, les bras et les flancs ravagés par d'horribles blessures dentelées. Je me suis mis à pleurer trois fois plus fort quand, derrière la porte, j'ai constaté qu'il n'y avait personne.

L'odeur entêtante de la lavande et du thé me ramène dans l'instant présent. J'ai la nausée rien qu'à me rappeler ce jour de mes sept ans. En franchissant le seuil, j'ai vu les traces d'une violente bagarre. J'ai détourné les yeux immédiatement. Je voulais juste des réponses à mes questions et ai préféré éviter de nourrir mon imaginaire de détails sur la façon dont mon père avait été battu à mort par un démon. La seule pensée qu'il avait dû avoir peur m'était intolérable. J'ai donc avancé en ignorant la rampe de l'escalier fendue en deux et me suis dirigé instinctivement vers la cheminée. Chaque pièce exhalait une horrible puanteur de bois pourri. S'y mêlait une odeur plus récente, celle du sang frais. Je ne l'avais jamais sentie avant, mais étrangement je l'ai reconnue tout de suite. Quant à savoir pourquoi j'étais si attiré par l'âtre, qui n'avait rien d'intéressant, avec sa suie centenaire, je ne me l'explique pas non plus. Je promenais mon regard sur les tisons roussis quand, tout d'un coup, un objet a attiré mon attention. On aurait pu le confondre avec un bout de charbon, mais j'ai vu qu'il n'était pas de la même matière. Je me suis agenouillé et ai tiré du foyer une fine croix noire d'environ dix centimètres. Elle était ornée d'un serpent noir au relief étrange. Au toucher, j'ai compris qu'il était tressé de cheveux humains.

Dès l'instant où j'ai touché cette croix, je me suis senti envahi par un sentiment de légitimité que j'ai retrouvé sept ans plus tard, le jour où je me suis emparé de l'athamé de mon père. Tout s'est éclairé. J'ai compris que le pouvoir qui coulait dans les veines de mon père, qui lui permettait de débarrasser le monde de ses fantômes, cette puissance-là coulait dans mes veines à moi aussi.

Quand je suis rentré, j'ai montré la croix à Gideon et à ma mère. Je leur ai raconté ce que j'avais fait. Je m'attendais à ce qu'ils me prennent dans leurs bras pour me réconforter, qu'ils compatissent pour moi. Leur réaction a été à l'opposé.

— Je t'interdis d'aller dans cet endroit, m'a hurlé Gideon à la figure, en me secouant par les épaules si vigoureusement que mes mâchoires s'entrechoquaient.

Puis il m'a pris la croix des mains. Je ne l'ai plus jamais revue. Pendant ce temps-là, ma mère restait prostrée dans un coin de la pièce, en larmes. Je ne comprenais rien, j'étais effrayé. Gideon ne s'était jamais montré aussi dur avec moi, il avait toujours été comme un bon grand-père, à me glisser des bonbons en douce avec un clin d'œil. Je n'en avais pas encore fini avec mes questions. Mon père venait de mourir, j'étais en colère. Je me suis campé sur mes pieds et j'ai demandé à Gideon ce que c'était que cette croix.

Il m'a jeté un regard si froid que j'en frissonne encore. Puis il a levé la main, et m'a mis une claque retentissante. Mes jambes se sont dérobées sous moi et je me suis retrouvé face contre terre. Ma mère ne s'est pas interposée, elle a juste laissé échapper un gémissement. Ils m'ont envoyé dans ma chambre sans un mot. Le soir, quand ils m'ont appelé à table, ils étaient souriants, légers, comme si rien ne s'était passé.

La tentative d'intimidation avait réussi. Après ça, je n'ai plus jamais osé en reparler ; mais je ne me suis pas croisé les bras pour autant. Cela fait dix ans que je lis tout ce qui pourrait m'aider à comprendre. J'ai fini par apprendre que la croix noire était un talisman vaudou. Je ne connais toujours pas sa signification, ni celle du serpent en cheveux humains. Dans certaines légendes, un serpent sacré s'approprie la puissance de ses victimes en les dévorant. Troublante coïncidence, vous ne trouvez pas ?

Aujourd'hui je suis bloqué dans mes recherches. Parce que je ne peux pas demander d'aide aux personnes les plus qualifiées pour me répondre. Au lieu de ça, je suis obligé d'agir dans l'ombre, comme un criminel. Et puis je n'ai jamais rien vu de plus foutraque que ces maudits rites vaudou. Franchement, c'est à n'y rien comprendre. Chaque personne qui les pratique semble avoir sa méthode propre et il est quasiment impossible d'établir une étude systématique.

Peut-être que je pourrai en parler à Gideon, quand j'en aurai fini avec Anna. Les choses ont changé, j'ai grandi et prouvé ma valeur. Il sera sans doute plus réceptif maintenant, il m'expliquera. On verra. En attendant, je frissonne et m'enfonce un peu plus dans mon bain. Je sens encore sur ma joue la morsure de la claque de Gideon. Quand je repense à sa fureur aveugle, j'ai de nouveau l'impression d'avoir sept ans.

Une fois sorti de mon bain et habillé, j'appelle Thomas et lui demande s'il peut venir me chercher et me conduire à la boutique. Il m'assaille de questions mais je reste le plus évasif possible. Ce que j'ai à raconter, Morfran aussi doit l'entendre, et je préfère ne pas avoir à me répéter.

En descendant l'escalier, je me prépare psychologiquement à affronter un sermon de ma mère parce que je sèche les cours. Avec son ouïe surdéveloppée dès qu'il s'agit de mes activités paranormales, elle a très bien dû entendre que j'appelais Gideon, et je vais avoir droit à un interrogatoire en règle sur la question ; à ma grande surprise, quand je me rapproche, j'entends deux voix venir du salon. Deux voix de femmes. L'une appartient à ma mère, évidemment. Et l'autre, on dirait… Carmel. Je saute les dernières marches et déboule dans le salon. Elles sont confortablement assises dans le canapé et discutent comme deux vieilles amies, penchées l'une vers l'autre au-dessus d'une assiette de cookies. Dès qu'elles me voient, elles cessent de parler et me regardent en souriant.

— Salut, Cas, me lance Carmel.

— Salut. Qu'est-ce que tu fais ici ?

Elle ouvre son sac et en tire une feuille.

— Je suis passée t'apporter les devoirs de bio. Il faut les faire en binôme. Je me suis dit qu'on pourrait s'y mettre ensemble.

— C'est tellement gentil de votre part, intervient maman en m'adressant un regard lourd de sens. Ce serait dommage que tu prennes du retard dès le troisième jour de cours, n'est-ce pas mon chéri ?

— On pourrait commencer maintenant, non ? poursuit Carmel en me tendant le papier.

Je le lui prends des mains et y jette un coup d'œil. Il s'agit d'une série de questions tirées du livre. Je me demande bien pourquoi il faudrait être deux pour faire ça. Mais j'ai intérêt à filer doux et à donner raison à ma mère. Il est clairement plus important de m'intéresser aux invertébrés que de continuer à essayer de sauver la vie des gens.

— Merci d'avoir pensé à moi, dis-je à Carmel.

C'est sincère, et pourtant je ne suis pas dupe. Carmel se fiche des cours de biologie, je me demande même si elle y a jamais mis les pieds. La vraie raison de sa présence dans mon salon, c'est qu'elle a besoin de me parler. Elle veut des réponses.

Ma mère louche sur mes bras, évaluant discrètement à distance l'évolution de mes contusions. C'est très gênant. Elle devrait être soulagée que j'aie appelé Gideon après m'avoir récupéré dans l'état où j'étais hier soir. J'ai presque cru qu'elle allait m'enfermer dans ma chambre, me plonger dans une bassine d'huile de romarin et ne plus jamais me laisser sortir de la maison. Mais elle me fait confiance, et elle comprend que mes missions sont vitales pour moi. J'ai quand même de la chance d'avoir une mère comme elle.

Je plie la feuille d'une main négligente.

— On peut aller travailler à la bibliothèque du lycée, suggéré-je.

Carmel se saisit de son sac avec un sourire approbateur.

Maman nous invite à prendre un dernier cookie pour la route, et je vois Carmel hésiter avant de piocher dans l'assiette. En sortant, je m'empresse de lui dire :

— Ne te force pas, je sais que les cookies au charbon de ma mère sont un peu spéciaux.

— J'ai cru que je n'arriverais jamais à finir le premier. Ce goût de médicament pour la toux, c'était terrible, me répond-elle en riant.

— Si ma mère t'entendait… Elle est très fière de sa recette. En principe ce sont des gâteaux porte-bonheur.

— Ça change tout ! Comme je suis partie, je ferais bien de finir l'assiette.

Elle baisse les yeux, tournant le cookie entre ses doigts pendant une longue minute. Soudain elle sort de sa rêverie et me dévisage. Je sens son regard s'attarder sur les ecchymoses qui bleuissent mes pommettes.

— Tu y es retourné, n'est-ce pas ? Tu es allé chez Anna sans nous.

— Carmel, je…

— Tu es fou ! Tu aurais pu te faire tuer.

— Si on y était allés tous ensemble, personne n'en serait sorti vivant, d'accord ? Moi, je travaille sur le terrain, et pendant ce temps-là, vous aidez Thomas et son grand-père. C'est comme ça qu'on s'en sortira.

Pendant que je lui débite mon laïus, un vent frais m'ébouriffe les cheveux. Ça sent déjà l'automne. La voiture de Thomas apparaît en haut de la rue dans un nuage noir de pot d'échappement. Décidément, ce garçon n'a peur de rien avec ses portières provisoires rouges, et son autocollant sur le capot, à l'effigie de Willy Wonka. Je réprime un sourire.

— Rendez-vous à la bibliothèque dans une heure, d'accord, Carmel ?

Elle se retourne et voit Thomas à son tour.

— Certainement pas. Je veux savoir ce que vous êtes en train de mijoter. Je n'ai pas cru une seconde aux sornettes que nous ont racontées Thomas et Morfran hier. Je ne suis pas stupide, j'ai très bien compris que vous vouliez faire diversion.

— Je sais que tu n'es pas stupide. Maintenant, prouve-moi que tu as du bon sens en restant en dehors de tout ça, s'il te plaît. On se voit à la bibliothèque dans une heure.

Je m'avance vers la voiture en faisant signe à Thomas de ne pas couper le moteur. Il comprend immédiatement, ralentit juste assez pour que je puisse ouvrir la portière et m'engouffrer en chemin. Il met les gaz. Nous laissons Carmel derrière nous.

— Qu'est-ce qu'elle faisait chez toi ? me demande Thomas, mi-curieux, mi-jaloux.

— Oh, tu sais, la routine. J'avais besoin d'un bon massage, elle est venue, et on s'est pelotés pendant une petite heure.

Thomas pâlit à côté de moi. Je lui donne un coup sur l'épaule.

— Je te fais marcher, mec. Elle était là pour me donner les devoirs de bio. Je lui ai dit qu'on la retrouverait à la bibliothèque. Mais d'abord j'ai besoin de parler à ton grand-père. Raconte-moi un peu comment ça s'est passé hier à la boutique.

— Je crois qu'elle t'aime bien.

— Peut-être, mais toi, tu l'aimes encore plus. Allez, raconte.

J'espère vraiment qu'il comprend que, si bizarre que cela puisse paraître, je ne suis pas intéressé par Carmel, et que je le respecte suffisamment pour respecter ses sentiments envers elle. Il réfléchit un instant, l'air suspicieux. Puis enfin il fait une mine résignée, comme s'il prenait le parti de me croire, et se lance dans le récit :

— On leur a sorti le grand jeu. Honnêtement, c'était hilarant. On a réussi à leur faire croire que, s'ils suspendaient des sachets de sulfure au-dessus de leurs lits, Anna ne pourrait pas venir les attaquer dans leur sommeil.

— Sérieusement ? Faites gaffe quand même à ne pas trop pousser. Il faut qu'ils continuent de mordre à l'hameçon si on veut ne pas les avoir dans les pattes.

— Ne t'inquiète pas. Morfran était très en forme. Il leur a tout fait, les flammes bleues, l'épisode de transe… Il leur a dit qu'à la prochaine pleine lune, il réunirait un cénacle occulte pour chasser Anna à jamais. Ça nous laisse le champ libre, non ?

En temps normal, j'aurais dit oui. À partir du moment où on a localisé la cible, comme avec l'auto-stoppeur, tout s'enchaîne naturellement. Mais j'ai bien compris qu'avec Anna, tous mes repères seraient bouleversés.

— Je ne suis pas sûr, temporisé-je. J'y suis retourné hier soir, je pensais pouvoir en finir, mais elle m'a mis une raclée. Il va falloir changer de tactique.

— Mince. Tu as un plan ?

— J'ai appelé un ami de mon père. D'après lui, la première chose à faire c'est de comprendre d'où elle tient sa force. Il nous faudra recourir à la magie pour cela.

— Ça tombe bien, ta mère est sorcière, non ?

— Je te parle de magie noire, vieux.

Thomas semble soudain mal à l'aise. Il se tortille derrière le volant comme une anguille dans son épuisette. Puis il crache enfin le morceau :

— Je m'y connais un peu, si tu as besoin d'aide. Il y a meilleur que moi, mais je sais faire des incantations, demander aux éléments de travailler ensemble, ce genre de choses. Morfran est superdoué, mais il ne pratique plus.

Nous tournons à gauche et Thomas se gare devant la boutique d'antiquités. Le gros labrador nous guette, le nez collé à la vitrine, agitant vigoureusement la queue.

En entrant, je trouve Morfran en train de placer une étiquette de prix sur une bague. Je suis frappé par la beauté du bijou ancien, orné d'une pierre noire. J'en oublie de dire bonjour au grand-père et l'attaque directement, droit au but :

— Il paraît que vous vous y connaissez en magie noire. C'est vrai ?

— J'ai bien dû m'y mettre, oui, me répond le vieil homme sans lever les yeux de son travail.

Le labrador, après s'être jeté sur Thomas pour lui lécher le visage, revient vers son maître et s'installe confortablement contre sa cuisse. Morfran poursuit :

— Tu n'imagines pas le nombre de fantômes qui hantaient cette boutique quand je l'ai achetée. Ce n'est pas tout à fait fini, d'ailleurs. À chaque nouvel arrivage que je reçois, surtout dans les affaires de succession, il n'est pas rare que j'aie à gérer les émois d'un ancien propriétaire.

Je n'y avais pas pensé. C'est vrai que plus d'un fantôme doit traîner dans ce genre d'endroit. Mon regard se pose sur un long miroir ovale posé sur une commode en chêne. Combien de visages disparus se sont reflétés à sa surface ? Combien de spectres brillent dans cette glace quand il fait sombre, gémissant doucement dans le noir ?

— J'ai besoin de matériel.

— Quel genre ?

— Des pattes de poule, un cercle de pierres consacrées, un pentagramme inversé, et… heu, un machin divinatoire, fais-je en essayant de me rappeler la liste succinctement dressée par Gideon.

Morfran me lance un regard ironique.

— Un machin divinatoire ?

— Je n'ai pas encore tous les détails, rétorqué-je, piqué au vif. Vous pouvez m'aider, oui ou non ?

Morfran me dévisage un instant.

— Pour les pierres, Thomas pourra nous en ramasser treize sur les rives du lac Supérieur. Il n'y a pas plus consacré que ça. Il faudra commander les pattes de poule. Quant au machin divinatoire, comme tu dis, je suppose qu'il s'agit d'un miroir ? Ou peut-être d'un calice en cristal ?

— Un calice en cristal ? interroge un Thomas sceptique.

— Tu apprendras, mon garçon, que ce genre de coupe ne sert pas seulement à préparer des mélanges sacramentels, mais qu'elle peut aussi refléter ce que l'on souhaite y voir. Il nous reste le pentagramme inversé. Ça me paraît un peu excessif. À mon avis, si tu brûles des plantes aux vertus protectrices, ça suffira amplement.

— Morfran, vous savez aussi bien que moi à qui nous avons affaire. Ce n'est pas un fantôme, c'est une furie. Autant donner dans l'excès nous aussi.

— Bon, on avisera le moment venu. Si je comprends bien, tu veux enfermer Anna au centre du cercle consacré et tu espères que le calice te révélera la malédiction dont elle est prisonnière, c'est ça ?

Je hoche la tête. Ça a l'air si simple, dit comme ça. Sauf que la magie, ce n'est vraiment pas mon truc. Et que mon corps endolori me rappelle à chaque instant ce dont Anna est capable. Que peuvent quelques cailloux et des pattes de poule contre un démon déchaîné ? J'ai tout le droit d'être sceptique. Mais je n'ai pas le choix.

— J'ai un ami à Londres qui va me fournir toutes les étapes du sort. Je devrais recevoir ses instructions d'ici quelques jours. Il se peut que j'aie besoin d'autres choses, je ne sais pas encore.

— Ce genre de sortilège est plus efficace si tu opères lors d'une lune descendante. Tu as une semaine et demie devant toi, me dit Morfran avec nonchalance.

Puis il ajoute en plissant les yeux et en me regardant d'une façon qui me rappelle terriblement son petit-fils :

— Allons, mon garçon, ressaisis-toi. On dirait qu'Anna te fait perdre tes moyens.

— Ça ne va pas durer, croyez-moi.

À première vue, la bibliothèque du lycée me paraît d'une laideur rebutante, avec ses châssis en plastique flambant neufs et ses éclairages au néon agressifs. Je suis presque devenu snob à force de grandir au milieu de rayonnages en bois croulants de superbes volumes anciens. Je suis surpris de trouver la section dédiée à l'histoire de la ville particulièrement fournie, ce qui me rassure un peu. J'installe Thomas derrière un ordinateur avec la mission de chercher dans le catalogue toute information se rapportant au décès d'Anna Korlov. De mon côté, j'ai un devoir de bio à bâcler.

Je retrouve Carmel assise à une table au fond de la salle.

— Qu'est-ce que Thomas fait ici ?

— Il a le droit de travailler lui aussi, non ? OK, de quoi parlent ces exercices, alors ?

— La taxinomie des mollusques céphalopodes.

— Génial.

— Il faut qu'on dresse une classification en pyramide. Par exemple, si on prend le poulpe et le bernard-l'ermite…

Elle s'interrompt, perplexe, avant d'enchaîner :

— C'est trop bizarre, ce nom, bernard-l'ermite. D'où ça vient, tu penses ?

— Je ne sais pas, mais ça ne va probablement pas m'empêcher de dormir cette nuit, ronchonné-je en ouvrant mon livre.

La dernière chose dont j'ai envie, c'est de me pencher sur l'épineuse question des mollusques céphalopodes. Je n'ai la tête qu'à une chose, rejoindre Thomas et chercher des informations sur notre victime sanglante. Je le vois de loin, courbé sur son écran en train de cliquer fiévreusement de page en page. Soudain, il écrit quelque chose sur un bout de papier et se lève d'un bond.

— Cas ?

Au ton de la voix de Carmel, je déduis que ça fait un moment qu'elle me parle sans que je l'écoute. Aïe, elle n'a pas l'air content.

— Oui ? dis-je en affichant un sourire charmeur pour l'amadouer.

— Pour la troisième fois, tu préfères le bernard-l'ermite ou le poulpe ?

— Je prendrai le poulpe, sans hésitation. Légèrement grillé avec un filet d'huile d'olive et du citron, c'est divin.

— C'est répugnant, estime Carmel en faisant la moue.

— Je t'assure que non. On en mangeait tout le temps, mon père et moi, quand on était en Grèce.

— Tu es allé en Grèce ? C'est fou !

— Oui, dis-je distraitement en tournant les pages du livre où se succèdent toutes sortes d'invertébrés. J'y ai vécu quelques mois quand j'avais quatre ans. Je ne me souviens pas de grand-chose, mais j'en garde une passion pour le poulpe.

— Ton père voyage beaucoup alors. C'est pour son travail ?

— Oui, enfin, c'était…

— Il est à la retraite ?

— Il est mort.

Je déteste parler de ça. Je ne sais jamais comment le mot va sortir, si ma voix ne va pas défaillir en route. Je déteste le regard affligé que les gens me lancent sans savoir quoi dire. En l'occurrence, je garde les yeux rivés sur le dessin d'un calamar géant. J'entends Carmel me dire combien elle est désolée, et me demander comment ça s'est passé. Je lui réponds qu'il a été assassiné. Une petite exclamation de surprise lui échappe.

Je sais que sa réaction part d'une bonne intention. Je devrais y être sensible, mais elle m'énerve. Ce n'est pas sa faute, c'est juste que j'ai été trop souvent confronté à cette même expression horrifiée, à cette figure incrédule. De toute façon, tout ce qui touche de près ou de loin au meurtre de mon père me plonge dans une rage sans fond.

Une pensée surgit dans mon esprit, plus nette que jamais. Je n'osais pas l'admettre jusqu'ici, mais désormais l'évidence s'impose avec une clarté nouvelle. Anna sera la dernière pierre de l'édifice que je m'efforce de bâtir depuis dix ans. En la vainquant, je mettrai un point final à mes années de formation. Elle est le fantôme le plus puissant auquel je me sois jamais frotté. Si j'arrive à la battre, c'est que je serai prêt. Prêt à venger mon père.

J'y réfléchis un instant. Revenir à Baton Rouge, pousser la porte de cette maison... L'idée m'a souvent traversé l'esprit, mais je ne m'y voyais pas vraiment. Je me suis réfugié dans la recherche, alors qu'au fond ce n'était qu'une façon de repousser l'échéance. Le vaudou était trop compliqué à appréhender, je n'arrivais pas à mettre la main sur le bon livre... des excuses, tout ça. Je ne sais toujours pas qui a tué mon père. Ou si je serai capable d'affronter son meurtrier. Il est temps que je prenne les choses en main, et sérieusement. Je dois agir seul. Pas question de mêler ma mère à cette histoire, après des années passées à investiguer en cachette. Elle me punirait à vie si elle apprenait ce que j'ai derrière la tête.

Une main sur mon épaule me tire de mes pensées. Thomas place un vieil article de journal sur la table. Le papier est jauni, usé par le temps. Je suis surpris qu'une archive si fragile ne soit pas conservée sous verre.

— Regarde ce que j'ai trouvé.

Un titre en lettres capitales : « L'HORRIBLE ASSASSINAT ». Et en dessous, une photo dont je reconnais tout de suite le modèle.

— Ce serait… murmure Carmel en se levant pour mieux voir.

— Oui, c'est elle ! s'exclame Thomas, au comble de l'excitation. Il n'y a presque pas d'autres articles sur le meurtre. Apparemment, la police de l'époque s'est laissé complètement dépasser. C'est à peine s'ils ont fait quelques interrogatoires.

Il tient un autre journal à la main qu'il parcourt frénétiquement.

— Là-dedans j'ai juste trouvé une nécro : « Malvina Korlov a la douleur d'annoncer le décès de sa fille bien-aimée, Anna. L'enterrement aura lieu ce jeudi au cimetière Kivikovski. »

— Je croyais que tu étais en train de faire tes devoirs, commente Carmel d'un ton soupçonneux.

Thomas rougit, bafouille et essaie tant bien que mal de s'expliquer. Je ne les entends plus. Je n'ai d'yeux que pour la jeune fille pleine de vie dont la photo en noir et blanc révèle la peau pâle et les longs cheveux bruns. On sent qu'elle n'ose pas tout à fait sourire, mais son regard brillant, interrogateur et vif vous hypnotise.

— Ça fait mal au cœur, remarque Carmel avec un soupir. Elle était si jolie.

Elle avance un doigt pour caresser le visage d'Anna. Je l'en empêche, abattant ma main sur la photo d'un geste possessif.

Qu'est-ce qui m'arrive ?

Une émotion inavouable me tourne la tête, et c'est un monstre qui la suscite. Une tueuse qui m'a laissé la vie sauve sans que je sache pourquoi. Je suis le dessin de ses cheveux, attachés par un ruban. Une chaleur m'envahit la poitrine, mais ma tête est glacée. Je crois que je vais m'évanouir.

— Ça va, Cas ? Tu n'as pas l'air bien, s'enquiert Thomas en me secouant légèrement.

Un son non identifié sort de ma gorge. Je suis perdu. Que dire ? Comment expliquer ? Je regarde au loin, espérant trouver l'inspiration. Ce que je vois à l'entrée de la bibliothèque me ramène brutalement à la réalité. Deux policiers s'entretiennent avec la femme de l'accueil.

En face de moi, Carmel et Thomas ne peuvent pas les voir. Si je les préviens, ils se retourneront ; or, la dernière chose à faire est d'attirer l'attention des flics sur nous. Sans rien dire, je déchire discrètement la notice nécrologique d'Anna et la fourre dans ma poche, ignorant le regard indigné de Carmel. Tout aussi discrètement, je cache les vieux journaux sous un amoncellement de livres et de cahiers, et me plonge délibérément dans la contemplation d'une seiche.

— À votre avis, à quelle famille appartient ce truc ?

Mes deux interlocuteurs me regardent avec stupéfaction passer d'un état de semi-prostration à une attitude étonnamment studieuse. Derrière eux, je vois la bibliothécaire indiquer notre table aux deux flics. Ils viennent droit sur nous.

— De quoi est-ce que tu parles ?

— Je vous parle de cette seiche, fais-je le plus tranquillement possible, et dans les deux prochaines secondes j'aimerais que vous ayez l'air surpris mais pas trop.

Avant qu'il ne puisse me demander une explication, un bruit de pas alourdis par le poids de l'uniforme, des menottes et des matraques, les fait naturellement se retourner et découvrir l'équipe venue nous interroger. Je ne vois pas le visage de Carmel, et j'espère juste que son expression ne crie pas « je suis coupable, arrêtez-moi », comme c'est le cas pour Thomas à ma droite. Je me penche vers lui pour le rassurer. Il se ressaisit vaguement.

— Salut, les jeunes.

Un des policiers nous aborde avec le sourire. Corpulent, amical, il doit faire une tête de moins que Carmel. Finaud, il a repéré le maillon faible de notre groupe et regarde Thomas droit dans les yeux.

— Alors, ça bosse dur ?

— Ou… oui, bafouille Thomas. Qu'est-ce qu'on peut faire pour vous, monsieur l'agent ?

L'autre flic se penche sur la table et se met à farfouiller dans nos affaires, tourne les pages de nos cahiers, soulève nos trousses. Il est plus grand que son collègue, plus maigre aussi. Son nez aquilin, d'une longueur qui contraste avec son absence de menton, est criblé de points noirs. J'espère qu'il n'est pas aussi méchant qu'il est laid.

— Je suis l'agent Roebuck, reprend le petit gros d'un ton jovial. Et voici l'agent Davis. On voudrait vous poser quelques questions.

Nous haussons collectivement les épaules.

— Vous connaissez un garçon du nom de Mike Andover, n'est-ce pas ?

— Oui, répondent ensemble Carmel et Thomas.

— Un peu, concédé-je pour ma part. Je l'ai rencontré il y a quelques jours.

Merde alors, ce n'est pas aussi simple que je l'imaginais. Je sens la sueur perler sur mon front. Hors de question de l'essuyer, ce serait trop suspect. Je ne m'étais encore jamais retrouvé dans une situation pareille. Il faut dire que c'est la première fois qu'une de mes missions coûte la vie à quelqu'un.

— Mike a été porté disparu. Vous le saviez ? enchaîne Roebuck en nous dévisageant l'un après l'autre.

Thomas acquiesce sobrement. Moi aussi.

— Vous l'avez retrouvé ? Comment va-t-il ? improvise Carmel.

— Nous ne l'avons pas retrouvé, mademoiselle. Selon plusieurs témoins, vous et monsieur en face faites partie des personnes avec qui il a été vu en dernier. Nous aimerions entendre votre version des faits.

— Mike ne voulait pas rester à la fête, réplique Carmel avec le plus grand naturel. On est partis tous les cinq sans but précis, on voulait juste trouver un endroit où finir la soirée. Will Rosenberg était au volant. On était sortis de la ville, du côté de Dawson, vous voyez ? Au bout de quelques minutes, Mike a demandé à Will de s'arrêter et il est sorti de la voiture.

— Comment ça ?

— Il était en colère, monsieur l'agent. Il ne supportait pas que je me rapproche de Carmel, interviens-je. Will et Chase ont bien essayé de le calmer, de le faire rentrer dans la voiture, mais c'était peine perdue. Mike a dit qu'il avait besoin d'être seul, qu'il allait marcher le reste du chemin.

— Est-ce que vous vous rendiez compte que Mike Andover habitait à plus de quinze kilomètres de l'endroit où vous l'avez déposé ? demande l'agent Roebuck d'un ton sévère.

— Non, monsieur, je n'en avais pas conscience.

— On a insisté pour l'en empêcher, glisse Carmel d'une petite voix, mais il a fait la sourde oreille. Finalement, on l'a laissé tranquille. Je me suis dit qu'il lui fallait du temps, qu'il nous appellerait plus tard pour nous prier de venir le chercher. Mais il ne l'a pas fait.

C'est assez perturbant, la facilité avec laquelle ment cette fille. Mais sa version est parfaite. Après avoir abandonné Mike en pleine forêt, pas étonnant que nous ayons tous l'air de nous sentir coupables aujourd'hui.

— Il a vraiment disparu ? s'affole Carmel avec tout l'accent de la sincérité. Je me disais… enfin, j'espérais que ce n'était qu'une rumeur.

Quel talent. Elle est en train de nous sauver le coup. Les policiers sont visiblement touchés par son inquiétude. Roebuck nous confie que Will et Chase les ont conduits à l'endroit où nous avons laissé Mike et que le secteur est en train d'être passé au peigne fin. On lui demande si on peut leur prêter main-forte, mais il écarte notre offre, l'air de dire : « Laissez faire les professionnels. » En temps normal, la photo de Mike devrait se retrouver partout dans les médias dans les deux prochaines heures. Tous les habitants de la ville se mobiliseraient pour le retrouver, battant les bois armés de lampes torches et de coupe-vent. Mais j'ai comme l'intuition que ça n'arrivera pas. Voilà comment se refermera le dernier chapitre de la vie de Mike : dix plantons pour mener les recherches, perdus dans l'immensité de la forêt, supervisés par deux enquêteurs qui ne demandent pas mieux que de classer l'affaire. Je le lis dans leurs yeux, à leur air absent. Ils ne pensent à rien d'autre qu'au bon repas chaud qu'ils pourront manger quand tout ça sera fini, bien calés dans le canapé du salon. Ils doivent sentir qu'ils ne sont pas de taille à lutter ;

leur instinct leur susurre à l'oreille qu'ils touchent au domaine de l'inexplicable. Autant ne pas trop se fatiguer sur ce coup-là.

Sans s'attarder plus longtemps, les agents Roebuck et Davis prennent congé. La tension autour de la table redescend d'un coup.

— C'était…

Thomas ne finit pas sa phrase. Le téléphone de Carmel sonne. Elle décroche et se détourne. Je l'entends chuchoter des « je ne sais pas », « je suis sûre qu'ils vont le retrouver ». Quand elle revient vers nous, elle a les yeux battus de fatigue.

— Ça va, Carmel ? lui demandé-je.

— C'était Nat, répond-elle en levant son téléphone d'une main molle. Je crois qu'elle voulait me réconforter. Mais je ne suis pas d'humeur pour un ciné entre filles.

— Est-ce qu'il y a quoi que ce soit qu'on peut faire ? s'enquiert gentiment Thomas.

— J'aimerais juste qu'on finisse ce truc de bio, articule Carmel en brassant les papiers éparpillés sur la table.

Elle a raison. On a tous besoin de faire des choses un peu normales après ce qui vient de nous arriver. Se réfugier dans une routine. Réviser pour l'interro de vendredi, finir nos devoirs, ce genre de choses. L'infime coupure de journal que j'ai fourrée dans ma poche semble peser une tonne. Figée à jamais sur le papier jauni, l'Anna d'il y a plus de cinquante ans nous contemple, bien vivante. L'envie de la protéger me déchire la poitrine. Je voudrais remonter dans le passé et empêcher qu'elle devienne le monstre qu'elle est aujourd'hui.

Oui, profitons tant qu'il est temps des joies du quotidien. Car je crains que nous n'en ayons plus souvent l'occasion à l'avenir.

12

Je me réveille en sursaut, trempé de sueur, le cœur qui bat à mille à l'heure. Encore un cauchemar. Une créature épouvantable se penchait au-dessus de mon lit. Dents acérées, ongles crochus. Haleine de mort, comme si elle avait passé les dix dernières années à manger de la chair humaine à chaque repas sans se brosser les dents. Je plonge la main sous mon oreiller à la recherche de mon athamé. Mes doigts se referment sur une croix au relief sinueux. Un hurlement monte dans ma gorge. Je tire l'objet de sa cachette. Ouf. Le manche, l'étui en cuir, tout est là, familier, rassurant. Je devais dormir encore. Maudits cauchemars.

Je me calme un peu, et mon cœur aussi. J'entends un feulement contrarié au pied de mon lit. Tybalt, le poil hérissé, me jette un regard furieux. Le malheureux devait dormir sur ma poitrine, et je l'ai sans doute catapulté à travers la pièce en me réveillant. C'est plutôt drôle, en même temps. J'aime martyriser ce pauvre chat.

Je suis épuisé, je devrais me rendormir, mais tout mon corps est tendu, mes muscles tiraillés par l'angoisse. Il faudrait que je sorte faire le tour du quartier en courant pour me défouler un bon coup. Je ne suis pas le seul à être agité : la maison tout entière craque. Il doit y avoir un sacré vent dehors. Les lattes du parquet gémissent comme si quelqu'un pesait dessus de tout son poids.

Il est 3 h 47 du matin. Mince. Quel jour on est, déjà ? Ouf. Demain c'est dimanche. Au moins je n'aurai pas à traîner ma tête de zombie dans les couloirs du lycée. Les nuits passent et se ressemblent. Je compte sur les doigts d'une main celles où j'ai goûté au vrai sommeil depuis que je suis ici.

Je sors machinalement de mon lit, enfile un jean et un T-shirt, coince mon athamé dans ma ceinture et descends l'escalier. Je ne pense même pas à ce que je fais. Mes chaussures, les clés de voiture de ma mère, les gestes se succèdent machinalement. Je referme la porte derrière moi. Je roule dans les rues sombres, à la lumière de la lune qui monte dans le ciel. Je suis à peine conscient, et pourtant je sais exactement où je vais, comme un automate.

Quand je me gare devant la maison d'Anna, je nage en pleine torpeur. Ma nuque, mon corps fourmillent encore des tensions de mon cauchemar. Peut-être que je suis en pleine crise de somnambulisme ? Je grimpe les marches du perron sans les entendre grincer. Je tourne la poignée de la porte sans la sentir sous mes doigts. Je franchis le seuil. Le sol se dérobe sous mes pieds.

L'entrée a disparu. À la place, un grand trou dans lequel je tombe. Je m'étale de tout mon long trois mètres plus bas sur un sol froid, dans un bruit mat de poussière. Je reste quelques secondes le souffle coupé, le cerveau déconnecté.

Bordel, bordel, bordel, qu'est-ce qui se passe ? Mon cœur va finir par lâcher, avec toutes ces conneries. Quand l'air revient dans mes poumons, je plie doucement les jambes pour m'assurer qu'elles fonctionnent. Rien de cassé. Mais où est-ce que j'ai atterri, bon sang ? Je ne vois absolument rien de ce qui m'entoure, ce qui rend encore plus présente l'horrible puanteur qui flotte autour de moi. Ne pas céder à la panique, respirer le plus lentement possible. C'est monstrueux, cette alliance de pourriture et d'humidité. On dirait une odeur de charnier.

À cette pensée, je me saisis de mon couteau comme un enfant serrerait son doudou dans le noir. C'est comme ça, il me rassure avec sa lame aiguisée, faite pour trancher dans le mort. Une lumière grisâtre filtre du plafond à travers les planches mal assemblées du parquet du niveau supérieur. C'est la même lueur surnaturelle qui tapisse la maison. Mes yeux s'habituent peu à peu à l'obscurité, et je distingue quatre murs aux pierres apparentes, maculées de saleté. Je suis dans la cave. Je me revois pourtant poussant la porte d'entrée… Comment ai-je fait pour arriver là ?

— Anna ?

En réponse, le sol tremble sous mes pieds, si fort que je dois me retenir au mur. Ma main ne rencontre pas une surface dure, mais quelque chose de spongieux. Un machin humide non identifié. Un machin qui se soulève sous ma paume, comme s'il respirait.

Je fais un bond de côté. La dépouille de Mike est suspendue à un mètre du sol. C'est son ventre que je viens de toucher. Il a les yeux fermés. On dirait qu'il dort. Sa peau est grise, distendue. En pleine décomposition. Son corps est si étroitement collé au mur qu'on dirait que la maison est en train de l'absorber lentement, comme une plante carnivore le ferait d'une mouche.

Je recule, frappé d'horreur, à deux doigts de crier. Je m'en empêche de toutes mes forces, n'osant même pas imaginer ce que Mike pourrait me dire s'il se réveillait. Je n'ai aucune envie de savoir ce que ça fait que d'être digéré à petit feu par une maison hantée.

Un chuintement se fait entendre derrière moi. Je me retourne : une silhouette s'avance à pas chancelants, tanguant dans ma direction comme un homme ivre. Je sursaute de terreur, terrassé par l'odeur qui envahit soudain la pièce. Un mélange d'urine et de vieille vinasse me coupe littéralement les jambes. À mesure qu'il s'approche, je distingue les haillons du clochard qui titube devant moi. Il est emmitouflé dans un vieux pardessus, et son pantalon troué dévoile sa peau, rongée par la gale. Je voudrais fuir, mais je suis hypnotisé par l'expression horrifiée qui déforme soudain son visage. Une seconde après, son cou se disloque, dans un craquement sinistre de vertèbres. Il s'effondre à mes pieds, la tête dévissée.

La voix de mon père résonne dans mon crâne. Une de ses perles de pédagogie dont il avait le secret et qui me fichait une trouille de tous les diables quand j'étais gosse. « Quand le noir te révélera toutes les horreurs qu'il cache, pense à la lumière. Elle dissipe ce qui fait peur. » Merci, papa, super. Plus facile à dire qu'à faire, hein, une fois le moment venu. Allez, Cas, du calme. Respire à fond. Oublie que tu trembles de la tête aux pieds et que ton cœur te remonte dans la gorge. Pense à la lumière.

— Maintenant tu vois ce dont je suis capable.

C'est la voix d'Anna. Je veux lui répondre, mais elle ne m'en laisse pas le temps. Des monceaux de cadavres apparaissent soudain de tous les côtés, serrés les uns contre les autres en des piles qui montent jusqu'au plafond, bras et jambes emmêlés comme un tas de mikado grotesque. Mon Dieu, cette odeur ! Je tourne sur moi-même à la recherche d'une issue. Un des corps se cabre à quelques centimètres de moi ; je fais un bond de côté pour l'éviter. En y regardant de plus près, je me rends compte que ce n'est pas lui qui remue, mais les millions d'asticots qui le dévorent de l'intérieur, grouillant sous la peau. Seuls ses yeux vivent encore, roulant désespérément derrière l'écran de pus blanchâtre qui les empêche de voir.

— Anna…

— Et encore, je ne te montre pas le pire, gronde la voix monstrueuse.

Elle se fout de moi, ce n'est pas possible. Certains de ces cadavres portent des stigmates qui défient l'imagination humaine. Des membres manquent à certains, d'autres n'ont plus une seule dent. Ils sont maculés de sang séché, comme si on leur avait retourné la peau. La plupart ne doivent pas avoir mon âge. Ce n'est qu'une succession de visages juvéniles dont les joues déchiquetées dévoilent des gencives pourrissantes. Je me tourne à nouveau. Mike a les yeux ouverts. Au diable ma vocation, les conseils de mon père et mon expérience. Je veux juste sortir d'ici.

Je n'ai jamais été claustrophobe, ça ne va pas commencer aujourd'hui ! Il faut juste que je trouve la porte, sinon je vais mourir d'angoisse. Là ! À quelques mètres, un escalier que je n'avais même pas vu. Anna m'a expédié aux Enfers, mais je m'en sortirai. Je ne savais pas en foulant le sol de son salon l'horreur qui sommeillait sous mes pieds ; mais je compte bien l'oublier aussitôt que je serai tiré d'affaire.

Je me précipite vers ma délivrance quand soudain un craquement sourd se fait entendre. Elle n'a donc pas encore fini de jouer avec moi ? Pour toute réponse, un torrent d'eau se déverse sur ma tête, suintant des murs et du sol. Ou plutôt une sorte de liquide noir et épais, qui en moins d'une seconde me monte jusqu'à la taille. Quelque chose me heurte mollement. Le cadavre du clochard à la nuque brisée flotte à la surface. Une bouffée de panique me brûle la gorge. Je n'ai aucune envie de boire la tasse avec tous ces malheureux, aucune envie de savoir ce qui dort sous cette eau, aucune envie de céder aux visions que mon cerveau affolé m'envoie : fantômes rampant la gueule ouverte pour me happer par le fond. Je me remets en marche, écartant d'un geste furieux les corps qui surnagent, ignorant les bestioles qui grouillent de toutes parts pour échapper à leur tour à la noyade. Un gémissement m'échappe malgré moi. Ça y est, je vais gerber.

Ce n'est pas le moment de lâcher. Je gagne enfin l'escalier, juste à l'instant où une des colonnes de cadavres s'effondre, me submergeant sous un jet d'éclaboussures.

— Anna, stop !

Je tousse comme un damné, terrifié à l'idée d'avaler la moindre goutte de cette vase immonde. Je n'y arriverai jamais. Mes vêtements pèsent une tonne et gravir chaque marche me coûte horriblement. Une éternité se passe avant que je réussisse enfin à tendre la main vers la lumière. J'agrippe la rampe et, dans un dernier effort, me hisse sur un sol sec.

Je reste prostré une demi-seconde, anéanti par le choc. Puis soudain des mains osseuses se resserrent autour de mes chevilles pour m'entraîner à nouveau. Je crie comme un porc qu'on égorge et rampe me mettre à l'abri, jetant des regards défiants vers la porte de la cave. Quel crétin. Il n'y a rien, ni eau ni spectre. Je me relève et m'approche doucement pour en avoir le cœur net. La lueur grise éclaire l'escalier que je viens de monter si péniblement. Un carré de lumière me laisse entrevoir le sol vierge de la cave. Rien de plus qu'un local où l'on rangerait une bonne bouteille de vin. Bien sûr, mes vêtements sont secs. Quelle humiliation.

Je maudis Anna entre mes dents serrées en me jurant de ne plus jamais être dupe de ces saletés d'hallucinations.

J'époussette mon T-shirt pour me donner une contenance, même s'il est aussi blanc que lorsque je suis entré dans cette maison. Je dois être dans ce qui servait autrefois de cuisine. Un poêle noir prend la poussière dans un coin de la pièce, au milieu de laquelle se dressent une table et trois chaises. Je meurs d'envie de m'y asseoir mais, soudain, les placards se mettent à s'ouvrir et à se refermer tout seuls. La porte d'une armoire en fait autant. Non, vraiment, Anna, ce n'est pas digne de toi, ce tour de passe-passe. C'est quoi, la prochainc étape ? Les murs qui saignent ? Dans le mille ! Le papier peint s'imprègne lentement de taches rougeâtres.

Je suis déçu par le peu d'imagination de mon hôte ; et pas fâché de sentir la peur qui me nouait le ventre se transformer en éclat de rire. Je quitte la pièce en affichant un sourire provocateur. Dans le salon, le canapé me tend les bras. Je m'y enfonce nonchalamment, avec ma moue la plus insolente. Je ferais parfaitement illusion si seulement mes mains ne tremblaient pas.

— Mais tu vas sortir d'ici, oui ? hurle Anna derrière mon épaule.

Je me retourne. Ma déesse de la Mort flotte au-dessus du dossier, entourée par une nuée de cheveux ondoyants. Elle serre les dents. Mon cœur s'emballe. Je voudrais saisir mon athamé, mais je me force à respirer lentement, calmement. Si Anna ne m'a pas tué jusqu'ici, j'ai des chances que ça n'arrive pas aujourd'hui. Sinon elle n'aurait pas perdu de temps à essayer de me faire peur avec son petit spectacle d'épouvante.

— Et si je ne veux pas ?

Je crâne pour me venger, lui adressant un sourire délibérément agaçant.

— Tu es venu pour me tuer. Mais tu ne *peux* pas, pauvre imbécile ! gronde-t-elle, ignorant ma boutade.

— Et qu'est-ce qui t'énerve le plus entre les deux, dis-moi ?

Une onde noire passe sous sa peau, assombrissant ses yeux. Elle réprime ses pulsions de meurtre à chaque seconde. Elle est répugnante, effrayante. Et pourtant, je sais que je ne risque rien. Je poursuis d'une voix radoucie :

— Anna, je trouverai le moyen de te faire partir. Je te rendrai la paix.

— Je ne veux pas partir…

Soudain elle se cabre en arrière, et le halo noir qui l'entourait est aspiré dans le sol. Je n'ai plus devant moi qu'Anna Korlov, la même jeune fille que sur la photo au fond de ma poche.

— … mais je mérite d'être tuée.

— Tu ne le méritais pas autrefois.

J'essaie de trouver les bons mots, de lui épargner trop de culpabilité. En même temps, je sais très bien que les cadavres que j'ai vus en bas ne sont pas le fruit de mon imagination. Au moment où je vous parle, Mike est en train d'être grignoté par cette maison, dans le secret d'un coin sombre.

D'horribles veines noires sillonnent encore la peau d'Anna. Elle ferme les yeux et secoue les bras pour les faire disparaître. Elle a l'air de souffrir, bel et bien prisonnière. C'est la première fois que je vois un fantôme aux prises avec une malédiction.

— Cette chose qui est en toi, tu essaies de lui résister, n'est-ce pas ? dis-je doucement.

Ma clairvoyance a l'air de la désarçonner.

— Au début, je n'y arrivais pas. J'étais enfermée dans cette enveloppe qui n'était pas moi. C'était horrible d'assister, complètement impuissante, à cc déchaînement de violence. C'est comme si je regardais mon double se livrer aux pires abominations.

Elle baisse les yeux. Une mèche de cheveux tombe sur son épaule. Elles sont si différentes, cette jeune fille tremblante et la déesse funèbre qui sème la destruction. Quel enfer ce doit être pour elle, de rester piégée dans le corps d'une furie !

— Avec les années, on a fini par fusionner, elle et moi, reprend Anna. Je suis devenue cette chose.

— Non, me récrié-je. Ce n'est pas toi, ce n'est qu'un masque. Un masque que tu peux enlever. Regarde, tu l'as fait en m'épargnant.

Je me lève et contourne le canapé pour m'approcher d'elle. Elle a presque l'air fragile, comparée à son avatar monstrueux. Mais elle se tient droite et fière, et me défie du regard. Elle n'a pas peur de moi. Son visage est triste ; ce sont les mêmes yeux interrogateurs que sur la photo. Comment était-elle de son vivant ? Sans doute une jeune fille gaie et intelligente… C'est étrange de la contempler aujourd'hui, presque inchangée après plus de cinquante ans et quelques dizaines de meurtres à son actif.

J'en oublierais le martyre par lequel elle vient de me faire passer. Je pointe la cuisine d'un doigt courroucé.

— Tu peux m'expliquer ton petit jeu, là ?

— Je voulais que tu saches ce que tu as décidé d'affronter.

— Je parle de ton caprice de gamine consistant à faire claquer les portes à la Mary Poppins. Si tu essayais de m'effrayer, c'est raté. Tu vois, je suis encore là.

— Un caprice de gamine ? me singe-t-elle d'un ton narquois. Excuse-moi, mais qui est-ce qui glapissait comme une poule mouillée il y a à peine dix minutes ?

J'ouvre la bouche pour répondre, or sa formulation m'arrache un sourire irrépressible.

En face de moi, Anna semble expérimenter la même difficulté à garder son sérieux. Elle se reprend :

— J'étais… énervée que tu veuilles me tuer.

— Alors là, franchement, je ne vois pas pourquoi, dis-je en me mordant les joues.

Nous finissons tous les deux par céder au comique de la situation et éclatons de rire.

— Tu fais tellement d'efforts pour ne pas me tuer, je pourrais quand même te rendre la politesse, achevé-je dans un hoquet.

Non mais attends, qu'est-ce que je suis en train de faire, moi ? Fraterniser avec l'ennemi. Je développe un sacré syndrome de Stockholm ou quoi ?

— Pourquoi est-ce que tu es revenu ? me demande Anna.

— Tu me croiras ou non, mais ce n'était pas pour te tuer. Non, en fait… j'ai fait un cauchemar. Et j'avais besoin de parler à quelqu'un.

Je passe la main dans mes cheveux pour tenter de me donner une contenance. Ça faisait longtemps que je ne m'étais pas senti aussi con. Je corrige : je ne m'étais encore jamais senti aussi con.

— À cette heure-ci, il n'y avait qu'une seule personne que j'étais sûr de trouver. Alors je suis venu.

Elle émet un petit grognement perplexe. Puis elle me regarde, embêtée.

— Comment est-ce que je pourrais t'aider ? Je suis en dehors du monde depuis si longtemps, je ne saurais pas quoi te dire.

Je hausse les épaules et lui réponds spontanément une chose qui me surprend moi-même :

— Je me suis toujours senti en dehors du monde moi aussi, tu sais.

Non mais quel abruti ! Je n'en reviens pas, je fais mon malheureux devant une fille qui a été brutalement assassinée l'année de ses seize ans. Je serre les poings et regarde par terre. Je me mettrais des baffes. Elle est enfermée dans une maison qui se repaît des cadavres de ses victimes pendant que moi, je suis libre de tous mes mouvements, je vais au lycée, je mange les fabuleux plats de ma mère, je…

— Je comprends. Tu côtoies la mort de si près… murmure-t-elle doucement.

Je lève la tête. Ses yeux sont brillants de compassion.

— Tu as basculé de l'autre côté le jour où…

— Le jour où mon père est mort, complété-je. Lui aussi était de l'autre côté, je l'y aurais rejoint de toute façon. La mort est notre monde. L'école, les amis, les soirées, pour moi ça n'a jamais été que des détails superflus qui m'empêchaient de me concentrer sur mes missions.

Je n'avais encore jamais confié ça à personne. Je ne m'étais même pas autorisé à me le formuler moi-même. Je me suis conditionné pour être le plus efficace possible, et j'en ai oublié de vivre. Ma mère a eu beau me pousser à sortir, à m'amuser, à m'inscrire à l'université, je ne l'ai jamais écoutée.

— Ça doit te rendre triste, non, cette aridité ?

— Pas vraiment. Je me suis toujours senti porté par mes objectifs. L'impression d'avoir un but supérieur dans ma vie.

Je tire l'athamé de ma ceinture et lui ôte son étui. La lueur grise se reflète vivement sur la lame. Mon sang vibre dans mes veines, ce sang qui fait que, entre mes mains comme entre celles de mon père, cette arme est bien plus qu'un simple couteau.

— Je suis la seule personne au monde capable de faire ça. C'est mon destin, je ne peux pas y échapper.

Qu'est-ce qui me prend de présenter les choses comme ça ? On dirait que je n'ai pas eu le choix, que je subissais une fatalité, en pauvre victime. Je suis en colère contre moi-même. En réalité, j'ai tout choisi. En face de moi, Anna croise ses bras pâles. Je regarde ses cheveux, qui reposent sagement sur son épaule, raides, noirs, soyeux. D'un moment à l'autre, ils vont se remettre à onduler en l'air comme un nœud de vipères infernales.

— C'est dur aussi d'être libre de choisir, murmure-t-elle comme si elle avait lu dans mes pensées. Je me souviens, quand j'étais vivante, je ne savais pas ce que je voulais faire de ma vie. J'aimais prendre des photos, je voulais devenir photographe pour la presse. J'adorais cuisiner et je m'imaginais partir à Vancouver pour y ouvrir un restaurant. J'avais des centaines de rêves, mais aucun ne l'emportait sur les autres. Je suis sûre que tout ça m'aurait paralysée et que j'aurais fini dans ce trou, à reprendre l'affaire de ma mère.

— Je n'y crois pas une seconde.

Et c'est vrai. Elle a l'air si déterminée, cette jeune fille réfléchie, capable de briser une vie en un claquement de doigts. Je suis sûr qu'elle aurait eu la force de tout plaquer, si on lui en avait laissé la chance.

— Honnêtement, je n'étais pas audacieuse. Du moins je crois. La mort te fait oublier. J'aime penser que je mordais la vie à belles dents, que chaque respiration était un bonheur, une promesse.

Avec humour, elle joint les deux mains sur sa poitrine et prend une inspiration théâtrale.

— Ce n'était probablement pas le cas. J'aime me revoir comme ça, mais au fond, je crois que je n'étais pas quelqu'un de particulièrement… comment dire ? … enjoué.

Je lui rends son sourire pensif. Elle replace ses cheveux derrière son oreille et le geste est si simple, si naturel que j'en oublie un instant qu'elle est un fantôme. Je suis pris de vertiges.

— Qu'est-ce qu'on est en train de faire, Anna ? Tu essaies de m'enlever l'envie de te tuer, c'est ça ?

Elle croise les bras, arrogante.

— Étant donné que tu ne *peux* pas me tuer, je ne vois pas pourquoi je me donnerais cette peine.

— Tu te vantes.

— Vraiment, Cas ? Quand on s'est battus l'autre jour, j'ai bien senti que tu n'y mettais pas tout ton cœur. Tu retiens tes coups, même ton couteau gémit de se sentir bridé. Il vibre entre tes doigts, prêt à tuer sans hésitation, sans remords. Seulement toi, tu n'es pas d'accord. C'est la première fois que ça t'arrive, je me trompe ? Tu ne nous épargnes jamais. Combien de fantômes ont eu moins de chance que moi ?

— J'ai tué vingt-deux fois en trois ans.

Je mentirais si je disais que je n'en étais pas fier. Mon père n'en a jamais fait autant dans un même laps de temps. L'élève a dépassé le maître. J'y ai mis un point d'honneur. Être plus vif. Plus acéré. Tout faire pour ne pas connaître la même fin.

Quand on me voit comme ça, je ne paie pas de mine. Je ressemble à n'importe quel type de dix-sept ans, taille normale, poids normal – peut-être un peu maigre. Mais avec mon athamé, je me transforme en triple ceinture noire. Chacun de mes mouvements est rapide, assuré, puissant. Anna a raison, je ne lui ai pas montré de quoi j'étais capable. Si seulement je savais pourquoi…

— Ce qui est sûr, c'est que je ne veux pas te faire de mal, Anna. Je ne fais que mon devoir, rien de personnel.

— Et moi, je ne voulais pas éviscérer tous les gens qui se décomposent sous nos pieds en ce moment.

Le doute n'est plus possible, ce que j'ai vu est bien réel.

— Qu'est-ce qui t'est arrivé ? Quelle malédiction t'a transformée en monstre ?

— Ça ne te regarde pas.

— Dis-le-moi, et…

Et je pourrai enfin te délivrer. Mais je ne finis pas ma phrase. Elle paierait sa liberté au prix de sa disparition. Comme elle me l'a dit, ce n'est pas une perspective qui l'enchante. Moi non plus, pour être honnête.

C'est trop compliqué, tout ça. Pourquoi faut-il que cette jeune fille touchante et cette harpie privée de parole ne soient qu'une seule et même personne ? Ce n'est pas juste. Si seulement, au moment où je la transpercerai de ma lame, j'avais la certitude de les séparer et qu'Anna parte en paix… Mais peut-être qu'elle sera aspirée par son double diabolique, que leurs destins sont inexorablement liés l'un à l'autre.

Je suis désarmé face à cette situation. Et pourtant, je croyais avoir depuis longtemps dépassé ce genre de scrupules. Mon père me répétait souvent que notre rôle était d'agir, pas de nous poser des questions. Nous n'obéissons qu'à un seul devoir : protéger les vivants. Une conviction inébranlable brillait au fond de ses yeux quand il me disait ça. J'aimerais avoir sa certitude aujourd'hui.

Sans y réfléchir, j'avance doucement la main. J'ai envie de lui caresser la joue, même si je dois la trouver dure et glacée. Mais sa peau est d'une douceur surprenante. Anna reste d'abord figée de stupeur, puis lève à son tour une main hésitante et la pose sur la mienne.

Nous demeurons immobiles, submergés par nos émotions. Rien ne semble pouvoir rompre le charme qui s'opère, même pas le fracas qui accompagne l'irruption d'une Carmel échevelée dans la pièce.

— Cas ! Qu'est-ce qui se passe ? explose-t-elle.

— Carmel ? balbutié-je.

Soudain je prends conscience de la scène. Carmel est bel et bien là, la main sur la poignée de la porte, tremblant de la tête aux pieds, de rage et de peur. Elle fait un pas en avant.

— Ne bouge pas, Carmel.

Elle ne m'entend pas, les yeux fixés sur un point derrière moi, comme hypnotisée. Elle regarde Anna qui s'est reculée vivement, défigurée par une grimace affreuse, qu'elle tente de dissimuler en se couvrant le visage.

— Est-ce que c'est elle ? Est-ce que c'est le monstre qui a tué Mike ?

Complètement inconsciente, elle s'avance dans la pièce. Je sens que je suis en train de perdre Anna. Elle lutte, mais ses yeux ne sont plus que deux gouttes noires.

— Bats-toi, Anna, et épargne mon amie. Elle ne se rend pas compte, elle ne sait pas ce qu'elle fait.

Mais c'est trop tard. Les raisons qui permettent à Anna de ne pas m'attaquer ont été balayées aux quatre vents. La jeune fille candide disparaît, engloutie par un tourbillon de cheveux noirs, submergée par un afflux de sang. Le monstre a achevé sa transformation, peau pâle et dents cruelles. Nous restons figés tous les trois pendant une milliseconde. On n'entend rien d'autre que le *plic ploc* sinistre des gouttes de sang qui forment une mare sur le sol. Peut-être qu'on aura le temps de sortir de la pièce ?

Anna est plus rapide que mes propres pensées. Dans un hurlement inhumain, elle se jette sur Carmel, les doigts rétractés comme des serres, prêts à lui retourner les entrailles. Je plonge pour m'interposer avec l'énergie du désespoir. *Je suis complètement fou*, me dis-je au moment où mon corps entre en contact avec la force titanesque d'Anna, lancée à pleine vitesse. Par miracle, je résiste à la violence du choc et parviens à dévier la course du fantôme, qui s'écrase quelques mètres plus loin. Carmel fait un saut de côté. Et, s'éloigne un peu plus de la porte, cette idiote. Le manque de sens pratique des gens en situation de crise me dépassera toujours. Carmel est une proie facile, et Anna va la manger toute crue si je ne réagis pas. Cette dernière, plaquée au sol, les yeux luisants de rage, rassemble ses forces dans une flaque de sang poisseux. J'en profite pour foncer devant Carmel et la protéger de mon corps.

— Mais qu'est-ce qui t'a pris, Cas ? hurle Carmel d'une voix terrifiée.

— Tais-toi et cours ! crié-je par-dessus mon épaule.

Je brandis mon athamé sous les yeux d'Anna. J'espère la faire reculer, mais c'est à peu près aussi efficace que si je la menaçais avec un cure-dent. Elle attaque de nouveau, et cette fois c'est moi qu'elle vise. Je l'attrape par le poignet tout en essayant de la garder à distance avec mon couteau.

— Anna, arrête-toi ! lui intimé-je en la regardant droit dans les yeux.

Soudain je vois ses pupilles se rétrécir, et la couleur revenir dans ses iris.

— Fais-la sortir d'ici, me crache-t-elle, mâchoires crispées.

Je la repousse de toutes mes forces. Elle s'écrase contre un mur, ce qui me laisse le temps de prendre Carmel par le bras et de me jeter avec elle à travers la porte. Nous roulons sur les marches du perron, pour finir notre course entre les herbes folles de l'allée. La porte s'est refermée sur nous. À l'intérieur, on entend Anna se déchaîner contre les meubles, dans un fracas de bois brisé.

— Mon Dieu, elle est vraiment horrible ! lâche Carmel en enfouissant sa tête contre mon épaule.

Je la serre doucement contre moi, puis me dégage. Je me relève, retourne vers la porte.

— Cas ! Tu es fou, reviens ! crie Carmel derrière moi.

Je ne peux pas la blâmer, après ce qu'elle vient de voir. Mais moi je sais qu'Anna a essayé de se battre contre le maléfice. Quand j'arrive en haut des marches, son visage apparaît à la fenêtre, toutes dents dehors, barré de veines violettes. Elle plaque une main contre la vitre, dans un geste désolé, les yeux emplis de larmes noires.

— Anna…

Je gagne la fenêtre, mais avant que j'aie pu poser ma main sur la vitre à mon tour, elle se détourne et glisse jusqu'en haut de l'escalier, disparaissant dans les ténèbres.

13

Nous remontons d'un pas vif l'allée à l'abandon des Korlov. Décidément, c'est ma journée. Carmel me pose cent dix mille questions que j'entends à peine. Mes pensées tournent en roue libre. Anna est dangereuse et pourtant elle n'est pas méchante. Elle tue, mais c'est contre son gré. Je n'ai encore jamais croisé un fantôme comme elle. Je savais qu'ils peuvent parfois développer un certain degré de conscience. Gideon avait évoqué, une fois, ceux qui se rendent compte qu'ils sont morts, par exemple. Ils sont puissants, mais rarement vindicatifs. Le cas d'Anna est absolument inédit, et me laisse désarmé. Soudain, Carmel me tire par le bras.

— Quoi ? lui aboyé-je à la figure.

— Est-ce que tu vas enfin me dire ce que tu faisais dans cette maison ?

— Non.

J'aperçois les premières lueurs de l'aube pointer derrière les nuages qui masquent l'horizon. J'ai dû parler avec Anna plus longtemps que je ne pensais. Je savoure la douce chaleur de ce soleil naissant qui me pique les yeux. La lumière se fait aussi dans mon esprit. Je regarde enfin Carmel ; je la vois vraiment, pour la première fois depuis son arrivée.

— Tu m'as suivi. C'est pour ça que tu es là, hein ? Avoue.

Elle se dandine d'un pied sur l'autre, gênée.

— Je ne réussissais pas à dormir. Il fallait que je sache, alors je suis venue chez toi pour te parler et je suis arrivée au moment où tu prenais la voiture.

— Qu'est-ce qu'il fallait que tu saches ?

Elle me lance un regard par en dessous, qui dit : « Allez, Cas, tu sais bien de quoi je veux parler. » Je déteste ce petit jeu-là. Après plusieurs secondes d'un silence buté, elle finit par céder :

— Je voulais savoir si Thomas me faisait marcher. Il m'a dit que tu…

Elle s'interrompt et secoue la tête, comme frappée par l'énormité de la situation. Je suspecte déjà ce qu'a dû lui dire Thomas. Je ne ferai plus jamais confiance à ce sale mouchard.

— Il dit que tu es un exterminateur de fantômes professionnel. Comme dans *SOS fantômes*.

— Ça n'a rien à voir avec *SOS fantômes*.

— Je sais, c'est complètement idiot, mais dans ce cas-là, qu'est-ce que tu faisais dans cette maison ?

— Je parlais avec Anna.

— Tu plaisantes ? Elle a assassiné Mike ! Tu imagines ce qu'elle aurait pu te faire ?

— Elle ne m'aurait rien fait du tout.

Je lève les yeux vers la maison. Je suis mal à l'aise de parler d'elle comme ça alors qu'elle est encore à portée de voix. Si stupide que ça puisse paraître, je trouve ça indécent.

— Et je peux savoir ce que tu avais de si important à lui dire ?

— Tu as fini de te mêler de ce qui ne te regarde pas ?

— Attends, tu ne vas pas prétendre que c'était personnel, en plus, lâche-t-elle en levant un sourcil indigné.

— Peut-être que si.

Il faut qu'on quitte cet endroit. Il y a des paires de baffes qui ne peuvent pas attendre, et Thomas est en haut de ma liste. Je serais capable de réduire son matelas en pièces pendant qu'il dort encore. J'aimerais bien le voir bondir comme un diable de son sommier éventré.

— Écoute, Carmel, voilà ce que je te propose. On s'en va d'ici, tu me suis jusque chez moi, je laisse sa voiture à ma mère, et puis tu nous conduis chez Thomas. Je te promets que je t'expliquerai tout, ajouté-je en voyant son air sceptique.

— D'accord.

— Une dernière chose…

— Oui ?

— Ne me compare plus jamais à *SOS fantômes*, s'il te plaît, lui dis-je avec un sourire, pour détendre l'atmosphère.

Elle passe devant moi. Je la retiens une seconde par le bras.

— Est-ce que tu as mentionné ce que t'a confié Thomas à qui que ce soit d'autre ?

Elle secoue la tête.

— Même pas à Natalie ou Katie ?

— J'ai envoyé un texto à Nat pour lui dire qu'il fallait que je te voie. Je lui ai demandé de me couvrir au cas où mes parents l'appelleraient.

— Et comment as-tu justifié que tu me retrouvais au beau milieu de la nuit ?

Je comprends par le regard qu'elle me lance qu'elle n'a pas envie de s'expliquer sur le sujet. Je suppose qu'il n'y a pas dix mille raisons pour que Carmel Jones donne des rendez-vous nocturnes à un garçon. J'en rougirais presque.

— OK. Au lycée, je suis censé faire comme s'il s'était passé quelque chose ? Comme si on s'était… je ne sais pas moi, comme si on s'était embrassés ?

Pourquoi est-ce que je n'arrive pas à la regarder dans les yeux, subitement ? Je me suis ratatiné sur moi-même, j'ai l'impression qu'elle me dépasse de cinquante centimètres. Elle me dévisage, visiblement médusée.

— C'est fou comme tu perds ton aplomb, tout à coup, remarque-t-elle, espiègle.

— Ce n'est pas comme si j'étais habitué à ce genre de situation.

Je suis mort de honte.

Elle rit gentiment. C'est vrai qu'elle est diablement jolie. Pas étonnant que Thomas n'ait pas pu tenir sa langue. Elle mettrait n'importe qui hors d'état de réfléchir en un seul battement de cils.

— Ne t'inquiète pas, conclut-elle, je m'arrangerai. Je peux même répandre la rumeur que tu embrasses super bien.

— J'apprécie le geste, mais ça ira comme ça. Allez, on y va.

Elle n'insiste pas et s'engouffre dans sa voiture. Une fois ma portière refermée, je n'ai qu'une envie : presser mon front contre le volant et hurler toute ma rage et ma frustration.

Je déteste cette mission ! Pourquoi est-ce si difficile ? Est-ce à cause d'Anna ? Je n'ai jamais rencontré autant d'obstacles. En général, les gens sont trop contents de rester en dehors de mes affaires. Ils préfèrent gober n'importe quelle histoire bidon plutôt que de regarder la vérité en face. Will et Chase en sont le parfait exemple. Eux au moins ont mis un peu de bonne volonté à croire les élucubrations de la famille Sabin.

Je vais devoir régler cette affaire en ayant Thomas et Carmel dans les pattes. Et tant pis si c'est la plus dangereuse de ma carrière, il est trop tard pour reculer.

— Tu sais si Thomas vit avec ses parents ? demandé-je à Carmel, sur le perron de ce dernier.

— Ils sont tous les deux morts dans un accident de voiture. Fauchés par un chauffard à un feu rouge. En tout cas c'est la version officielle. Thomas habite avec son grand-père.

— Parfait.

Je tambourine à la porte sans scrupules. Tant pis si je réveille Morfran. Je suis sûr que le vieux roublard sera content de mettre un peu de sel dans son quotidien. Le battant supporte mes coups sans broncher, et il en faut au moins treize, plus agressifs les uns que les autres, pour qu'il s'ouvre enfin sur Thomas, emmitouflé dans une robe de chambre verte parfaitement hideuse.

— Cas ? bafouille-t-il d'une voix enrouée.

Pas facile de rester fâché contre un type qui ressemble à un gamin de quatre ans qui aurait grandi trop vite. Il a les cheveux dressés sur la tête et les lunettes de travers. Quand il finit par réaliser que Carmel est là elle aussi, il s'essuie discrètement les joues, balayant la trace de salive dont il était en train de gorger son oreiller. Puis il essaie de discipliner ses cheveux, sans beaucoup de succès.

— Heu, qu'est-ce que vous faites là ?

— Figure-toi que Carmel a trouvé judicieux de me suivre jusque chez Anna. Tu sauras peut-être m'expliquer pourquoi ?

Thomas est rouge comme une écrevisse. Je n'arrive pas à savoir si c'est parce qu'il se sent coupable ou parce que la fille de ses rêves le voit en pyjama. Il s'efface pour nous laisser passer, puis nous précède dans un couloir sans lumière qui mène à la cuisine.

Partout flotte une odeur de tabac mélangé à des herbes aromatiques. Ça ne m'étonnerait pas que ce soit la pipe de Morfran. J'aperçois justement sa silhouette, penchée au-dessus du plan de travail, en train de préparer du café. Il m'en tend une tasse sans que j'aie rien demandé, puis quitte la cuisine en ronchonnant dans sa barbe.

Je ne sais pas ce qui passe par la tête de Thomas, mais il ferait mieux d'arrêter de dévisager Carmel comme ça s'il ne veut pas définitivement ruiner sa réputation.

— Elle a voulu te tuer, lâche-t-il soudain, les yeux écarquillés. Tu revois ses mains prêtes à se planter dans ton ventre.

— Comment est-ce que tu sais ? murmure Carmel, stupéfaite.

— Sérieux, mec, tu devrais arrêter ce genre de conneries. Ça met tout le monde mal à l'aise, interviens-je. Invasion de l'espace vital, tu comprends ?

— Je sais, mais quand ça m'arrive je ne peux pas lutter. Ce n'est pas si souvent que ça, ajoute-t-il à l'intention de Carmel. Seulement quand les gens pensent trop fort, ou que ce sont des pensées violentes ou obsessionnelles. Dans ton cas, c'est les trois à la fois, alors… finit-il avec un sourire penaud.

— Tu lis dans les pensées ? J'y crois pas !

— Assieds-toi deux minutes, lui proposé-je.

— Je préfère rester debout, si ça ne t'ennuie pas. Ça fait beaucoup d'informations, là. J'en ai appris plus sur Thunder Bay en trois jours que depuis toutes les années où j'y ai vécu.

Elle croise les bras, visiblement secouée.

— Résumons un peu. Tu lis dans les pensées, une maison hantée abrite un démon qui a tué mon ex, et toi, tu… annonce-t-elle en se tournant vers moi.

— Je tue des fantômes. Avec ce couteau, ajouté-je en posant mon athamé sur la table. Qu'est-ce que Thomas t'a dit d'autre ?

— Rien, à part que ton père faisait la même chose avant toi, me répond Carmel. Je suppose que c'est pour ça qu'il est mort.

Je fusille Thomas du regard.

— Désolé, avance-t-il.

— C'est pas grave. Tu n'as pas pu résister, insinué-je en regardant Carmel avec un sourire entendu.

Thomas se décompose, mort de honte. J'espère qu'il est conscient qu'il s'est grillé depuis bien longtemps avec Carmel. Il faudrait qu'elle soit aveugle pour ne pas le voir venir à cent mètres.

Je pousse un soupir résigné.

— Bon, ce qui est fait est fait. Et maintenant ? Est-ce que je peux encore vous convaincre de rester en dehors de tout ça ? Ou, comme je le crains, vous espérez qu'on forme une équipe d'exterminateurs de fantômes comme dans…

La seule idée me rebute tellement et est en même temps si absurde et drolatique que je me prends la tête dans les mains en gémissant. Évidemment Carmel rebondit tout de suite, dans un éclat de rire :

— Comme dans *Sos fantômes* !

— Trop bien ! Moi, je serais Peter Venkman, proclame Thomas.

— On se calme tout de suite ! rectifié-je. Vous n'avez aucune aptitude pour tuer les fantômes, vu ? C'est moi qui ai le couteau, c'est moi qui ai le pouvoir, et il est hors de question que je doive vous gérer par-dessus le marché. Bon. Et puis il ne faut pas rêver, Thomas, si quelqu'un doit être Peter Venkman, c'est bien moi. Je te vois mieux en Egon, avancé-je en lui lançant un regard taquin.

— Attends une seconde, Cas. On a aussi notre mot à dire dans cette histoire. Mike était mon ami. Enfin, en quelque sorte.

— Et alors ? Carmel, tu dois comprendre que ce n'est pas une question de se venger.

— C'est une question de quoi, alors ?

— Eh bien… d'empêcher Anna de nuire.

— Excuse-moi, mais jusqu'ici, tu n'as pas été très efficace. Et après ce que j'ai vu, je me demande même si c'est vraiment ça que tu veux, m'assène Carmel en levant un sourcil inquisiteur.

Je sens mes joues s'embraser. Non, c'est pas vrai, voilà que je rougis pour de bon.

— N'importe quoi, bredouillé-je. Il me faut du temps, c'est tout. Tu as vu comme moi à qui on a affaire, non ? D'ailleurs j'ai un plan.

— C'est vrai, renchérit Thomas, venant à ma rescousse. Cas a déjà pensé à tout. Je suis allé chercher les pierres au bord du lac et elles sont en train de se gorger d'énergie lunaire dans le jardin. Les pattes de poule devraient être livrées d'ici à quelques jours.

Bizarrement, je me sens mal à l'aise à l'évocation du sortilège. J'ai'impression de m'être lancé dans quelque chose que je ne maîtrise pas, de ne pas avoir pris suffisamment de précautions. Comme s'il manquait une pièce au puzzle.

Je n'ai pas le temps de poursuivre mon examen de conscience : quelqu'un vient de faire irruption dans la pièce sans prévenir. Qui a oublié de fermer la porte d'entrée ? Pour les précautions, c'est réussi. La silhouette de Will Rosenberg se découpe, menaçante, devant la porte du frigo.

Le pauvre n'a pas l'air d'avoir beaucoup dormi ces derniers jours. Sa respiration est rauque, il dodeline de la tête. Est-ce qu'il serait saoul ? Son jean est maculé de taches d'huile et de boue. Son regard se fixe sur mon athamé posé sur la table, et je m'empresse de le mettre hors d'atteinte, le glissant à nouveau dans ma ceinture.

— Je savais que ça ne tournait pas rond chez toi, ânonne-t-il d'une voix pâteuse. Tout ça, c'est ta faute, en fait, pas vrai ? Depuis que tu as débarqué ici, tout part en vrille. Et Mike, il le sentait. C'est pour ça qu'il ne voulait pas que tu t'approches de Carmel, et il avait raison.

Son haleine empeste la bière.

— Ne dis pas n'importe quoi, ce qui est arrivé à Mike était un accident.

— Tu appelles un meurtre un accident, toi ? Arrête de me mentir. Je ne sais pas quel est ton business, mec, mais je veux en être moi aussi, articule Will.

Il ne manquait plus que ça. Je gémis, tandis que Morfran fait son retour dans la cuisine en nous ignorant totalement. Il inspecte le fond de sa tasse de café comme s'il n'avait jamais rien vu d'aussi intéressant de toute sa vie. Puis il lâche, très tranquille :

— Je vois que le cercle s'élargit.

À ces mots, un déclic s'opère. Je la tiens enfin, la pièce manquante ! Comment n'y ai-je pas pensé plus tôt ?

— Eh merde ! juré-je, en levant les yeux au plafond.

— Quoi, qu'est-ce qui t'arrive ? me demande Thomas.

— Je viens de penser… Le cercle de pierres consacrées, il faut le former à l'intérieur de la maison.

— Oui, et alors ?

Pour un type qui lit dans les pensées, il est long à la détente. Carmel, elle, a compris, si j'en crois sa mine défaite.

— Alors il a suffi que Carmel mette un orteil dans la maison ce matin pour qu'Anna se transforme de nouveau en monstre et manque de lui arracher la tête. Je suis le seul à pouvoir entrer chez elle sans aucune crainte. Mais je n'y connais rien en magie et ne serai jamais capable de poser ce fichu cercle tout seul.

— Tu ne peux pas la retenir le temps que je m'en occupe ? suggère Thomas. On sera protégés dès qu'il sera en place.

— Impossible, intervient Carmel. Quand Cas a essayé de s'interposer ce matin, elle l'a balayé comme un fétu de paille.

— Je te remercie, Carmel.

— Désolée pour ton orgueil, mais c'est la vérité. Franchement, Thomas, laisse tomber. En plus si tu es censé te concentrer, je te jure qu'elle ne te rendra pas la tâche facile.

C'en est trop pour le pauvre Will, qui attrape brusquement Carmel par le bras.

— De quoi tu parles ? Tu es retournée dans cette maison ? Non, mais tu es dingue ! Mike me tuera s'il t'arrive quoi que ce soit !

Puis il réalise ce qu'il vient de dire et lâche Carmel, hébété.

— Sans ce sortilège, on ne peut rien faire. Elle n'avouera jamais d'elle-même ce qui s'est passé. Il faut qu'on trouve un moyen, pensé-je à voix haute.

La voix caverneuse de Morfran s'élève à nouveau dans le silence :

— Rien n'arrive par hasard, Thésée Cassio. Tu as moins d'une semaine pour trouver une solution.

Moins d'une semaine, il est marrant, le vieux. Même en travaillant comme un fou, ça ne me laisse pas assez de temps pour devenir un sorcier valable. Je peux toujours manger douze œufs par jour, je ne serai jamais assez fort pour contrôler Anna. J'ai besoin d'aide. Il faut que je parle à Gideon.

Notre petit groupe se disperse devant la maison de Thomas, dans l'air frais de ce dimanche matin. Pas un chat dans les rues, il est beaucoup trop tôt, même pour ceux qui vont à l'église. Du haut du perron, je regarde Will et Carmel s'éloigner vers leurs voitures. Elle va rester un peu avec lui, le temps qu'il se sente mieux, m'a-t-elle dit. Avant de partir, elle a pris Thomas à part dans un coin et ils se sont entretenus à voix basse pendant quelques minutes. Le voilà justement qui me rejoint en haut des marches.

— Qu'est-ce que vous vous êtes dit, Carmel et toi, tout à l'heure ?

— Elle voulait juste me remercier de lui avoir dit pour toi, répond Thomas en haussant les épaules. Et aussi elle espère que tu ne m'en voudras pas trop. Elle sait garder un secret. Tout ce qu'elle veut, c'est aider.

J'aurais été étonné qu'il s'en tienne là. Sans surprise, il se lance dans une digression sur la façon dont elle lui a touché le bras, et si oui ou non je pense que ça veut dire quelque chose.

— Écoute, Thomas, je suis vraiment heureux que Carmel fasse attention à toi, d'accord ? Je pense même que si tu la joues finement, il pourrait se passer quelque chose entre vous. Mais, s'il te plaît, promets-moi que tu n'essaieras jamais d'envahir son esprit avec des messages subliminaux. La télépathie, c'est antiglamour au possible.

— Moi, avec Carmel Jones ? s'esclaffe-t-il avec l'air de ne pas y croire, même si ses yeux disent le contraire. Jamais de la vie. Je te parie qu'elle va finir avec Will, à force de le consoler. Tant mieux pour elle, d'ailleurs. Finalement, c'est plutôt quelqu'un de bien. Il est malin et surtout il est populaire, comme elle.

Il remonte ses lunettes. En le regardant, je me dis que lui aussi est quelqu'un de bien, qui manque juste de confiance. Ça viendra avec le temps. En attendant, il est urgent qu'il se mette des vêtements décents sur le dos.

— Et si tu t'habillais ?

Il acquiesce et file vers sa chambre. En me tournant à nouveau vers le jardin, je remarque au pied du perron une sorte de tracé qui se fraie un chemin dans l'herbe, encerclant toute la maison. À l'endroit où cette ligne croise l'allée se tient un bouleau à l'écorce blanche. Une fine croix noire se balance au bout d'une de ses branches.

— Hé, Thomas ! C'est quoi, ce truc ? crié-je pardessus mon épaule.

Il ne m'entend pas. Une silhouette sort de la maison en pantoufles et pyjama bleu, un peignoir à motif écossais ceignant sa large bedaine. L'accoutrement de Morfran contraste furieusement avec sa dégaine rock'n'roll.

— C’est une croix de Papa Legba, me répond-il simplement.

Papa Legba, la divinité vaudou qui garde la frontière entre le monde des humains et celui des esprits…

— Alors vous pratiquez le vaudou, Morfran ?

Il émet une sorte de grognement que je décide de prendre pour un oui. L’occasion est trop belle. Je glisse, soudainement très intéressé :

— Moi aussi.

Grognement désapprobateur cette fois.

— Ça m’étonnerait. Et quand bien même, tu ferais mieux de t’abstenir, mon garçon.

Mon coup de bluff tombe à l’eau. C’est vrai, je ne pratique pas encore. J’apprends. Et s’il voulait m’y aider…

— Pourquoi ?

— Parce que le vaudou est une science de l’énergie. Et que l’énergie peut se révéler dangereuse. Qu’il s’agisse de celle qui alimente notre organisme, ou de celle qui rayonne des personnalités charismatiques ; de l’énergie que nous communiquent nos pairs, ou de celle, triviale, qu’on accumule en mangeant une bonne cuisse de poulet. En ce qui te concerne, tu te balades déjà avec une pile chargée à dix mille volts dans ta ceinture.

Je porte instinctivement la main à mon athamé.

— Si tu pratiquais le vaudou, je ne pourrais pas te regarder à l’heure qu’il est. Tu serais comme une luciole à taille humaine, allumé vingt-quatre heures sur vingt-quatre.

Il fixe sur moi un regard attentif.

— Cela dit, je pourrais t'apprendre un jour, si ça t'intéresse.

— J'aimerais beaucoup.

Thomas choisit ce moment pour débouler entre nous, habillé de frais avec cet art d'assortir un pull vert pomme à un pantalon moutarde qui n'appartient qu'à lui.

— Alors, qu'est-ce qu'on fait maintenant ? me demande-t-il, excité comme une puce.

— On retourne chez Anna.

Thomas change radicalement d'expression, devenant presque aussi vert que son pull.

— Qu'est-ce que tu préfères, Thomas ? Faire en sorte que le sortilège fonctionne, ou que je me retrouve le jour J seul survivant, à regarder ta tête rouler par terre et les intestins de Carmel couler entre les lames du parquet ?

Je ne pensais pas que Thomas pouvait verdir encore plus. Je lui colle une bourrade, l'entraînant vers sa voiture pour le rappeler à ses sens.

Morfran nous observe nous éloigner depuis le perron. Une affaire d'énergie, hein ? Décidément, j'aime bien ce type. J'ai eu une nuit plus que courte et mon corps crie pitié, mais avec tout ce que je viens d'apprendre, pas question que j'envisage une seconde de dormir.

J'ai peut-être été un peu trop optimiste. Toute la tension qui me maintenait depuis le matin retombe pendant le trajet, monotone. La fatigue me pique les yeux, et ma tête roule contre le siège. Pourtant le café que m'a servi Morfran réveillerait un mort. Thomas reste silencieux, perdu dans ses pensées. Je suis sûr qu'il essaie de se rappeler la sensation du bras de Carmel sur le sien. Dans un monde idéal, Carmel finirait par poser les yeux sur lui. Elle verrait tout l'amour qu'il lui porte et comprendrait combien un tel don de soi est rare. En l'aimant en retour, elle le libérerait de ses chaînes, il ne serait plus son esclave. Ils seraient heureux. Mais comme la vie n'est pas juste, Carmel est probablement déjà blottie dans les bras de Will, condamnant ainsi Thomas à souffrir sans mot dire.

— Au fait, tu es prié de ne pas entrer dans la maison, on est d'accord, lui lancé-je pour le tirer de sa rêverie. Tu peux rester dans la voiture, éventuellement m'accompagner jusque dans l'allée. Mais dans l'état où elle doit être après l'épisode de ce matin, je préfère que tu te tiennes à l'écart.

— Tu n'auras pas à me le dire deux fois.

Nous entrons dans l'enceinte de la propriété des Korlov. Sans surprise, Thomas choisit de rester dans la voiture. Je remonte seul vers la porte. En entrant, je vérifie que je mets bien les pieds sur la terre ferme. Je ne suis pas prêt pour un deuxième séjour en enfer.

— Anna ? Anna, est-ce que ça va ? crié-je à travers la maison.

— Question stupide.

Elle sort d'une des pièces de l'étage et s'appuie contre la rampe de l'escalier. Je suis soulagé de la trouver dans sa version « humaine ». Enfin, si on peut dire.

— Je suis morte, je ne peux pas aller bien. Ni mal, d'ailleurs.

L'abattement se lit sur son visage. Je devine combien elle doit se sentir seule, prisonnière de cette maison qui lui rappelle son sort à chaque instant.

Je m'avance doucement vers l'escalier.

— Tu sais, ce matin, je n'y étais pour rien. Si j'avais pu, j'aurais tout fait pour éviter de te mettre dans cette situation. Je ne savais pas qu'elle m'avait suivi.

— Est-ce qu'elle va bien, elle ? demande Anna d'une voix subitement aiguë.

— Elle s'en remettra.

— Ça me rassure. Elle est si jolie, ça aurait été dommage de l'abîmer, lâche Anna sans me regarder, en pianotant d'un air distrait sur la rampe.

Je ne comprends pas où elle veut en venir. Mieux vaut changer de sujet.

— Anna, je dois savoir ce qui t'est arrivé quand tu es morte.

— Je n'ai aucune envie de me rappeler ce moment, Cas.

— Mais j'ai besoin de te comprendre, de savoir d'où te vient ton pouvoir.

Emporté par ma pensée, je me mets à réfléchir tout haut :

— D'après les informations que j'ai recoupées, ton assassinat était un crime plutôt ordinaire. Rien d'étrange ni d'affreux. Ce n'était même pas si violent, au fond. Il doit y avoir autre chose, mais…

Je m'arrête. Anna me lance un regard interdit, empreint de dégoût.

— Quoi, qu'est-ce qu'il y a ?

Sa stupéfaction va croissant.

— Je suis en train de regretter de t'avoir laissé la vie sauve.

Mon cerveau fatigué met bien une minute à comprendre que je viens de me comporter comme le pire des abrutis. La force de l'habitude m'a rendu insensible. J'ai vu tellement d'horreurs dans ma vie que je réagis avec autant de tact qu'un médecin légiste en fin de carrière. Je suis si confus qu'Anna se radoucit un peu. Ses traits se détendent.

— Qu'est-ce que tu sais de la façon dont j'ai été tuée ? me demande-t-elle finalement. Raconte-moi.

Moi qui dressais le constat avec désinvolture il n'y a pas une seconde, je me sens incapable à présent de lui révéler ces informations sans ciller. La présence d'Anna, de la victime, rend trop concrètes les images que je m'apprête à évoquer. Mais je lui dois bien ça. Je me lance donc, alignant les faits le plus rapidement possible. Je veux en finir vite, un peu comme lorsqu'on arrache un pansement sur une zone sensible :

— Je sais que tu as été tuée en 1958, alors que tu venais de fêter tes seize ans. Tu voulais rejoindre le bal de fin d'année, mais on t'a tranché la gorge avant que tu ne puisses sortir de cette maison.

Un sourire fugace éclaire son visage.

— J'étais tellement heureuse d'y aller, commente-t-elle à voix basse. Je me disais que ce serait mon premier et mon dernier bal.

Puis elle baisse les yeux sur sa jupe et écarte les pans comme si elle allait faire une révérence.

— Je portais cette robe.

Je ne sais pas trop comment réagir. C'est un peu comme si elle me présentait n'importe quel morceau de tissu blanc parsemé de dentelles et de rubans. Je n'ai pas de goût pour tout ça, et ce n'est pas comme si j'étais un fin connaisseur de la mode de l'année 1958. Je ne doute pas que la tenue d'Anna ait fait fureur à l'époque.

— Ce n'est pas grand-chose, reprend Anna semblant lire dans mes pensées. J'étais amie avec l'une des clientes de l'hôtel, une couturière qui s'appelait Maria. Elle était espagnole. Je trouvais ça follement exotique. Elle s'était exilée au Canada pour gagner de l'argent et avait dû laisser sa fille, qui avait à peu près mon âge, en Europe. C'est pour ça qu'elle m'aimait bien, elle m'a tout de suite adoptée. Elle m'a aidée à prendre mes mesures et à coudre la robe. J'aurais voulu quelque chose de plus élégant, mais ce n'est déjà pas mal sachant que je n'avais jamais tenu une aiguille de ma vie.

Elle me montre ses doigts, comme si leur incompétence était visible.

— Tu es très jolie.

Je me mords la langue. Pour un peu, je sortirais mon athamé pour me la trancher en deux sans autre forme de procès. C'est la première réflexion qui m'est venue à l'esprit, et ce n'est certainement pas ce qu'elle avait envie d'entendre. En plus ma voix a dérapé dans les aigus, ce qui nuit terriblement à ma crédibilité. Quel crétin ! J'essaie de noyer le poisson.

— Quand tu dis que ça allait être ton dernier bal…

— C'est parce que je voulais m'enfuir.

Une lueur de défi brille dans ses yeux, qui devait aussi animer son regard à l'époque. Le feu qui brûle dans sa voix me rend triste. Mais il s'éteint aussitôt quand elle dit, l'air perdu :

— Enfin, je ne sais pas si j'en aurais été vraiment capable.

— Pourquoi ?

— Je voulais prendre ma vie en main. Quel était mon avenir, ici ? Diriger un petit hôtel de province, mener une existence austère. Et puis j'en avais assez de me battre.

— Comment ça ? dis-je en montant quelques marches de plus.

Anna croise les bras sur sa poitrine. Une mèche de cheveux tombe sur son front. Elle est si pâle, si fragile… J'ai du mal à l'imaginer se battre, du moins littéralement.

— Enfin, quand je dis ça… C'était plutôt me débattre. Lutter contre elle. Et contre lui aussi. L'homme avec qui ma mère vivait. Ils voulaient que je sois faible, et moi je devais sans cesse me dissimuler, cacher qui j'étais vraiment. Ils me répétaient que mon père n'aurait pas voulu d'une fille rebelle et impétueuse comme moi. Il fallait que je sois soumise et obéissante, sinon je basculais immédiatement dans la catégorie des catins.

La violence du mot me fait mal au cœur. Je veux en savoir pwlus, mais je n'ai pas besoin de lui demander, elle poursuit toute seule, les yeux perdus dans le vague :

— Quand j'y repense, cet homme n'était qu'un menteur, doublé d'un fainéant. Il sortait le grand jeu à ma mère, il lui disait qu'il était fou d'elle, mais c'était faux. Il lui promettait de l'épouser, mais ce n'étaient pas scs beaux yeux à elle qui le faisaient rester.

Je commence à comprendre l'horrible vérité.

— C'était toi qu'il voulait ?

— Il… il abusait de moi sans qu'elle voie rien. Dans la cuisine ou dehors, près du puits. Je ne pouvais rien faire. Je le haïssais.

— Pourquoi est-ce que tu n'as rien dit à ta mère ?

— Impossible.

Elle marque une pause. Son visage est dénué d'expression, mort.

— Ça ne pouvait plus durer. J'allais m'enfuir. Je l'aurais fait.

Même ses yeux ne vivent plus. Il n'y a plus d'humain en elle que sa voix. Le reste s'est évanoui, balayé par le malheur.

Je suis presque arrivé en haut des marches et pose ma main sur la sienne, si froide.

— C'est lui qui t'a tuée. Il t'a suivie cette nuit-là, et…

Anna sursaute et retire sa main, reculant de quelques pas.

— Je ne veux plus en parler, déclare-t-elle d'une voix qu'elle voudrait ferme.

— Anna, il faut que je sache.

— Pourquoi insistes-tu ? Ça ne te regarde pas, dit-elle en portant une main à son front, excédée. Même si je le voulais, je n'arriverais pas à me souvenir. Tout se mélange dans ma mémoire. Les images s'emmêlent en un torrent boueux et sanglant.

Elle secoue la tête, frustrée par son impuissance.

— Je me rappelle le passage. Quand, tout d'un coup, j'ai su que j'étais morte. Tout était noir, vide. Je ne sais pas combien de temps ça a duré. Et puis subitement, je me suis réveillée ici, dans cette horrible maison. C'est tout ce que je peux te dire. J'étais devenue un monstre, et je me suis mise à tuer, à tuer sans pouvoir m'arrêter. Je ne sais pas ce qu'ils m'ont fait. Je ne me souviens pas, achève-t-elle dans un râle.

— Tu as dit « ils m'ont fait », relevé-je.

Je ferais mieux de ne pas insister. Ses cheveux s'agitent dangereusement et le sang afflue à son visage. Je suis en train de la perdre, et si ça continue, je n'aurai plus beaucoup de marge pour la raisonner. Il faut que je réagisse.

— Anna, écoute-moi. Je connais un sortilège qui peut t'aider à te rappeler.

Elle me regarde comme si elle avait affaire à un débile. Ce n'est pas très flatteur, mais au moins j'ai réussi à capter son attention.

— Un sortilège ? me demande-t-elle, incrédule. Tu vas dire « abracadabra » et des ailes vont me pousser dans le dos, c'est ça ?

— Hein ?

— Comment est-ce que tu peux être aussi naïf, Cas ? La magie n'existe pas. Ce n'est qu'un ramassis de superstitions. Tu ne vas pas te prendre pour ma vieille grand-mère qui maugréait des malédictions au fin fond de sa Finlande natale, quand même !

Alors ça, c'est la meilleure. Un fantôme en pleine crise de scepticisme. La fille est revenue d'entre les morts pour hanter une maison, et elle est en train de nier l'existence d'un monde paranormal. Je suis scié. De toute façon je n'aurais pas eu le temps de répondre quoi que ce soit, car en face de moi, Anna vient de changer de visage. Une grimace tord ses traits. Je cherche son regard, mais ses yeux sont ailleurs.

— Anna ?

Elle tend les bras pour me tenir à distance.

— Ce n'est rien.

— Ne me mens pas, dis-je sans reculer. Tu viens de te rappeler quelque chose, c'est ça ? Qu'est-ce que c'était ? Dis-moi !

— Non, vraiment, ce n'était rien du tout. Je ne sais pas, balbutie-t-elle, les mains plaquées sur les tempes. J'ignore ce qui vient de m'arriver.

Ça ne va pas être simple si elle passe son temps à se blinder comme ça. Je me sens soudain accablé par un sentiment d'impuissance qui résonne dans tout mon corps. J'ai l'impression que mes muscles sont en train de s'atrophier à l'intérieur de moi. Déjà que je n'en ai pas beaucoup à la base, c'est plutôt inquiétant.

— S'il te plaît, Anna… Ce sortilège est important. J'y crois, moi. Et j'ai besoin de ton aide. J'ai besoin que tu laisses d'autres personnes que moi entrer dans la maison.

— Non. Hors de question. Tu sais très bien ce qui arrivera. Je ne peux pas me contrôler.

— Mais si, regarde, tu y arrives bien avec moi.

— Écoute, Cas, je ne comprends pas pourquoi je ne suis pas obligée de te tuer, mais c'est déjà énorme. Tu ne te rends pas compte. Tu ne peux pas me demander l'impossible, contente-toi de ce que tu as.

— Ce serait juste Thomas et Carmel. Allez, Anna, je suis sûr que tu peux le faire.

Elle regarde ses pieds. Je partage son désarroi, mais les mots de Morfran ne me laissent pas de répit. « Tu as moins d'une semaine… » Il a raison, il faut en finir. Je ne peux pas louper le coche et risquer de laisser Anna sévir un mois de plus, à coucher de nouvelles victimes au fond de sa cave. Tant pis si j'aime lui parler. Tant pis si je l'aime bien tout court. Tant pis si ce qui lui est arrivé est horriblement injuste.

— J'aimerais que tu partes, me dit-elle doucement.

En levant les yeux vers elle, je me rends compte qu'elle retient ses larmes, s'efforce de regarder loin devant.

— Pas avant d'obtenir une réponse.

— Quand tu es là, je me mets à vouloir des choses que je ne peux pas avoir.

Avant que j'aie le temps de comprendre ce qu'elle veut dire, elle disparaît dans le sol, rejoignant le seul endroit où elle sait très bien que je ne la suivrai pas.

Le nom de Gideon s'affiche sur mon portable juste au moment où Thomas me dépose devant chez moi.

— Bonjour, Thésée. Désolé de te réveiller de si bon matin un dimanche.

— Ça fait des heures que je suis levé, mon cher Gideon. Je suis moins paresseux que tu ne le crois.

Il sourit quelque part à l'autre bout de l'Atlantique. Je pousse la porte et salue silencieusement ma mère, qui poursuit le chat à travers l'escalier : « Non tu n'iras pas dans le grenier, Tybalt. Je ne veux pas que tu manges ces horribles rats. »

— Si j'avais su, s'esclaffe Gideon. J'ai trépigné toute la journée pour ne pas t'appeler trop tôt et te laisser dormir. Il est presque quatre heures de l'après-midi ici, tu n'imagines pas la patience que j'ai dû déployer. Ça y est, j'ai tout ce qu'il te faut pour le sortilège...

— Écoute, Gideon, il y a un problème. J'allais t'appeler justement.

— Quel genre de problème ?

— Personne d'autre que moi ne peut rentrer dans cette maison sans risquer de se faire lyncher. Et moi, je ne suis pas sorcier, donc je ne peux pas installer le cercle protecteur qui nous permettra de contenir Anna.

Je lui résume les épisodes précédents en omettant quelques détails. Mes conversations avec Anna au clair de lune, par exemple... De petits claquements de langue ponctuent mon récit à l'autre bout du fil. Il doit être en train de se frotter le menton, puis d'essuyer ses lunettes d'un air pensif.

— Si je comprends bien, tu n'as aucun moyen de la contrôler par la force ?

— Ce serait comme essayer de lutter contre Bruce Lee, Hulk et Neo dans *Matrix* combinés ensemble. Imagine les dégâts.

— J'ai un peu de mal, figure-toi, avec tes références obscures.

Il exagère. Qui ne connaît pas Bruce Lee ?

— De toute façon, mon garçon, il va falloir que tu trouves une solution. Pour arriver à bout de ce fantôme, tu dois jeter ce sort, quoi qu'il en coûte. Tiens, je me souviens d'un cas qui avait donné du fil à retordre à ton père, il y a presque trente ans. Un fantôme qui arrivait à tuer sans se matérialiser. Extrêmement déroutant. Ton père a fait ce qu'il fallait. Trois séances de spiritisme et un voyage en Italie dans une église satanique plus tard, il a découvert que l'âme de cet homme avait été placée dans un calice en pierre tout bête. En le brisant, il a fait disparaître le fantôme. Tu vois, parfois, quand la force ne peut plus rien, il faut juste user d'intelligence.

Mouais. Quand mon père m'a raconté cette histoire, je me souviens que c'était un peu plus compliqué que ça. Mais je ne dis rien car je sais que Gideon a raison. Chaque fantôme est une nouvelle énigme. Leurs motifs sont différents, leur mode opératoire aussi. Si ça se trouve, quand je les tue, ils ne s'en vont pas tous au même endroit.

— Bon. Alors, ce sortilège, dis-moi. Comment ça se passe, exactement ?

— Le cercle de pierres consacrées te protégera d'Anna. Elle ne pourra pas s'attaquer à quiconque restera à l'intérieur. Une fois qu'il sera installé, le maître du rituel pourra canaliser les énergies qui hantent la maison, et les diriger vers le calice. Il te révélera l'explication que tu cherches. Voilà pour le principe fondamental. Après, il y a quelques passages techniques, notamment la manipulation des pattes de poule, les incantations et les mélanges de plantes à réaliser au préalable. Là-dessus, ta mère pourra te donner un coup de main. Je t'envoie tout ça par mail.

Ce processus, qui sonne comme une simple formalité dans sa bouche, m'apparaît insurmontable. Je ne sais pas s'il se rend bien compte de la réalité de la situation. Je déteste l'admettre, mais j'ai peur d'Anna. De l'Anna furieuse qui peut se retourner contre moi sans discernement. Je n'ai aucune envie qu'elle joue avec moi comme une orque avec une otarie avant la mise à mort. La frustration me serre l'estomac.

— Ça ne marchera pas, Gideon. Si c'est un maître de rituel qu'il faut, ça ne peut pas être moi. Maman a dû te le dire, je suis incapable de réussir sa recette de cookies au charbon. Je suis allergique à la magie, voilà la vérité.

Je suis si fatigué que je pleurniche comme un gosse. Je sais pourtant ce qui me reste à faire, et j'entends déjà Gideon me le dire : « Retrousse-toi les manches, mon garçon ! Soit tu t'attelles à la tâche et tu potasses assez de magie pour maîtriser le sort, soit tu trouves une autre façon de répondre à tes questions. Va à la bibliothèque, parle aux gens qui savent. Mène l'enquête ! Et trouve la clé d'un crime commis il y a plus de cinquante ans. »

Il va bien falloir que je m'y colle. Parce qu'il est hors de question que je mette Carmel et Thomas plus en danger qu'ils ne le sont déjà.

— Hmm, fait Gideon, laconique.

— Hmm quoi ?

— Je repense à tous les rituels que j'ai réalisés pendant mes années de parapsychologie et de mystique…

Il ne lâche pas son idée. Son entêtement me redonne un peu de courage. C'est ça que j'aime chez Gideon, sa capacité à me remettre sur les rails dans les rares moments où j'ai envie de baisser les bras.

— Tu me disais il y a quelques jours que tu avais des magiciens dans ton entourage.

— Un seul à vrai dire. Mon ami Thomas.

Comme je m'y attendais, le mot fait l'effet d'une bombe. Gideon jubile au bout du fil. C'est la première fois de toute ma vie que je déclare avoir un ami. À entendre son petit gloussement ravi, je me demande où est passé son flegme britannique. Ne nous emballons pas.

— Je dois te préciser qu'il n'est pas très aguerri.

— Du moment que tu lui fais confiance, ce n'est pas un problème. Bien, voilà un souci de moins. Maintenant, tu dois trouver deux autres personnes pour t'aider à installer le cercle. Il faut poser les pierres de façon simultanée. Vous opérerez devant la maison, réfléchit-il à voix haute. Comme ça vous pourrez entrer tous ensemble sans avoir rien à craindre. Le mieux serait que vous arriviez à enfermer Anna au milieu du cercle. Vous aurez un accès direct aux énergies qui l'animent. Et ça l'affaiblira suffisamment pour que tu puisses passer à l'acte, une fois que tu auras percé son secret.

— Très bien, dis-je en réprimant un frisson.

Non seulement il m'ordonne d'impliquer mes amis dans l'affaire, mais en plus, il ne fait aucun mystère quant au but final de la mission. Achever

Anna. Soudain mon athamé semble peser une tonne dans la poche de mon jean. Pendant les dix minutes qui suivent, Gideon continue d'élaborer son plan de bataille, mais moi, je suis déjà loin. Mes pensées sont auprès d'Anna.

— Bien. Comment vas-tu constituer ton équipe ? Choisis des gens qui ont déjà eu des interactions avec le fantôme, c'est mieux.

— Je pense à un type qui s'appelle Will, et à mon amie Carmel. Elle est entrée en contact avec Anna, littéralement. Oui, je sais, je me suis planté sur ce coup-là, je ne comprends toujours pas comment j'ai pu laisser autant de gens côtoyer un fantôme aussi dangereux.

— Ne sois pas si dur avec toi-même, mon petit Thésée. Ce n'est pas dans la nature de l'homme de rester solitaire, qu'on ait vocation à tuer les fantômes ou non. Regarde ton père, il avait beaucoup d'amis. Il a rencontré ta mère. Avec le temps, ton cercle ne pourra que s'élargir, et c'est très bien comme ça.

Qu'est-ce qu'ils ont tous avec ça ? Un cercle élargi, pour moi, c'est juste des ennuis supplémentaires. Je refuse. Il faut que j'en finisse avec Thunder Bay, et vite. Déménager, pourchasser, tuer. Voilà la vie d'ermite que j'entends mener. Vide et pleine à la fois. Soudain, je repense aux mots d'Anna : « vouloir des choses que je ne peux pas avoir ». Maintenant je crois que je comprends ce qu'elle a tenté de m'expliquer.

— Appelle-moi si tu as besoin de quoi que ce soit, Thésée, achève enfin Gideon après m'avoir tenu la jambe sur mes perspectives d'avenir. Je ne suis qu'un vieux rat de bibliothèque, mais je ferais de mon mieux pour veiller sur toi, même à l'autre bout du monde. La balle est dans ton camp, désormais.

— Tu oublies mes amis.

— Tu as raison. Dans votre camp. C'est génial, vous allez former une équipe d'exterminateurs de fantômes comme dans le film, là, tu sais, avec leur attirail sur le dos.

Pincez-moi, je rêve.

14

Nous restons un moment assis dans la voiture, maman et moi, à regarder le va-et-vient des bus scolaires qui déversent leurs cargaisons d'élèves devant les portes du lycée. Les gamins s'engouffrent ensuite en troupeau dans le bâtiment, avalés par les portes à double battant. J'ai l'impression de regarder une version contemporaine des *Temps modernes* de Charlie Chaplin.

Je lui ai demandé si elle voulait bien m'aider à mettre en place le plan de Gideon en me fournissant les potions nécessaires au rituel. Elle est d'accord. Je la regarde, et je remarque les cernes profonds qui creusent son visage. Elle a l'air tendu. Ses cheveux, d'un roux si éclatant d'habitude, sont ternes.

— Comment ça va, maman ? Il y a trop longtemps que je ne t'ai pas posé la question.

— Tu es chou, me répond-elle avec un sourire. Ça va. Je suis juste inquiète pour toi, comme toujours. Pour Tybalt aussi. Il m'a réveillée cette nuit.

Il sautait comme un fou furieux pour atteindre la trappe du grenier.

— Mince, je suis désolé ! Je t'avais promis d'installer des pièges, et j'ai complètement oublié.

— Ne t'inquiète pas. J'ai entendu quelque chose bouger là-haut la semaine dernière, et ça m'avait l'air bien plus gros qu'un rat. Je me demande si ce n'est pas un furet. Ou un blaireau.

— Ou alors ce sont des rats, mais il y en a beaucoup.

En voyant ma mère frissonner, je m'empresse d'ajouter :

— Il suffit d'appeler un dératiseur et tu seras rassurée.

— Tu as raison, acquiesce-t-elle avec un soupir, pianotant machinalement sur le volant.

Je ne l'ai jamais vue aussi triste. Je me rends compte que je n'ai pas été assez présent ces derniers temps. Je ne l'ai pas aidée pour le déménagement, ni pour le ménage, ni pour rien du tout. Je ne passe à la maison que pour dormir et manger. Des cartons de bougies colorées trônent sur la banquette arrière, prêts à être distribués aux revendeurs avec qui ma mère a pris contact. En temps normal, c'est moi qui les aurais conditionnés et chargés dans la voiture. Mais comme d'habitude, je n'étais pas là.

— Gideon m'a dit que tu t'étais fait des amis, murmure ma mère, regardant attentivement le flot des lycéens comme si les amis en question allaient se détacher au milieu de la foule.

J'aurais dû me douter que Gideon vendrait la mèche. J'allais dire qu'il est comme un second père pour moi, mais ce n'est pas vraiment ça. Un parrain, oui, ça convient mieux. Ou, dans un autre ordre de comparaisons, un kangourou archiprotecteur qui ne voudrait pas me laisser sortir de sa poche.

— Juste Thomas et Carmel, tu les connais déjà.

— C'est une très jolie fille, cette Carmel.

— Thomas est du même avis que toi.

Elle soupire, un peu déçue, puis se reprend aussitôt.

— C'est plutôt une bonne chose. Ce garçon aurait bien besoin qu'une femme le prenne en main.

— Je ne sais pas ce que tu veux dire, mais si on avait l'esprit un peu mal tourné…

— Je ne te parle pas de ça, enfin ! s'exclame-t-elle en riant. Je veux juste dire que ça lui ferait du bien de faire plus attention à lui. De se tenir droit. Il est quand même terriblement négligé, ton copain. Et puis il traîne avec lui une odeur de vieille pipe cramée.

Elle se tourne et va pêcher sur la banquette arrière une pile d'enveloppes qu'elle me tend.

— Je me demandais aussi pourquoi je ne recevais plus de courrier, commenté-je en parcourant les lettres.

Elles sont déjà ouvertes. Ce ne sont que des prises de contact pour de nouvelles missions, donc ça n'a pas trop d'importance. Je repère un pli particulièrement volumineux.

— Tiens, ça vient de Rudy. Qu'est-ce qu'il me veut ?

— Il réclame de tes nouvelles, ensuite il te raconte en détail tout ce qui lui est arrivé le mois dernier. Il voudrait que tu viennes à La Nouvelle-Orléans pour t'occuper du fantôme d'une sorcière qui rôde près d'une vieille souche d'arbre. Apparemment un ancien site sacrificiel. Je n'ai pas du tout aimé la façon méprisante dont il parlait de cette femme.

— Ce n'est pas parce qu'on est sorcière qu'on est quelqu'un de bien, dis-je avec un sourire.

— C'est vrai. Excuse-moi d'avoir lu ton courrier. Tu étais tellement absorbé par ta mission que tu n'as même pas remarqué la pile qui s'accumulait sur la table de l'entrée. J'ai voulu te rendre service et m'assurer qu'il n'y avait rien d'urgent.

— Résultat ?

— Il y a ce professeur dans le Montana qui voudrait que tu viennes pour tuer un wendigo.

— Il me prend pour Van Helsing ?

— Il a l'air sérieux, il dit qu'il connaît bien le Dr Barrows.

— Le Dr Barrows lui répondrait que cette espèce de bestiole n'existe pas, grogné-je.

— Tu ne devrais pas statuer aussi vite sur ce qui existe et ce qui n'existe pas… C'est une frontière difficile à tracer, mon chéri, tu es bien placé pour le savoir. Tu élimines les revenants de la surface de la terre, mais beaucoup de gens ne croiraient pas que cela existe.

— Mouais, grommelé-je en ouvrant la porte de la voiture. Bon, alors je peux compter sur toi pour le rituel ?

Elle hoche la tête puis me demande, plongeant son regard dans le mien :

— Et toi, tu es sûr que tu peux compter sur tes amis ?

— Je prends le risque, affirmé-je en me tournant vers l'allée centrale.

En remontant le couloir principal du lycée, j'ai l'impression d'être propulsé dans une scène de film. Vous savez, ce genre de plan où on voit les personnages importants marcher au ralenti, fendant une foule anonyme et pressée. J'aperçois vaguement Will et Carmel, mais le premier est trop loin pour que je puisse le rattraper, et Carmel ne m'a pas vu. Thomas en revanche est introuvable, et pourtant je suis allé deux fois devant son casier. Il ne me reste plus qu'à aller en cours de géométrie et puiser dans mon mental pour ne pas m'endormir. Et ce n'est pas chose aisée. On devrait interdire l'enseignement des maths de si bon matin.

Je pique sérieusement du nez, incapable de me concentrer sur les figures que le prof dessine au tableau, quand un petit rectangle de papier atterrit sur ma table. C'est un mot signé Heidi, une jolie blonde assise trois rangs derrière moi. Elle me demande si ça me dirait qu'on fasse les exercices ensemble pour le prochain cours, et me propose aussi d'aller au cinéma un de ces quatre. Je glisse le mot sous mon livre pour lui signifier que j'y répondrai plus tard. Ce que je ne ferai pas. Si elle tient absolument à avoir une réponse, je lui dirai « non merci, peut-être une autre fois ». Il se peut qu'elle retente sa chance, et puis elle finira par comprendre le message. Je ne suis pas un goujat, je veux juste que les gens ne se fassent pas d'illusions. Je ne peux m'engager auprès de personne. Dans deux semaines, j'aurai quitté Thunder Bay, alors à quoi bon. Je n'ai aucune envie de m'attacher à quelqu'un. Le manque serait trop cruel.

Dès que la cloche sonne, je rassemble mes fournitures et me jette hors de la classe. J'entends Heidi m'appeler, mais je ne me retourne pas. Je n'ai pas de temps à perdre.

Je me dirige vers le casier de Will, le plus proche dans le couloir. Par chance il est en train d'y ranger ses affaires. Il roule les yeux en me voyant m'approcher, comme s'il ne voulait pas qu'on soit vus ensemble. Chase est planté à côté de lui. Ça ne m'étonne pas, depuis la mort de Mike, il le suit partout comme un toutou.

— Salut, Will, lancé-je avant de faire un signe de tête à son acolyte.

Chase me lance un regard menaçant, comme s'il allait me casser la gueule si je l'approchais de trop près. Will ne répond rien. Il me regarde puis replonge dans son casier, récupérant ses livres pour son prochain cours. Je réalise qu'il me hait. Le constat a un goût amer. J'ai bien senti au début qu'il ne m'aimait pas, par loyauté envers Mike. Sauf que ça a empiré depuis. J'aurais pu m'en apercevoir plus tôt, mais je ne prête pas assez d'attention aux vivants pour ça. C'est triste. Je me console en me disant que je lui apporte une bonne nouvelle, au moins. Il va pouvoir nous aider pour préparer le sortilège, ça lui permettra de tourner la page.

— Will, tu voulais être de la partie ? J'ai quelque chose à te proposer.

Il me lorgne de ses yeux gris et froids. Il est aussi intelligent que coriace, à mon avis. Ça promet.

— Tu pourrais dire à ton cador de nous laisser tranquille ? J'aimerais te parler seul à seul.

Chase me fait un sourire de brute épaisse. Ni lui ni Will ne bougent. Après tout, tant pis pour eux.

— On va mettre Anna hors d'état de nuire en lui jetant un sort. J'ai besoin de toi pour ça. Rendez-vous à la boutique de Morfran après les cours.

— T'es complètement malade, mec, me crache Chase à la figure. Tu viens dire des aberrations dans l'enceinte du lycée. Tu nous as poussés à mentir à la police.

Pauvre petit agneau. En même temps si les flics ont été aussi sympas avec eux qu'avec nous, je ne vois pas de quoi il se plaint, cet abruti. Comme je m'y attendais, l'affaire n'a pas fait de vagues. Les équipes de recherches ont abandonné la battue des bois et la photo de Mike a rapidement cessé d'apparaître dans les journaux.

Tout le monde a fini par croire à l'hypothèse de la fugue, suivant le mécanisme familier qui consiste à rationaliser le surnaturel. Le commun des mortels ne supporte pas de vivre dans un monde qu'il ne contrôle pas. C'est exactement ce qui s'est passé à Baton Rouge après le meurtre de mon père. L'affaire a été classée comme « acte de violence isolé ». La police a conclu que le criminel devait déjà avoir traversé la frontière et que ce n'était pas la peine de le poursuivre. Allez savoir sur quelles bases ils se sont fondés. Pas une ligne n'a paru mentionnant la façon dont mon père était mort, et que les morsures qu'il avait sur le corps ne pouvaient pas être le fait d'un humain.

— Estime-toi heureux qu'on ne soit plus dans le collimateur des flics, rétorqué-je d'un ton absent.

— Ce n'est pas la question, rugit Will en claquant la porte de son casier. Quant à ton histoire de sortilège, je te préviens que si c'est un nouveau piège, je te ferai passer l'envie de te foutre de moi. Tu as intérêt à venir, cette fois, achève-t-il en me fusillant du regard.

Ils tournent les talons et s'éloignent à grandes enjambées.

— Qu'est-ce qu'ils ont ?

C'est la voix de Carmel. Je me tourne et me rends compte qu'elle est présente depuis un moment. Je lui réponds :

— Ils ne se sont pas remis de la mort de Mike. C'est compréhensible.

— Ce qui l'est moins, en revanche, reprend-elle avec un soupir, c'est que tout le monde autour de nous a l'air d'être passé à autre chose. Les gens agissent comme si de rien n'était. J'aurais pensé que ça mettrait des semaines avant qu'ils arrêtent de me harceler de questions. Mais même Nat et Katie ont l'air d'avoir oublié. Elles préfèrent me demander comment ça va avec toi, et si on va bientôt officialiser notre relation.

Ce disant, elle regarde les silhouettes qui passent dans le couloir. Quelques filles lui disent bonjour de loin, mais personne ne s'arrête. En fait c'est moi, leur problème. Je dois agir comme un répulsif.

— Je crois qu'elles m'en veulent parce que j'ai été distante ces derniers temps. C'est vrai que je les ai un peu délaissées. Je ne peux pas leur parler de ce qui me préoccupe. Plus rien de ce qu'on partageait avant n'a de saveur depuis que j'ai découvert le monde dans toutes ses dimensions. C'est comme si… maintenant que je suis capable de voir en couleurs, mes amies m'apparaissaient en noir et blanc.

Elle tourne vers moi un visage anxieux.

— C'est la fatalité du secret qu'on porte, n'est-ce pas, Cas ? Il nous coupe du monde.

— Je ne l'aurais pas mieux dit.

Quand nous entrons dans la boutique, Thomas jaillit de la réserve au fond de la pièce comme un diable de sa boîte. Nous le rejoignons, laissant derrière nous les rayonnages où sont sagement alignés les bagues, les lampes tempête et autres plateaux d'argent parfaitement inoffensifs. Il s'affaire à présent derrière un comptoir qui contient une tout autre marchandise : bocaux remplis de formol dans lesquels flottent des machins gluants, cristaux de toutes les couleurs, bougies et sachets d'herbes. En y regardant de plus près, je reconnais les bougies de ma mère au milieu de l'étalage. Quelle petite cachottière. Elle s'est bien gardée de me dire qu'elle avait rencontré Morfran.

— Regarde, s'exclame Thomas en brandissant sous mon nez un petit paquet qui ressemble à un fagot de brindilles. Elles sont arrivées cet après-midi.

Je percute enfin. Il s'agit des pattes de poule desséchées. Thomas les montre à Carmel qui fait tous ses efforts pour dissimuler son dégoût par une moue appréciative. Thomas disparaît à nouveau derrière le comptoir, y farfouillant de plus belle. Je crois surprendre une pointe d'attendrissement dans l'expression avec laquelle le regarde Carmel.

— Tu vas rester un peu à Thunder Bay quand tout ça sera fini, Cas ? me demande-t-elle.

Aïe. Je crains que sa question ne soit intéressée. J'espère qu'elle ne s'est pas mise à fantasmer sur moi et à se faire des films où le héros solitaire abandonne sa quête pour les beaux yeux d'une charmante autochtone.

Enfin, si j'en crois la façon dont les siens, d'yeux, n'ont pas quitté Thomas, je crois bien que je me trompe.

— Je ne sais pas, peut-être quelque temps, oui.

— Tant mieux, dit-elle avec un sourire. Parce que tu risques de beaucoup manquer à Thomas quand tu seras parti.

— Peut-être qu'il pourra compter sur quelqu'un d'autre pour lui remonter le moral ?

À son regard, je vois que Carmel m'a très bien compris. Nous ne disons rien pendant quelques secondes, mais je sens qu'elle ne désapprouve pas tout à fait. Je n'ai pas le temps de m'en réjouir car tout à coup la porte de la boutique claque et l'atmosphère se tend. Je ne le vois pas encore, mais je sens que Will vient d'entrer dans la pièce. Je croise les doigts pour qu'il n'ait pas ramené Chase.

Ouf, c'est bon, il est seul. Enfin, pas tout à fait, puisqu'il apporte avec lui toute la mauvaise humeur du monde. Il fait quelques pas, les mains fourrées dans les poches, regardant l'intérieur de la boutique avec un mépris manifeste.

— Bon, qu'est-ce que c'est que cette histoire de sortilège ?

Il prononce ce dernier mot avec dédain. Évidemment ce genre de pilule est dure à avaler pour quelqu'un d'aussi profondément ancré dans la « réalité ». Il refuse encore d'admettre que le domaine des vivants n'est pas le centre du monde. Ça viendra avec le temps.

— D'abord, il va falloir installer un cercle de pierres consacrées à l'intérieur duquel nous serons tous en sécurité. Anna ne pourra pas nous atteindre.

Thomas devait le faire seul, mais pour ça il aurait fallu qu'il entre dans la maison au risque de se faire dépecer. Le plan B, c'est d'installer le cercle à l'extérieur de la maison et de le transporter avec nous à l'intérieur. Il faut au moins être quatre.

— OK, fait Will en hochant la tête. Et maintenant ? Pourquoi on est là ?

— Je vous ai réunis pour qu'on s'entraîne.

— Génial. S'entraîner à poser des cailloux par terre. On va se marrer.

— Tu préfères qu'on se plante au moment où Anna sera disposée à nous décapiter sur place ?

Will pâlit légèrement. Il va peut-être moins la ramener, maintenant. Je me tourne vers Thomas. Je lui ai transmis le mail de Gideon ce matin pour qu'il prépare notre réunion. À lui de jouer. Il me regarde, interloqué. Allez, Thomas, on se bouge ! Je suis obligé de lever un sourcil insistant pour qu'il sorte de sa torpeur.

Il se secoue enfin et se saisit d'un papier posé sur le comptoir. Puis il s'approche de moi et me déplace de quelques pas en avant :

— Cas, tu te positionneras à l'ouest, là où tout finit. Ça te permettra d'être le premier à accéder à la maison, au cas où le cercle ne fonctionnerait pas.

Au tour de Carmel maintenant, qu'il prend par les épaules avec une infinie précaution.

— Carmel, toi, tu seras au nord. Moi, à l'est où tout commence. Will, logiquement, tu te mettras au sud.

Il se place et parcourt rapidement la feuille, sans doute pour la centième fois de la journée.

— Il faudra d'abord avoir disposé les treize pierres en cercle devant la maison. Une fois en position, on allumera les bougies en partant de l'est, dans le sens inverse des aiguilles d'une montre. C'est moi qui commencerai. On portera autour du cou un petit sachet d'herbes préparé par la mère de Cas, pour renforcer le sort de protection. Après, il faudra prononcer l'incantation suivante…

Il tend la feuille à Carmel. Elle lit et fait une drôle de tête, puis la passe à Will.

— Attends, tu n'es pas sérieux ? maugrée ce dernier.

Pour une fois je suis d'accord avec lui. Cette incantation est ridicule. C'est ça le problème avec la magie, on a beau vouloir y croire, son vocabulaire est parfois tellement bête qu'on a du mal à la prendre au sérieux. Thomas continue, imperturbable :

— Il faudra psalmodier sans s'arrêter jusqu'à ce qu'on entre dans la maison. En bougeant conjointement, on déplacera le cercle avec nous. Peu importe qu'on laisse les pierres derrière nous, à se stade on sera liés par la même énergie. Je me chargerai du calice que j'aurai préalablement rempli d'eau pour que s'y reflète le secret d'Anna.

Carmel avise l'objet en question, que Thomas vient de déposer sur la table.

— Tu vas le remplir avec quoi ? De l'eau bénite ?

— Pas la peine. Une bête eau minérale fera très bien l'affaire.

— Tu as oublié le plus compliqué, Thomas.

Trois regards inquiets se fixent sur moi.

— Le moment où on emprisonne Anna au milieu du cercle et qu'on la bombarde avec les pattes de poule.

— Sans déconner, grogne Will.

— On ne la bombarde pas, me corrige Thomas en roulant les yeux. On les dépose près d'elle. Les pattes de poule ont le don d'apaiser les esprits tourmentés.

— D'accord, si tu le dis. Moi, ce ne sont pas les pattes de poule qui m'inquiètent. Comment vous comptez faire ? Lui demander gentiment de coopérer et d'entrer dans la ronde avec nous ?

Thomas continue d'ignorer Will :

— Dès qu'elle sera à l'intérieur, on n'aura plus rien à craindre. Mais pour que je puisse me servir du calice en toute sécurité, il y a une condition : en aucun cas nous ne devons briser le cercle. On doit tenir jusqu'à la fin du sortilège. Elle devrait être affaiblie, mais je ne sais pas à quel point. Aussi, quand le charme sera rompu, je vous recommande de prendre vos jambes à votre cou et de sortir au plus vite de la maison.

— En gros, aujourd'hui, on peut s'entraîner à peu près à tout sauf aux choses les plus dangereuses, remarque Will d'un ton sarcastique.

— C'est déjà mieux que rien, tranché-je. Allez, on s'y met. On commence par l'incantation.

J'essaie d'aller de l'avant et de ne pas prêter le flanc au scepticisme, mais j'avoue que cela me demande de faire un violent effort sur moi-même. Non seulement, en vérité, je suis le premier des sceptiques, mais en l'occurrence, notre amateurisme me donne le cafard. Évidemment Morfran choisit ce moment pour entrer dans la pièce en sifflotant, sans nous accorder un regard, comme à son habitude. Il se dirige d'un pas léger vers la porte de la boutique où il place le panneau « Fermé » sur la vitre. Au moins c'est la preuve qu'il sait qu'on est là – il a cette façon de nous ignorer qui me ferait croire qu'il ne nous voit pas.

Cette interruption passée, Thomas s'éclaircit la gorge et prend une grande inspiration, prêt à se lancer.

— Attends une minute, s'écrie Will. Tu dis qu'il faudra qu'on quitte la maison à la fin du rituel. Mais si c'est le moment où elle sera le plus faible, pourquoi ne pas en profiter pour la tuer ?

— C'est ce qui est prévu. N'est-ce pas, Cas ? s'en mêle Carmel.

— Oui, dis-je à contrecœur. Enfin, ça dépend de la façon dont les choses se passent. On n'est même pas sûrs que ça marche, je vous rappelle.

Je regarde le bout de mes chaussures, incapable de soutenir leurs regards. Et vous appelez ça un leader ? Ils auraient presque raison de ne pas me faire confiance. D'ailleurs ça ne rate pas : Will flaire immédiatement la faille. Désabusé, il recule d'un pas.

— Hé ! Tu viens de briser le cercle, glapit Thomas.

— Toi, le taré, la ferme !

Un sursaut de colère me prend aux tripes. On n'insulte pas impunément un de mes amis. Pour qui il se prend ?

— J'aimerais bien savoir pourquoi c'est toi qui devrais tuer Anna. Mike était mon meilleur ami. Je veux la faire payer.

— C'est comme ça, un point c'est tout.

— Et pourquoi ?

— Parce que je suis le seul à pouvoir me servir de l'athamé.

— Je suis aussi capable que toi de planter un couteau entre les omoplates d'une saleté de fantôme. C'est à la portée de n'importe qui.

— C'est faux. Moi seul peux canaliser le pouvoir de l'athamé. Entre tes mains, il ne serait plus qu'un simple couteau. Et un simple couteau ne suffirait pas à éliminer Anna.

Will me jauge, méfiant. Puis il déclare, les bras croisés sur la poitrine, d'un ton dégagé :

— Tu sais quoi ? Ton numéro de superhéros, là… eh bien je n'y crois pas.

Bingo ! Bravo, Cas, tu as réussi à te mettre à dos celui que tu voulais le plus convaincre. Ça m'emmerde. D'abord parce que j'ai besoin de lui, mais aussi parce que j'ai l'impression de devoir quelque chose à Will. C'est lui qui a le plus perdu dans cette histoire. S'il ne vient pas avec nous, ce sera un échec.

— Tu ne me crois pas ? OK, je vais te montrer. On prend ta voiture. Allez, tout le monde, suivez-moi.

J'ai pris place à l'avant à côté de Will qui nous conduit, l'air rogue, à travers la ville. Carmel et Thomas sont assis à l'arrière, ce qui doit mettre Thomas dans tous ses états, mais je n'ai pas le temps d'y penser. Je dois rester concentré. C'est le moment de leur montrer ce que je vaux. Or, après les humiliations que m'a infligées Anna (auxquelles je ne me suis pas vraiment opposé, pour être franc), j'ai besoin de me prouver des choses à moi aussi.

— Où est-ce qu'on va ? me demande Will.

— À toi de me le dire. Tu sais où se cachent les fantômes dans cette ville, non ?

La surprise se lit sur son visage. Il fait une petite grimace et échange un regard avec Carmel dans le rétroviseur. Il n'a pas l'air à l'aise, et pourtant je sens qu'il sait déjà où il va m'emmener. Il braque le volant et fait demi-tour sans prévenir, nous écrasant contre l'habitacle de la voiture.

— On va aller voir le flic.

— Arrête, Will, c'est des histoires, s'exclame Carmel d'une voix mal assurée.

— Anna aussi n'était qu'une histoire, rappelle-toi.

Nous traversons les quartiers commerçants, puis le secteur industriel. Le paysage revêt mille facettes différentes ; les arbres au feuillage rouge et or alternent avec les lampadaires rehaussés de panneaux de signalisation jaunes. Une fois passé les voies de chemin de fer, nous débouchons sur des barres d'immeubles tristes. Will est sûr de son coup. Il se donne déjà vainqueur, je le remarque à son air blasé. Il sait qu'il a frappé fort, et il n'attend plus que de voir le charlatan qui est en moi révéler son incompétence.

Thomas, au contraire, se comporte comme un chiot qui ne sait pas qu'on l'emmène chez le vétérinaire. Je dois admettre que je suis assez excité moi aussi. Je n'ai pas souvent eu l'occasion de montrer ce que je sais faire aux gens, et c'est une perspective qui flatte mon orgueil. Je ne sais pas ce qui me fait jubiler le plus, entre l'idée d'impressionner Thomas ou de faire ravaler sa suffisance à Will.

Ce dernier décélère aux abords d'un complexe de bâtiments qui semblent à l'abandon. HLM décaties et entrepôts sombres se succèdent, béton sur béton.

— C'est ici, murmure-t-il.

Nous nous garons et sortons de la voiture. C'est drôle, maintenant qu'on entre dans le vif du sujet, l'assurance de Will a l'air de fondre comme neige au soleil.

Je prends mon athamé et tends mon sac à Thomas, puis je fais signe à Will de me montrer le chemin. Il nous entraîne devant une barre d'HLM. Les fenêtres s'alignent les unes après les autres, parfois agrémentées de jardinières vides. Sur le côté, j'aperçois un escalier de secours qui serpente le long de l'immeuble. Je pousse la porte principale. Surprise ! Elle est ouverte. Inattendu mais pratique. Ça nous évitera d'emprunter l'échelle vétuste qui donne accès à l'escalier.

Une fois dans le hall, Will nous invite à prendre la cage d'escalier. Ça pue le vieil hôtel crade où trop de gens se sont succédé.

— Est-ce que l'un d'entre vous va daigner m'expliquer où on est ? finis-je par demander.

Will ne répond pas, évidemment. Il se tourne vers Carmel qui s'éclaircit la gorge :

— Il y a à peu près huit ans, une prise d'otages a eu lieu dans l'appartement du dessus. Un des employés de la gare a pété les plombs et s'est enfermé avec sa femme et sa fille dans la salle de bains en les menaçant d'un pistolet. Les gens de l'immeuble ont appelé les flics, qui ont envoyé un négociateur. Mal leur en a pris.

— Pourquoi ?

— Parce que le négociateur en question n'a pas eu le temps d'ouvrir la porte qu'il s'est retrouvé avec une balle dans la tête. Après ça, son assassin s'est donné la mort.

— La mère et la fille s'en sont sorties indemnes. Du moins physiquement, achève Carmel d'une voix fébrile.

— Ça ne parle pas encore de fantôme, votre histoire. Mais je parie que c'est le cheminot à la gâchette rapide qui est revenu.

— Raté. C'est le flic. Il paraît qu'on entend sa voix résonner dans l'immeuble, dire des trucs comme : « Ne fais pas ça. » Un gamin l'aurait vu sortir la tête par une fenêtre et l'interpeller dans la rue en gueulant : « Va-t'en d'ici, vite ! » Ça lui a fichu la trouille de sa vie.

— Eh ben, y en a qui ont de l'imagination, fanfaronne Thomas d'une voix blanche.

Ne te fais pas plus naïf que tu ne l'es, mon pote, tu sais très bien que ces histoires-là sont le plus souvent vraies. Ce qui me pose plutôt problème, c'est que d'après ce que vous dites, ce fantôme est inoffensif. Il ne mérite pas d'être éliminé, si son seul tort est de foutre la pétoche aux vivants. J'ai mon éthique.

Will ne sait pas quelles responsabilités incombent à celui qui manie l'athamé. J'y ai été préparé dès ma plus tendre enfance, et je me souviendrai toute ma vie du jour où j'ai compris que mon destin était lié à ce poignard. J'ai vu mon père le manier, et quand je m'en suis saisi moi-même, j'ai su d'instinct m'en servir. C'est le sang de ma lignée qui lui confère son pouvoir. Ce sang que je sens battre dans ma poitrine, qui m'a protégé et endurci pendant plus de dix-sept ans.

J'entends encore les mots de Gideon, le jour où il m'a révélé l'importance de ce lien immémorial : *Cet athamé a été forgé par le sang de tes ancêtres. Ce sang coule dans tes veines comme il coulait dans celles de ton père. L'athamé vous appartient ; il est comme un prolongement de vous-mêmes.*

Il me l'a répété souvent depuis, en faisant de grands moulinets avec ses bras. Très démonstratif, pour un Anglais. Le couteau est comme un prolongement de moi. Et je l'aime, comme on aime son plus fidèle chien de chasse. C'est un sang de guerrier qui a forgé sa lame. Un sang capable de débarrasser le monde de ses fantômes malveillants. Où ils vont ensuite, c'est une autre question. On m'a appris à ne jamais la poser.

Je sors de mes pensées et me rends compte que je nous ai menés jusqu'à l'intérieur de l'appartement, dont la porte était ouverte elle aussi. Nous entrons dans le salon ; nos pieds résonnent sur le sol nu. La moquette a été arrachée, il ne subsiste qu'une sorte d'aggloméré bon marché. Je m'arrête net et Thomas, le nez en l'air comme à son habitude, me rentre dedans. À première vue, l'endroit est vide.

À première vue seulement. Car soudain j'aperçois une silhouette prostrée dans une encoignure près de la fenêtre. Les mains agrippées sur la tête, l'homme se balance d'avant en arrière tout en murmurant des paroles inaudibles.

— Ça alors, je n'aurais jamais cru qu'il y aurait encore quelqu'un ici, chuchote Will.

— Il n'y a personne, le corrigé-je.

La tension monte d'un cran lorsqu'ils comprennent à qui nous avons affaire. Je n'ai pas l'intention de tuer ce fantôme, mais je suis content que mes compagnons se frottent à ce genre de situation. Je leur fais signe de rester derrière tandis que je m'approche du policier, décrivant un large cercle autour de lui pour mieux l'observer. Il a les yeux grands ouverts, figés dans une expression de terreur. Il émet de petits couinements craintifs, comme un hamster apeuré. La mort l'a rendu fou. Je tire mon poignard de son fourreau, juste au cas où. Derrière moi, Carmel étouffe un cri. Le fantôme fixe son regard illuminé sur elle.

— Ne fais pas ça ! mugit-il.

Carmel recule.

— Hé, dis-je doucement, pour attirer l'attention du flic.

Il m'ignore, obnubilé par Carmel. Elle doit lui rappeler quelque chose. Ou quelqu'un. Peut-être sa femme.

Carmel est affolée, incapable de dire un mot. Son regard hébété va et vient, du policier à moi.

À l'inverse, je sens toutes mes perceptions s'intensifier. Le cœur de Carmel s'emballe mais le mien bat plus calmement. Son souffle se fait court et moi je respire mieux. Je sais exactement ce que j'ai à faire. C'est une sensation familière, agréable. Je suis heureux de la retrouver. Une chaleur envahit mon bras droit, celui qui tient l'athamé.

Je n'ai pas ressenti ça une seule fois au contact d'Anna. Voilà ce qui me manquait. Cette touche de confiance qui me rend invincible. Will s'attendait à me voir déchoir, mais en vérité il m'a rendu un fier service. Grâce à lui j'ai de nouveau toute mon assurance, je suis prêt à bondir sur ma proie. J'analyse la scène en un clin d'œil. Je vois Thomas en train de se demander comment protéger Carmel. Will essaie de rassembler son courage pour tenter quelque chose. Si je le laissais y aller, d'ailleurs ? Le policier lui flanquerait la plus belle trouille de sa vie, et moi, je serais enfin tranquille.

Dans un filet de voix, Carmel tente de s'adresser au fantôme :

— S'il vous plaît, calmez-vous. Je ne voulais pas venir ici. Je ne suis pas celle que vous croyez, je ne veux faire de mal à personne !

Pour toute réponse, les traits du flic se tordent en une grimace affreuse. Attendez, non c'est pire que ça. Il change de visage. C'est la première fois que je vois un truc pareil. C'est presque imperceptible. Le nez s'élargit, les pommettes descendent et la bouche s'épaissit. En trois secondes, le policier a laissé place à un autre homme.

— Intéressant, murmuré-je.

Je sens Thomas me regarder comme si j'avais perdu la raison.

— Ce n'est pas seulement le fantôme du policier que vous voyez devant vous, expliqué-je. Le policier et le cheminot sont prisonniers d'un même spectre. Et je vous présente…

Je n'ai pas le temps de finir, car le cheminot vient de brandir un flingue qu'il pointe sur Carmel.

Elle lâche un cri perçant. Immédiatement Thomas l'attrape et la plaque sur le sol. Will, lui, reste les bras ballants, et se met à psalmodier : « Ce n'est qu'un fantôme, rien qu'un fantôme. » Ridicule. De mon côté, je n'hésite pas une seconde.

D'un geste habile de la main, je réoriente mon poignard de façon à le tenir lame vers le bas.

Comme dans la scène de la douche dans *Psychose*, vous voyez ? Sauf que je n'ai pas envie d'achever le fantôme tout de suite. Je plonge en avant. Ma lame atteint son but et entaille profondément le poignet de l'homme.

Un hurlement déchire le silence. Le fantôme recule. Moi aussi. L'énorme flingue tombe par terre sans un bruit. Ça fait toujours bizarre, ce décalage entre le son et l'image. Le fantôme regarde sa main, ahuri. Elle ne tient plus à son bras que par un lambeau de chair. Il n'y a pas de sang, mais quand il l'arrache pour de bon, une fumée noire et nauséabonde s'échappe du membre mutilé. Vu leurs têtes, je n'ai pas besoin de préciser aux autres qu'il vaut mieux retenir leur respiration.

— Quoi, c'est tout ? glapit Will d'une voix qu'il essaie désespérément de raffermir. Je croyais qu'il ne te fallait qu'un seul coup pour tuer ce truc.

Pour un type qui tremble autant que lui en ce moment, il a un certain culot. Je ne cède pas à sa provocation et le corrige, calmement :

— Ce truc, comme tu dis, est un homme. Deux hommes, d'ailleurs, pour être exact.

Le fantôme s'est remis de sa surprise et m'a clairement identifié comme nouvelle proie. Il se jette sur moi à plusieurs reprises, mais j'esquive si bien qu'il mord la poussière chaque fois. Je l'atteins de nouveau au bras, tranchant dans le vif. Il est désormais manchot jusqu'au coude, et mes mouvements souples fendent la fumée qui envahit la pièce. Je déploie mon talent en un ballet parfaitement réglé tout en poursuivant mon exposé :

— Aucun des fantômes ne réagit de la même façon quand je les frappe. Certains s'emploient à mourir à nouveau avec un réalisme incroyable, comme s'ils avaient oublié que ce n'était plus la peine de se donner autant de mal.

J'évite un coup de poing et lance mon coude dans le crâne de mon adversaire.

— Certains fondent sur place en laissant une flaque de sang. D'autres explosent…

Je leur jette un regard, comme un professeur s'assurant de l'attention de ses élèves. Ils boivent mes paroles, les yeux écarquillés. Un bon coup de pied retourné, et j'envoie valser le fantôme contre le mur. Je fais face à mon public, m'époussetant avec classe.

— Il y en a qui laissent des cendres ou des taches. D'autres s'en vont proprement, sans laisser de traces.

— Cas ! m'alerte Thomas, le doigt tendu vers un point derrière moi.

Merci, mec, mais j'avais déjà anticipé le prochain mouvement du fantôme. Au moment où il pense me tomber dessus, je fais un pas de côté et lui plante mon couteau dans le thorax. Il tombe à genoux sous le choc.

— Il n'y a qu'une chose qui ne change pas, dis-je en regardant Will. C'est toujours moi qui frappe.

Je lève mon athamé quand, soudain, je sens deux mains agripper mes chevilles et tirer d'un coup sec.

Comment ça, deux mains ? Je croyais lui en avoir coupé une il y a à peine une minute… De plus en plus intéressant, songé-je dans le quart de seconde qui me sépare d'une chute retentissante.

Ma tête heurte violemment le sol. Le fantôme se rue sur moi et tente de m'étrangler. Dans l'effort que je fournis pour lui faire lâcher prise, je remarque que ses deux mains ne sont pas semblables. L'une est un peu plus foncée que l'autre et beaucoup plus longue, les ongles rongés jusqu'aux lunules. J'entends Carmel hurler aux deux autres de m'aider. Je préférerais qu'ils s'abstiennent, j'ai déjà assez d'un fantôme en plein dédoublement de la personnalité.

Cela dit, tout en roulant sur le côté pour reprendre le dessus, je regrette de ne pas avoir la carrure athlétique d'un Will, dont les épaules de rugbyman me seraient bien utiles en ce moment. Je suis svelte donc rapide et endurant, mais ça ne me sert pas à grand-chose dans les corps à corps comme celui-ci.

— Tout va bien, beuglé-je à l'attention de Carmel, j'ai juste besoin de trouver son point faible.

Je serais plus convaincant si mes paroles n'étaient pas étouffées par le postérieur de mon adversaire, à moitié assis sur ma tête. D'ailleurs mes interlocuteurs n'ont pas l'air très confiants. Will fait un pas en avant.

— Reste où tu es, hurlé-je en administrant un coup de pied dans l'estomac du fantôme. Je contrôle, c'est juste que ça va être plus long. Comme ils sont deux dans un même corps, je vais tout devoir faire deux fois.

J'essaie de reprendre mon souffle tout en parlant. Je n'ai plus qu'à prier pour que mon diagnostic soit juste. De toute façon je ne vois pas ce que je peux faire d'autre. Je me jette à nouveau dans la bagarre, suant comme un bœuf. J'aurais préféré les épater à moindres frais avec un gentil petit fantôme bien tranquille. Mais on ne peut pas toujours avoir ce qu'on veut.

Je rassemble mes forces et repousse Double-Face d'un nouveau coup de pied. Ça me laisse le temps de me reconcentrer. Quand il charge encore, j'ai mon athamé bien en main, décidé à ne pas faire de quartier. C'est parti pour la boucherie. Je taillade et coupe de toutes parts. Pour un amateur du beau geste, je dois faire une pitoyable impression. Mes cheveux et mes vêtements ondulent dans les airs, soufflés par une bourrasque surnaturelle. C'est plutôt bon signe. La fumée noire emplit la pièce.

Le fantôme titube, hagard. Je prends mon élan et lui enfonce une dernière fois mon athamé dans le ventre. Un long cri s'échappe de sa gorge. Deux voix se font entendre sur une note différente, formant une sombre harmonie. À deux centimètres du mien, un visage dédoublé se tord de douleur. Les yeux, bleu à droite, noir à gauche, me lancent un regard presque reconnaissant, au-dessus d'une bouche où s'alignent deux dentures différentes. C'est la fin. Je n'ai pas de remords à avoir. Ce fantôme était peut-être inoffensif pour les autres, mais certainement pas pour lui-même. Deux êtres voués à se haïr, enfermés dans un même corps pour l'éternité, se rendaient fous l'un et l'autre.

Je suis content de les avoir délivrés de cet enfer.

Je me tiens un peu chancelant au milieu de la pièce. Il ne reste plus de mon adversaire et de son pistolet que quelques traînées de fumée, qui se dispersent peu à peu. Thomas, Carmel et Will se sont instinctivement pelotonnés dans un coin d'où ils me regardent fixement.

— La vache… c'est…

Les mots restent coincés dans la gorge de Thomas.

— Voilà, c'est ça, éliminer un fantôme. Quelqu'un a quelque chose à ajouter ?

Quatre jours se sont écoulés. Je suis dans la cuisine avec ma mère et, assis sur le plan de travail, je la regarde laver des racines biscornues à grande eau. Puis elle les épluche, les hache finement et les mélange à une mixture qu'elle glisse dans de petits sachets. Ceux que nous porterons au cou ce soir.

Eh oui, déjà. L'attente a duré des siècles, semble-t-il. Et pourtant je voudrais qu'elle se prolonge encore. Chaque soir, mes pas m'ont conduit devant la maison d'Anna. Je suis resté là comme un idiot, debout dans son allée. Je ne suis pas entré la voir. Qu'est-ce que je lui aurais dit ? Et elle, chaque fois, est venue à la fenêtre pour me regarder. Je n'ai pas beaucoup dormi ces derniers temps. À cause de ça bien sûr, mais aussi à cause des cauchemars.

Je n'en ai jamais autant fait que depuis que je suis dans cette ville. Ça tombe très mal. Je suis épuisé au moment où j'ai le plus besoin de mes forces.

J'aimerais bien savoir si mon père avait le même problème. Je pourrais demander à Gideon, mais je n'ose pas. Il faudrait admettre que j'ai peur d'aller au lit à cause de vilains cauchemars. C'est idiot, mais j'ai trop d'orgueil pour ça.

Toutes les nuits, c'est le même rêve. Une silhouette se penche à mon chevet, terrifiante. Elle éveille en moi une angoisse presque archaïque, et en même temps je sens que quelque chose nous lie. Je n'aime pas ça. Parfois je me demande si ce n'est pas le fantôme de mon père qui revient me hanter.

Mais c'est impossible. Maman et Gideon étaient formels à l'époque, mon père est bel et bien parti. Ils ont passé des heures à nettoyer la maison où il a respiré pour la dernière fois, accomplissant tous les rituels pour lui garantir la paix et de ne jamais revenir à la surface de cette terre. Une idée qui soulageait ma mère et la rendait terriblement triste à la fois, je crois.

Je la regarde peser, ciseler et pilonner diverses plantes d'une main experte. On a dû attendre jusqu'à la dernière minute pour procéder au mélange parce qu'on ne trouvait pas de potentille. Il a fallu écumer tous les fournisseurs de la ville pour s'en procurer.

— À quoi ça sert, d'ailleurs ? lui demandé-je en en prenant une brindille au creux de ma main.

J'inspecte ce qui ressemble à un bout de fourrage déshydraté.

— C'est une plante composée de cinq feuilles. Elle protège contre le mal causé par une main à cinq doigts, me répond maman distraitement.

Puis elle me regarde fixement, soudain inquiète.

— Rassure-moi, Anna a bien cinq doigts à chaque main ?

— Et à chaque pied, je te le garantis.

Je n'arrive même pas à lui arracher un sourire. Elle poursuit, les sourcils froncés :

— J'ai lavé l'athamé une seconde fois, on ne sait jamais.

Puis elle hache finement des feuilles d'orties qu'elle ajoute au mélange. Pas difficile de deviner leur vertu, pour le coup.

— C'est ce soir ou jamais, Cas. S'il fonctionne, ce sortilège devrait mettre Anna hors d'état de nuire le temps que tu en finisses.

Ma mère lève sur moi des yeux soucieux. Elle me connaît par cœur, et même si elle ne m'a pas beaucoup vu ces derniers temps, elle sait que quelque chose me tracasse. Elle a toujours su lire en moi. C'est son instinct de mère poule, comme elle dit.

— Cette mission te préoccupe, Cassio. Pourquoi ? Qu'a-t-elle de différent ?

— Rien… C'est juste que… Anna est le fantôme le plus dangereux que j'aie jamais vu. Même papa n'a pas dû en croiser de si terribles. Sauf… Bref, elle a tué un nombre incroyable de gens, elle a cette force hors norme.

Je baisse la tête, contemplant les plantes à cinq feuilles.

— Et en même temps je n'ai jamais vu un fantôme aussi humain. Il est lucide, présent, pas comme ces spectres à peine incarnés qui ne savent même pas pourquoi ils tuent. Anna sait qu'elle est prisonnière d'une créature qu'elle ne maîtrise pas.

— Est-ce qu'elle sait ce qui lui est arrivé ?

— Je pense que oui, mais elle ne veut pas me le dire.

— Tu seras fixé ce soir, remarque ma mère en écartant une mèche de cheveux tombée sur son front.

— Je sais déjà qui l'a tuée, dis-je en descendant du plan de travail.

Ces derniers jours, je n'ai pas arrêté de penser à ce qu'Anna m'a laissé entrevoir de son existence. Le mec de sa mère qui la maltraitait… Je voudrais lui démolir le portrait, à ce salaud. J'essaie de chasser la colère de ma voix en racontant toute l'histoire à ma mère. Ses yeux vont en s'élargissant tandis que je déballe les faits sordides.

— C'est horrible, commente-t-elle une fois que j'ai fini.

— Oui.

— Mais, Cas, tu ne peux pas réécrire l'histoire.

J'aimerais tellement pourtant. J'aimerais que mon athamé n'ait pas seulement le pouvoir d'éliminer les morts, mais aussi de me faire voyager dans le temps.

J'entrerais dans cette cuisine où il lui a fait tant de mal, et je la sortirais de là. Si je la sauvais, elle pourrait enfin vivre la vie qui l'attendait.

— Je suis d'accord avec toi, Cas. Anna est une victime.

— Alors pourquoi est-ce que je devrais…

— Parce que c'est ta mission, mon fils. Cas, tu ne peux pas te défiler. Anna a besoin de toi.

Je regarde mon couteau en train de dormir dans son bocal sous la lune. La pièce sent l'anis à plein nez. Ma mère est en train de hacher une nouvelle variété d'herbe.

— Qu'est-ce que c'est ?

— De la badiane.

— À quoi ça sert ?

— À sentir bon, me répond-elle avec un petit sourire malicieux.

Je dois regarder la vérité en face. Dans moins d'une heure, tout sera prêt. Thomas passera me prendre en voiture, équipé du calice et des treize pierres. J'aurai avec moi les quatre sachets et les quatre cierges incantatoires. Ce soir, si tout se passe bien, Anna Korlov sera rayée de la surface de la terre.

15

La maison se dresse devant nous. Décidément, je déteste cette bicoque. C'est drôle, quand j'y pense, tout le monde a peur de ce qu'il y a entre ses quatre murs, alors que moi, c'est cette façade sournoise qui me fait froid dans le dos. Ça va paraître idiot, mais j'ai l'impression qu'elle nous observe avec un sourire goguenard, nous et nos pattes de poule ; elle se rit de nos velléités de la débarrasser du maléfice qui empoisonne ses fondations. On dirait un géant prêt à ne faire qu'une bouchée de sa proie.

Le temps s'est sérieusement rafraîchi. Des volutes de vapeur blanche s'échappent de la bouche de Carmel. Elle porte une veste en velours gris et une grosse écharpe en laine rouge, sous laquelle est enfoui le petit sachet protecteur. Will est enveloppé dans son blouson à l'emblème de l'Armée troyenne. Thomas est plus dépenaillé que jamais dans son vieux manteau militaire. Will et lui s'affairent dans la poussière du chemin, disposant les pierres sacrées en cercle.

Pendant ce temps, je regarde la maison, hypnotisé. Carmel se rapproche de quelques pas. Je la sens juste derrière moi. Je porte mon athamé en bandoulière sur l'épaule. Tout à l'heure, je le mettrai dans ma poche.

— Cette odeur me rappelle quelque chose, dit Carmel en reniflant le sachet autour de son cou.

Elle sent le mien pour vérifier qu'ils contiennent les mêmes plantes.

— Ta mère a bien fait d'ajouter de l'anis, intervient Thomas. Ce n'était pas dans la liste, mais un peu de chance ne nous fera pas de mal.

— Comment est-ce que tu sais toutes ces choses ? lui demande Carmel sans cacher son admiration.

— Par mon grand-père.

Le ton est fier, reconnaissant. Thomas nous tend à chacun une bougie.

— Vous êtes prêts ?

Au-dessus de nos têtes, la lune jette une lumière tranchante. Elle est si ronde, on ne dirait pas qu'elle est en phase descendante. Mais les calendriers sont formels et je suppose que les gens qui les font connaissent leur boulot.

Le cercle est vraiment tout proche de la maison. À moins de dix mètres. Je prends ma place à l'ouest et les autres rejoignent leur pôle. Thomas a du mal à s'en sortir entre toutes les choses qu'il porte : le calice dans une main, la bougie dans l'autre, une petite bouteille d'eau minérale qui dépasse de la poche de son pantalon…

— Mec, tu devrais laisser Carmel prendre les pattes de poule, lui suggéré-je en le voyant essayer de les faire tenir derrière ses oreilles.

Carmel tend une main hardie pour débarrasser Thomas, pas dégoûtée pour un sou. Elle me surprend de jour en jour. Moi qui l'avais soupçonnée d'être gnangnan quand je l'ai rencontrée…

— Vous avez senti ? nous demande Thomas en humant l'air.

— Quoi ?

— Les énergies se déplacent.

— Tout ce que je sens, c'est le vent dans mes oreilles, maugrée Will.

— OK, on va allumer les bougies chacun notre tour. Je commence et on tourne dans le sens inverse des aiguilles d'une montre.

Bientôt quatre petites flammes projettent leur lueur tremblotante sur nos visages, où se lit un mélange de peur, d'excitation et d'ironie défensive. Seul Thomas est d'une souveraine placidité. Il a fermé les yeux. Quand il parle de nouveau, sa voix a baissé de plusieurs octaves. Carmel sursaute, mais elle se ressaisit aussitôt.

— Et maintenant, l'incantation, nous ordonne Thomas.

Non seulement nous nous exécutons, mais avec une certaine ferveur. Aucun de nous ne bute sur ces fameux quatre mots latins que nous nous appliquons à répéter, si stupides qu'ils paraissent. Plus ça va, plus on y met du cœur. Même Will a l'air de prendre ça très au sérieux.

— Sans vous arrêter, vous allez tous vous déplacer vers la maison.

Dès le premier pas, je sens la puissance du sort qui nous lie les uns aux autres. Tous nos mouvements se coordonnent, comme si nous étions des pantins actionnés par une même ficelle. Les flammes de nos bougies ne vacillent plus dans le vent. Elles luisent haut et droit, comme des jets de feu. Je sais que l'intensité d'un sortilège dépend beaucoup du sorcier qui l'exécute, et je n'en reviens pas de découvrir en Thomas une telle maîtrise. Il cache bien son jeu, sous ses haillons kaki et ses allures de crevette. Nous glissons comme un seul homme vers la maison. Je gravis les marches du perron en premier et, bientôt, nous nous retrouvons tous devant la porte. Elle s'ouvre d'elle-même dans un craquement sinistre. Derrière, Anna nous attend.

— Ça y est. Te voilà, dit-elle en me fixant des yeux. C'est bien, murmure-t-elle d'un air triste.

Elle ajoute en regardant mes camarades :

— Tu sais ce qui va se passer quand ils entreront dans la maison. Je ne pourrai pas lutter.

Je voudrais la rassurer, lui dire que ça va aller. Et lui demander d'essayer de se contrôler. Mais je ne peux pas, j'ai du latin plein la bouche.

— Il dit que ça va aller. Et il voudrait que tu essaies de te contrôler. Au moins le temps qu'on t'encercle tous les quatre. Quand tu seras au milieu, nous serons protégés.

En entendant Thomas verbaliser mes pensées, je crains que ma propre voix ne se brise d'émotion. Je n'ai jamais été aussi content qu'il soit télépathe. Anna nous dévisage tour à tour. Puis elle recule silencieusement, nous cédant le passage. Je suis le premier à franchir le seuil. Pour l'instant rien ne bouge.

Je garde les yeux fixés sur Anna. À la seconde où Thomas entre, le changement s'opère. Un réseau de veines violettes apparaît sous la peau diaphane d'Anna, dévorant son visage. Ses cheveux se dressent, menaçants. Le noir absorbe ses orbites et le rouge sature sa robe. Elle brille sous la lune comme un rubis cruel.

Malgré la vision cauchemardesque, aucun de mes coéquipiers ne flanche. Ils m'épatent.

Anna serre les poings, si fort que du sang noir perle entre ses doigts. C'est à ce prix-là qu'elle se retient de nous arracher la peau. Il n'y a pas une seconde à perdre. J'entraîne mes camarades dans sa direction tandis qu'elle ferme les yeux, les traits contractés. Carmel et moi pivotons ensemble pour élargir le cercle sans le briser. Je dépasse Anna, et me retourne. Pendant un instant, Carmel disparaît de mon champ de vision, cachée par le corps ensanglanté du fantôme. Ça y est, ce dernier est au milieu. Il était moins une.

Anna a livré tous ses efforts, mais le démon l'emporte. Ses yeux, sa bouche s'ouvrent, dans un cri assourdissant. Ses doigts acérés griffent l'air, le corps possédé se contorsionne comme une bête fauve. Je sens Will vaciller à côté de moi. Vive comme l'éclair, Carmel lance les pattes de poule au centre du cercle. L'effet ne se fait pas attendre. Anna s'immobilise. Si elle est comme figée dans la glace, son regard nous fixe un à un, lourd de haine.

— Ça y est, le cercle fonctionne. Elle ne peut plus rien contre nous, dit Thomas.

Puis il se baisse et nous nous agenouillons dans un même mouvement. Il pose le calice en face de lui et ouvre la bouteille d'eau.

— Je sais que vous ne me croyez pas, mais je vous jure que ça fonctionne aussi bien que de l'eau bénite. L'eau de source est suffisamment claire pour être conductrice. Vous êtes snob, c'est tout.

Le liquide limpide se déverse dans le plat avec un petit son chantant. Bientôt la surface est parfaitement lisse.

Cas.

Thomas me parle. Je sursaute en réalisant que ses lèvres ne bougent pas. Sa voix résonne dans mon cerveau.

Nos esprits sont connectés les uns aux autres par la puissance du sortilège. Dis-moi ce que tu as besoin de savoir.

C'est tellement étrange, tout ça, que je me demande comment mon cerveau peut suivre. J'ai l'impression d'être chevillé au sol par une incroyable énergie tellurique, et en même temps de planer dans la stratosphère. Et malgré ce décalage, je me sens à ma place, en sûreté.

Montre-moi ce qui est arrivé à Anna, pensé-je avec application. *Je dois savoir la façon dont elle est morte, et ce qui lui a conféré son pouvoir.*

Thomas ferme à nouveau les yeux, puis soudain sa tête roule sur sa poitrine. Anna se met à trembler, comme si elle était prise de fièvre. Mon cœur fait un bond. Est-ce que Thomas s'est évanoui ? S'il brise le cercle, vu l'état d'Anna, nous sommes tous morts. Mais non, je suis bête ! Il est juste en train de regarder au fond du plat... J'entends Carmel pousser un cri de surprise. Il y a de quoi. La maison se transforme autour de nous. L'horrible lueur grise qui nappait les murs se réchauffe progressivement. Les draps qui recouvraient les meubles se dissolvent dans les airs. Nous sommes dans la maison d'Anna telle qu'elle devait être il y a plus de cinquante ans.

Un tapis recouvre le sol du salon, faiblement éclairé par une lampe tempête qui projette de grandes ombres jaunes. La porte claque derrière nous, mais je ne me retourne pas, scotché par les changements autour de moi. Des photos sont accrochées aux murs et un tissu brodé recouvre le canapé. De prime abord, l'endroit reflète une certaine aisance, mais en y regardant de plus près, je m'aperçois que le lustre en cristal est sale et dégarni, et que le tissu qui couvre le rocking-chair près de la cheminée est mangé par les mites.

Une silhouette apparaît dans mon champ de vision, vêtue d'une jupe marron stricte et d'un chemisier gris. Elle a les bras chargés de livres et de cahiers. Ses cheveux sont attachés en queue-de-cheval à l'aide d'un ruban bleu. Un bruit résonne dans la cage d'escalier. Elle se tourne et me révèle enfin son visage. Anna.

La voir vivante me cause un choc indescriptible. Moi qui pensais qu'il n'y avait rien de commun entre ce qu'elle avait été et la jeune fille morte au teint pâle, je me trompais. Je reconnais immédiatement ses yeux, levés vers l'homme qui apparaît en haut des marches. Son regard est ferme, désabusé. La colère brille au fond de sa prunelle. Elle fait face à son tortionnaire, celui qui partage la vie de sa mère.

— Eh bien, chère Anna, qu'est-ce qu'on a appris de beau à l'école aujourd'hui ?

Je peine à comprendre ce qu'il dit tant son accent est fort. Il descend les marches d'un pas tranquille, comme un chat qui a coincé une souris dans un coin et qui prend son temps. Cette conscience de son propre pouvoir est insupportable. Il boite légèrement, négligeant de s'appuyer sur la fine canne en bois qu'il a à la main.

Il passe derrière elle, un sourire carnassier sur les lèvres. La rage et le dégoût contractent le visage d'Anna.

Il se rapproche doucement, se colle contre son dos et hume ses cheveux ; puis il avance une main par-dessus son épaule et la pose sur la pile de livres que tient Anna.

— Tout ça ne te servira à rien, tu sais.

— Maman dit que j'ai des dispositions, réplique Anna, prête à mordre.

Sa voix est pareille à celle que je connais, bien que son accent soit plus marqué. Elle fait volte-face. La lueur de haine qui brille dans son regard ne m'est pas étrangère non plus.

— Je ne le lui fais pas dire, ironise l'homme.

Il sourit de plus belle, dévoilant une denture de bête féroce. Un début de barbe ombre sa mâchoire carrée. Il est blond et a plaqué le peu de cheveux qui lui reste sur son crâne.

— Brave petite Anna, susurre-t-il en levant l'index pour lui caresser la joue.

Elle se recule, monte l'escalier quatre à quatre. Elle ne fuit pas, elle prend de la hauteur pour le toiser.

Vas-y, Anna, c'est toi la plus forte ! Oups, je viens de me rappeler que j'étais dans le cercle. Est-ce qu'ils m'ont tous entendu, ou seulement Thomas ? Tant pis. Derrière moi, j'entends les gouttes de sang de la robe d'Anna s'écraser sur le sol et la sens frissonner de plus belle.

Je ne quitte pas l'homme des yeux. Lorsque Anna disparaît dans le couloir à l'étage et claque la porte de sa chambre, il ne se décontenance pas. Le sourire aux lèvres, l'homme tire un linge blanc de son gilet, puis le porte à son nez pour en respirer le parfum. Soudain je comprends, et la nausée me prend aux tripes. C'est la robe qu'Anna s'est cousue pour le bal. La robe dans laquelle elle est morte.

Putain de pervers, s'exclame Thomas. La pensée résonne dans ma tête. Je serre les poings, submergé par l'envie de me jeter sur ce type et de le rouer de coups.

La lumière change à nouveau, se faisant plus claire. Des silhouettes se déplacent si vite que je n'arrive pas à les distinguer. Je perçois des bribes de conversations, des éclats de disputes. Tout se passe en accéléré, impossible à suivre.

Mon attention se concentre sur la femme qui se tient désormais en bas de l'escalier. Elle porte une robe noire austère qui ne laisse pas voir un centimètre de peau et qui doit la gratter horriblement. Ses cheveux sont ramassés en chignon. Je ne vois pas son visage, tourné vers le haut des marches, mais elle tient la robe blanche d'Anna froissée dans son poing. Un chapelet se balance au bout de son autre main.

Thomas tressaille. Son émotion se répercute jusque dans ma moelle épinière. Il est sur ses gardes, l'oreille dressée.

Énergie noire. Puissance maléfique.

Je n'ai pas le temps de me demander ce qu'il veut dire. Un cri courroucé retentit à travers toute la maison.

— Anna !

— Oui, maman ? répond Anna en sortant de sa chambre.

Sa mère brandit la robe d'un geste menaçant.

— Qu'est-ce que c'est que ça ?

Anna se décompose. Elle s'appuie à la rampe, comme si ses jambes allaient la lâcher.

— Où est-ce que tu as trouvé cette chose ? Comment est-ce que ce torchon est entré sous mon toit ?

— Elle la cachait dans sa chambre.

C'est encore l'horrible type. Il vient d'apparaître sur le seuil de la cuisine.

— Je l'ai entendue discuter avec Maria d'une robe qu'elle cousait. J'ai préféré intervenir pour son bien.

— C'est vrai ? Et pour quoi faire ? demande la mère d'un ton impérieux.

— C'est une robe de bal, maman, réplique Anna. Le bal de l'école.

— Ça ? Ça, c'est pour danser ?

Elle a déplié la robe et la regarde, incrédule. Tout en elle, ses gestes et ses paroles, suinte la haine et le mépris. Elle secoue le tissu diaphane.

— Petite traînée ! Tu n'iras pas danser. Enfant gâtée, démon ! Tu ne quitteras pas cette maison.

Une femme à la peau mate et à la longue tresse noire rejoint Anna sur le palier et la prend par les épaules. Ce doit être Maria, la fameuse couturière.

— Ne soyez pas fâchée, madame Korlov. C'était mon idée. C'est moi qui l'ai aidée. Elle est si jolie dedans, vous verrez.

— Vous ! Tout est votre faute ! Depuis que vous êtes arrivée, Anna me tient tête. Elle est obstinée, insolente ! Vous l'avez pervertie, avec vos mœurs d'Espagnole dépravée ! Je ne vous laisserai pas entraîner ma fille dans votre débauche. Je ne veux plus vous voir ici !

— Non ! s'écrie Anna.

— Malvina ! s'interpose l'homme en faisant un pas vers sa compagne. On ne va pas renvoyer nos pensionnaires, tout de même.

— Plus un mot, Elias.

Je commence à comprendre pourquoi Anna ne pouvait pas confier à sa mère les véritables intentions de l'Elias en question.

La scène s'accélère à nouveau. Tout va si vite que j'ai à peine le temps de voir l'action se dérouler. Pourtant je reconnais chacune des péripéties, comme si je savais déjà ce qui allait se passer. Malvina jette la robe et ordonne à Anna de la brûler. Anna se précipite en bas des marches, à genoux devant sa mère et la supplie de laisser Maria rester. Une claque retentissante la projette par terre. Les larmes roulent sur les joues de l'Anna des années 1950, tandis que derrière moi, la véritable Anna gronde comme un animal prêt à attaquer dans un bouillonnement de sang noir. De mon côté j'hésite entre pleurer ou hurler de rage.

Nouveau saut dans le temps. J'entrevois une silhouette ouvrir la porte. C'est Maria qui s'en va, une petite valise pour tout bagage. J'entends Anna lui demander où elle va aller. Soudain toutes les lumières s'éteignent à l'exception d'une. Les fenêtres sont noires.

Malvina et Elias sont assis dans le salon. Elle tricote, dévidant une pelote de laine bleu foncé. Lui lit le journal en fumant la pipe. Ils sont sinistres, le visage allongé par l'ennui, les lèvres pincées, incapables de profiter d'une soirée ensemble. Quel couple horrible ! Je ne veux même pas penser à la façon dont ils se sont rencontrés, ça doit être aussi marrant que de regarder un tournoi de curling à la télé. Je me demande où est Anna. Aussitôt elle apparaît en haut de l'escalier, comme si elle m'avait entendu.

J'aimerais pouvoir détourner mon regard, me protéger de ce que je suis en train de voir, et en même temps je fixe Anna, les yeux rivés à la robe blanche qui tombe sur ses épaules. À cette robe dans laquelle elle s'apprête à mourir et qui ne ressemble pourtant aucunement à la robe gorgée de sang qui a fait sa légende.

Elle descend les marches d'un pas assuré, un petit baluchon à la main. La surprise, puis la fureur déforment les traits de Malvina. Anna ne flanche pas. Elle est tellement vivante, cette jeune fille aux épaules carrées, à la longue chevelure sombre qui ondule jusqu'au bas du dos. Elle garde la tête haute, et je regrette de ne pas voir ses yeux en cet instant ; je devine leur expression triomphante, empreinte de tristesse.

— On peut savoir où tu comptes aller comme ça ? grince la voix malveillante de Malvina.

Elle regarde sa fille avec horreur, comme si elle ne la reconnaissait pas. L'espace d'une seconde, je vois l'air autour d'elle onduler bizarrement. L'énergie noire dont parlait Thomas me parvient à mon tour.

— J'irai danser ce soir, répond Anna avec calme, et je ne remettrai plus les pieds dans cette maison.

— Tu n'iras pas au bal, réplique Malvina d'un ton âpre. Tu n'iras nulle part dans cette robe.

Elle s'est levée comme un diable sortant de sa boîte et marche sur sa fille.

— Tu portes du blanc comme une jeune mariée. Mais quel homme voudra de toi quand tous les garçons de ta classe te seront passés dessus, hein ?

Arrivée à deux centimètres du visage d'Anna, elle marque une pause avant de lui déverser son venin à la figure :

— Ton père aurait honte de toi.

Anna encaisse sans bouger, solide comme un roc. Seule sa poitrine, qui se soulève à intervalles rapides, trahit sa colère.

— Papa, lui, m'aimait. Ce n'est pas ton cas, répond-elle doucement.

— Les mauvaises filles sont inutiles et stupides, la rabroue Malvina avec un geste sec pour la faire taire.

Soit elle ne sait pas ce qu'elle dit, soit elle est idiote. Je pencherais pour la dernière option.

L'entendre parler ainsi à sa fille me révolte. J'aimerais pouvoir prendre Malvina par les épaules et la secouer comme un prunier jusqu'à ce qu'elle se rende compte du monstre qu'elle est. Ou sinon jusqu'à ce que sa nuque craque.

— Monte dans ta chambre enlever cette infamie. Tu redescendras pour qu'on la brûle dans la cheminée.

Anna serre son baluchon contre elle. Elle a dû rassembler tout ce qu'elle possède dans ce morceau de tissu dont elle a lié les quatre coins avec une ficelle.

— Non, affirme-t-elle d'une voix toujours aussi calme. Je m'en vais.

Malvina éclate d'un rire métallique, presque inhumain. Une lumière noire s'allume au fond de ses yeux.

— Elias, ma fille a besoin que tu la ramènes dans sa chambre et que tu lui enlèves cette robe.

Non, pas ça ! s'exclame la voix de Thomas dans ma tête. Je vois du coin de l'œil Carmel porter une main à sa bouche. Je ne supporte plus la scène. Si cet homme touche à un seul cheveu d'Anna, j'irai lui mettre mon poing dans la figure. Et tant pis si je romps le cercle, tant pis si ce n'est qu'un souvenir. Je ne laisserai pas cette enflure faire du mal à Anna.

— Non, maman ! proteste Anna, apeurée cette fois.

Elias se lève.

— Je ne veux pas qu'il m'approche.

— Anna, tu dois me considérer comme ton père, susurre l'horrible bonhomme. Tu dois m'obéir.

Ses mots me font l'effet d'un coup de pied dans le ventre. Un haut-le-cœur me submerge tandis que je le vois passer une langue avide sur ses lèvres. Derrière moi mon Anna, Anna à la robe de sang, pousse un cri rauque.

Elias s'avance. Anna court vers la porte pour lui échapper mais il l'attrape par le bras et la force à se tourner vers lui, si proche que les cheveux d'Anna lui balaient le visage, si proche qu'elle doit sentir la chaleur de son haleine sur ses joues. Il ne perd pas une minute et se met déjà à retrousser sa robe, froissant le tissu de ses doigts voraces. Je constate avec horreur la réaction de Malvina : un mélange de haine et de plaisir sadique. Anna se débat de toutes ses forces en poussant des cris impuissants. Dans un mouvement désespéré, elle parvient à donner un coup de tête à son agresseur. Il lâche un juron, se tenant le nez à deux mains. Anna en profite pour se ruer vers la cuisine. Elle pourrait encore sortir par l'arrière.

— Tu ne quitteras pas cette maison, mugit Malvina d'une voix rauque.

Elle se jette sur sa fille et la tire par les cheveux.

— Jamais, tu m'entends ? Jamais !

— Si ! hurle Anna en repoussant sa mère.

Déséquilibrée, Malvina heurte une commode en bois. Elle accuse le choc, et Anna la contourne ; une lueur d'espoir s'allume dans ses yeux. Elle croit en avoir fini, mais je veux lui crier de faire attention. Car Elias est en train de récupérer ses esprits à deux pas de là. Retourne-toi, Anna, ou cours ! Mais à quoi bon m'escrimer ? Je ne peux rien changer à ce qui a déjà eu lieu.

— Petite garce ! gronde Elias d'une voix sourde.

Anna sursaute. Elle est de nouveau prise au piège. Il la toise tout en vérifiant que son nez ne saigne pas.

— On t'a nourrie, blanchie, élevée. Et c'est comme ça que tu nous remercies ?

Il lui met une claque et la secoue par les épaules en lui hurlant au visage des choses que je ne comprends pas, parce qu'il s'est mis à parler en finnois ; mais d'après le ton, je saisis à peu près l'idée. Les cheveux d'Anna volent autour d'elle. Elle est en pleurs. De son côté Malvina se délecte de la situation, l'œil brillant.

Anna n'a pas encore renoncé. La voilà qui riposte, et projette Elias contre le mur qui longe l'escalier. Elle se saisit d'un broc en céramique posé sur une petite table et l'abat sur la tête de l'homme, qui s'effondre dans un râle. Malvina crie tandis qu'Anna parvient enfin à gagner la porte. Le niveau d'intensité sonore est tel que je n'arrive plus à savoir qui dit quoi. Soudain Anna tombe par terre. Elias lui a fait un croche-pied. Elle rampe tant bien que mal sur le sol de l'entrée, les bras tendus vers la sortie, mais il la retient par la jambe.

Elle ne franchira jamais le seuil. Je le sais avant même de voir Malvina sortir de la cuisine, un couteau à la main. C'est fini. Thomas, Carmel et Will retiennent leur respiration ; ils ne veulent qu'une chose, fermer les yeux ; ou bien crier, et être entendus. Je pense qu'ils n'ont jamais envisagé de leur vie que pareille violence était possible.

Je ne détache pas mes yeux de la jeune fille qu'Elias tient désormais plaquée contre le sol. Elle a peur, mais sans doute moins qu'elle devrait. Je la regarde lutter en vain pour s'échapper, lutter contre l'emprise de son tortionnaire, lutter contre tout ce qui l'entoure, cette maison qui l'enferme, cette vie qui l'oppresse et l'entraîne dans un abîme sans fond. C'est alors que sa propre mère se penche au-dessus d'elle, armée de son couteau de cuisine, les yeux rétrécis par la colère. Une colère incompréhensible et stupide qui guide sa main. Sans hésiter, elle plonge la lame dans la gorge d'Anna, y creusant une entaille bien trop profonde. Je ne peux rien faire d'autre qu'observer l'inimaginable, une mère assassinant sa fille ; et j'écoute Anna hurler jusqu'à ce que la mort l'en empêche.

16

Un bruit sourd retentit derrière moi. Je me retourne, trop heureux de trouver une diversion à ce déchaînement de violence. Anna, qui planait au milieu du cercle, vient de s'effondrer au sol. Elle gît là, à quatre pattes, le halo de ses cheveux tournoyant autour d'elle, la bouche ouverte dans un cri qui ne veut pas sortir. De grosses larmes noires roulent sur ses joues pâles, barrant son visage de traces sombres. Comment ne pas la comprendre ? Elle vient de voir sa propre mère lui trancher la gorge ! Son corps encore chaud est en train de se vider de son sang à quelques mètres de là, imprégnant le plancher et sa belle robe blanche. Ce passé insupportable dont elle ne voulait pas se souvenir vient de lui sauter à la figure. Le sortilège a fonctionné. Elle s'affaiblit.

Tout cela ne m'explique pas encore la malédiction qui aliène Anna, et je dois continuer à regarder l'insoutenable. Malvina a dénudé sa fille. Elle aboie quelque chose à Elias qui disparaît dans la cuisine puis revient, une épaisse couverture à la main. Elle lui ordonne d'en couvrir le corps. Il s'exécute. Je vois bien qu'il n'arrive pas à croire ce qui vient de se passer. Malvina lui demande de monter dans la chambre d'Anna et de lui descendre une autre robe.

— Une autre… ? Pour quoi faire ?

— Ne pose pas de questions.

Le ton ne souffre aucune objection. Elias s'élance dans l'escalier, si vite qu'il en manque une marche.

Malvina étale la robe saturée de sang sur le sol. Elle est si rouge à présent qu'on ne saurait deviner qu'elle a été blanche. L'infanticide se dirige ensuite vers un placard à l'autre bout de la pièce, dont elle tire des bougies noires et un petit sachet, noir lui aussi.

C'est une sorcière, siffle la voix de Thomas à l'intérieur de mon crâne. Mais oui, évidemment. Tout s'éclaire. C'est elle qui a jeté la malédiction dont Anna est prisonnière. On a toujours su que le meurtre d'Anna Korlov avait un lien avec la magie noire ; on était juste loin de s'imaginer qui en était l'auteur.

Sois attentif, lancé-je mentalement à Thomas, *je risque d'avoir besoin de toi pour comprendre ce qui va se passer maintenant.*

À mon avis tu vas comprendre aussi bien que moi, me répond-il.

Malvina a allumé les bougies et s'est agenouillée près de la robe. Les yeux fermés, elle murmure une incantation en finnois, et tout son corps ondule au rythme de ces mots qu'elle prononce d'une voix tendre. Une tendresse qu'elle n'a jamais montrée à sa propre fille. La flamme des bougies se fait plus intense. Malvina se penche et soulève celle posée à gauche, puis celle posée à droite. Elle répand leur cire noire sur la robe tachée. Puis elle crache trois fois. L'incantation reprend, plus forte. Je n'en comprends pas un mot. J'essaie d'en retenir certains pour les chercher plus tard, quand soudain, la voix de Thomas parvient à mes oreilles. Il parle tout seul, à voix haute. Je m'apprête à lui dire de la fermer, qu'il m'empêche d'écouter ce qui se passe, quand soudain je comprends qu'il est en train de répéter la mélopée finnoise de Malvina dans notre langue.

— Hiisi mon Père, entendez-moi. Je m'en remets à vous, moi votre humble servante. Prenez ce sang, prenez cette vie. Faites que ma fille reste dans cette maison. Qu'elle se nourrisse de sang, de mort et de souffrance. Hiisi mon Père, dieu-démon, entendez ma prière. Prenez ce sang, prenez cette vie.

Les paupières closes, Malvina approche le couteau d'une des bougies. Sous nos yeux incrédules, le métal s'enflamme. D'une main implacable, Malvina le plante dans la robe, la clouant au parquet.

Elias reparaît en haut des marches, une des robes d'Anna à la main, blanche et propre. Il regarde Malvina avec une expression d'horreur mêlée d'admiration. La véritable nature de sa compagne devait lui avoir échappé jusqu'ici. Je suis sûr qu'il n'osera plus contrarier cette femme terrible.

Les flammes ont creusé un trou dans le sol. Malvina détache le couteau du plancher et pousse les derniers lambeaux de la robe ensanglantée à l'intérieur du trou tout en continuant de psalmodier. Quand tout a disparu, elle jette le couteau dans la béance qui s'ouvre à ses genoux. Une lumière vive emplit la pièce. L'éblouissement passé, je me rends compte que le parquet s'est refermé. Malvina contemple son œuvre, très calme, puis elle souffle les bougies en commençant par celle de droite.

— Voilà. Maintenant tu ne quitteras jamais cette maison, chuchote-t-elle.

La silhouette osseuse de Malvina se dissout progressivement dans les airs. Notre sortilège prend fin. Les couleurs du souvenir s'effacent, remplacées par le plancher gris et flétri où Anna a perdu la vie. Je sens chacun de mes membres retrouver son indépendance. Le cercle ne nous lie plus les uns aux autres. J'entends la respiration haletante de Thomas ; j'entends Anna aussi. Je peine à croire ce que je viens de voir. C'est impensable, absurde.

— Comment a-t-elle pu faire une chose pareille ? murmure Carmel en écho à mes pensées.

Nous échangeons des regards accablés.

— C'était monstrueux. J'espère que je ne verrai jamais rien d'aussi horrible. Elle a tué sa propre fille ! ajoute-t-elle en secouant la tête.

Derrière moi, Anna gît dans sa robe de sang. Sa peau est sillonnée de veines bouillantes. Les larmes noires ont séché sur son visage, y laissant un sillon sinistre. Elle est trop affaiblie pour pleurer. Une question me taraude.

— Thomas, interpellé-je, est-ce que Malvina savait ce qu'elle faisait ? Est-ce qu'elle avait conscience du monstre qu'elle était en train de créer ?

— À mon avis, elle ne devait pas mesurer les conséquences, non. C'est ce qui se passe quand on invoque un démon. On lui fait une requête, mais on ne décide pas exactement de la façon dont elle va être accomplie. On ne maîtrise pas tout.

— On s'en fiche de savoir si elle se rendait compte. De toute façon c'est abominable ce qu'elle a fait ! se rebelle Carmel, la mâchoire serrée.

Nous sommes tous les quatre en sueur. Will est le seul qui n'ait encore rien dit. Mais comme nous, il a la tête d'un boxeur qui a frôlé le KO.

— Qu'est-ce qu'on fait maintenant ?

C'est Thomas qui a posé la question fatidique. Il a l'air si fatigué ; je ne suis pas sûr qu'il soit en état de quoi que ce soit, à part dormir pendant une semaine.

Je n'arrive plus à réfléchir. Et pourtant il a raison, il faut agir. Je me détourne un instant d'eux et me lève pour faire le point.

— Attention, Cas ! hurle soudain Carmel.

Son avertissement vient trop tard. J'ai le dos tourné et quelqu'un en profite pour me pousser en avant ; simultanément, je sens ma poche arrière s'alléger d'un poids familier. Je me retourne pour voir Will penché sur Anna, mon athamé à la main.

— Will ! s'exclame Thomas en avançant la main.

Will tire la lame de son fourreau et fend l'air tout autour de lui, forçant Thomas à reculer.

— C'est comme ça que tu fais, hein, le héros ?

Pendant un moment, Will semble avoir une absence. Il regarde le couteau dans sa main.

— Elle est affaiblie. Il faut en profiter, reprend-il, comme s'il se parlait à lui-même.

— Ne fais pas ça, l'implore Carmel.

— Et pourquoi pas ? On est venus pour ça, non ?

Carmel me lance un regard alarmé. Il a raison, c'est irréfutable. Seulement, après la scène à laquelle nous avons assisté, les forces me manquent pour la mise à mort.

— Donne-moi le couteau, dis-je d'une voix calme à Will.

— Elle a tué Mike. Elle a tué Mike !

Les yeux noirs d'Anna sont toujours rivés au sol. Ils sont ouverts mais ils ne voient rien. Elle est effondrée et essaie de se redresser sur un coude, mais elle est trop épuisée pour se soutenir. Ses bras, qui tout à l'heure auraient réduit un bloc de béton – ou l'une de nos têtes – en poudre, tremblent misérablement. Le pari est réussi, le monstre n'est plus qu'une loque. C'est le moment idéal pour s'en débarrasser une fois pour toutes.

Elle a tué Mike, c'est vrai. Mike et des dizaines d'innocents. Elle recommencera si on ne l'en empêche pas.

— Mike est mort à cause de toi ! répète Will, des larmes dans la voix. Tu as tué mon meilleur ami !

Il se décide enfin à frapper. Ma réaction est immédiate.

Sans réfléchir, je me jette en avant et bloque son bras au moment où la lame allait se planter dans le dos d'Anna. Je réussis à détourner le coup. Le couteau ripe sur ses côtes. Elle pousse un petit cri et se recroqueville sur elle-même. Je continue de lutter avec Will, ignorant les voix de Carmel et de Thomas qui nous hurlent d'arrêter. La rage déforme la bouche de mon adversaire, qui cherche à poignarder Anna de plus belle. J'arrive à lui assener un coup de coude qui le fait reculer. Quand il repart à la charge, je lui lance mon poing dans la figure. Je ne veux pas l'assommer, juste lui mettre un peu de plomb dans la tête.

Il passe une main sur sa bouche endolorie. Il n'essaie plus d'attaquer et me regarde. Je ne le laisserai pas approcher, il l'a bien compris.

— C'est quoi, ton problème ? C'est ton truc dans la vie de tuer des fantômes, non ? Pourquoi est-ce que tu la protèges, alors qu'elle est à ta merci ?

— Je ne sais pas encore ce que je vais faire, lui avoué-je en toute honnêteté. Mais ce qui est sûr, c'est que je ne te laisserai pas lui faire du mal. Tu ne pourrais pas la tuer, de toute façon.

— Tu en es sûr ?

— Il ne suffit pas d'avoir le couteau. C'est tout un destin. J'ai ça en moi, dans mon sang.

Will lâche, après une petite exclamation de mépris :

— Regarde-la, ta protégée. Elle ne saigne pas, peut-être ?

— C'est le pouvoir du couteau avec lequel tu l'as frappée, rien de plus. Il n'y a que moi qui peux lui donner le coup fatal. J'ignore ce qui me confère ce pouvoir, tout ce que je sais, c'est que tu ne l'as pas.

— Tu mens !

Peut-être. Je n'ai encore jamais vu personne se servir de l'athamé à part mon père. Alors, oui, dans cet instant précis, je doute. Peut-être que cette histoire de lignée, et tout ce qu'on m'a répété sur le fait que j'avais été élu, n'est qu'un ramassis de conneries. Mais je me garde bien de le lui dire, parce que Will y croit. Il esquisse un pas à reculons vers la porte de la maison. L'objet qui m'est le plus précieux au monde menace de m'échapper.

— Rends-moi l'athamé !

Un rayon de lune se reflète sur le métal comme s'il m'appelait. Will recule de plus en plus vers la sortie.

— Je la tuerai, jure-t-il avant de tourner les talons et de partir en courant.

Je sens quelque chose gémir à l'intérieur de moi, une force primitive, un désespoir enfantin. J'ai l'impression d'être dans *Le Magicien d'Oz*, quand la vieille vole le chien de l'héroïne dans son panier de vélo. Je n'ai qu'une envie, courir après Will, lui faire mordre la poussière et reprendre mon athamé pour ne plus jamais, jamais, le laisser hors de ma vue. La voix de Carmel me retient :

— Tu es sûr qu'il ne peut pas la tuer ?

Je me retourne vers elle, et suis surpris de la trouver agenouillée près d'Anna. Courageuse, elle l'a prise par les épaules et regarde la blessure causée par Will. Il s'en échappe une coulée de sang noir, gouttes d'encre qui se perdent dans les flots rouges brassés par la robe maudite.

— Elle est si faible, murmure Carmel. Je crois qu'elle est vraiment blessée.

— Et tu la plaindrais ? lance Thomas. Ce n'est pas pour donner raison à Will Rosenberg le psychopathe, mais si on a fait tout ça, c'est pour anéantir Anna. Qui vous dit qu'elle n'est pas dangereuse, encore ?

Oui, Thomas, tu as raison sur tous les plans, mais je me sens incapable de réagir rationnellement. Je regarde la fille qui se tord à mes pieds, je n'ai plus mon couteau sans lequel je ne suis rien, et des images de *Comment tuer sa propre fille en dix leçons* me reviennent sans cesse à l'esprit. C'est ici, à cet endroit même que ça s'est passé. Qu'Anna a poussé son dernier souffle. C'est là que sa mère a scellé son destin.

Mû par un instinct étrange, je fais quelques pas, les yeux rivés sur le plancher. Je ne sais pas bien ce que je fais, mais je me mets à sauter comme un fou. Je veux trouver l'endroit où les lattes céderont sous mon poids. Malgré toute mon énergie, ça ne marche pas. J'ai juste l'air d'un idiot. Je ne sais même pas ce que je cherche.

— Ce n'est pas là.

Thomas regarde à son tour par terre. Il pointe le doigt sur ma gauche.

— Essaie là. Attends, tu n'y arriveras pas tout seul.

Il sort en courant de la maison. Moi qui le pensais à bout de forces, je me trompais. Les ressources de ce garçon m'étonneront toujours. Quarante secondes plus tard il est de retour, un pied-de-biche à la main.

Le parquet est si résistant que nous devons nous y mettre à deux. Petit à petit, le bois craque. Je réussis à coincer le pied-de-biche dans une fente et soulève de toutes mes forces. La latte finit par venir. Je tombe à genoux. Je devrais apercevoir les contours du sous-sol par le trou noir qui s'ouvre à nous, mais il ne donne sur rien d'autre qu'une pénombre surnaturelle. Je n'hésite pas plus longtemps et plonge une main, tâchant d'ignorer le froid qui me saisit aussitôt. Mes doigts ne rencontrent rien qu'une obscurité infinie. Je suis sur le point d'abandonner, accablé une fois de plus par l'absurdité de ma tentative, quand soudain je trouve ce que je cherchais.

Le tissu est rêche, glacé, presque humide. D'un geste sec, je l'extirpe du plancher dans lequel il était scellé depuis plus de cinquante ans.

— La robe, murmure Carmel. Qu'est-ce que… ?

— Je ne sais pas.

Je n'ai aucune idée de ce que je suis en train de faire, et pourtant j'avance vers Anna. Quel effet cette vieille relique aura sur elle ? Est-ce que ça la rendra plus forte ? Est-ce que ça la guérira ? Peut-être que si je la brûle sous ses yeux, Anna s'évaporera comme par magie et tout sera fini ? Je sais que Thomas serait plus à même de décider ce qu'il convient de faire. Morfran et lui finiraient par trouver une réponse à toutes les questions que je me pose. Eux ou Gideon. Mais je n'ai pas le temps d'attendre. Je m'agenouille devant le fantôme et brandis la robe de façon qu'elle la voie.

Elle reste un instant immobile, comme clouée sur place. Puis elle se lève péniblement. Je suis son mouvement, maintenant la robe à la hauteur de ses yeux. Ils ne sont d'ailleurs plus noirs, les yeux d'Anna. Ils ont repris forme humaine, clairs et interrogateurs au milieu de son visage monstrueux. Le contraste est inouï, déconcertant. Mes mains tremblent. Anna se tient toute droite en face de moi, les pieds ancrés dans le sol, le regard fixé sur la robe froissée, dont le blanc passé ressort aux endroits où le sang n'a pas noyé le tissu.

Poussé par mon intuition et sans aucune idée des conséquences, je défroisse la robe et passe l'encolure au-dessus de la tête d'Anna. Une onde de choc parcourt la pièce. Nos cheveux se dressent, comme si une tempête se levait à l'intérieur. Je poursuis mon geste et fais glisser la robe jusqu'aux pieds d'Anna, recouvrant entièrement sa défroque sanglante de fantôme par la robe réelle de sa jeunesse. Je me recule. Anna ferme les yeux et prend une profonde inspiration. Des perles de cire noire tachent encore le tissu vieilli.

— Qu'est-ce qui va se passer ? demande Carmel, anxieuse.

— Je n'en sais rien, répond Thomas en écho à mes pensées.

Soudain, le corps d'Anna se raidit et les deux robes commencent à se livrer un combat de titans. Est-ce qu'elles luttent l'une contre l'autre ou est-ce qu'elles fusionnent, c'est difficile à dire. Le rouge, le noir et le blanc se mélangent, dégoulinent sur le parquet. Anna n'a pas rouvert les yeux. Elle serre les poings. Les images se succèdent si vite que j'ai du mal à suivre. Un coup, la robe qui recouvre le corps d'Anna est blanche, l'autre elle est rouge ; puis elle vire au noir tachée de sang. On dirait qu'un peintre d'art abstrait est en train de recouvrir une toile à la truelle. Enfin la tête d'Anna se renverse en arrière et tout son corps est secoué d'un spasme. La robe de sang, la robe maudite, se craquelle en mille morceaux qui tombent à ses pieds en poussière.

Pour un instant encore, la déesse de la Mort se tient devant moi. Mais ce n'est déjà plus elle : les serpents de sa chevelure se rétractent et disparaissent. Les veines violettes s'effacent de ses bras et de son cou. Sa robe est désormais d'une blancheur immaculée. La blessure qui saignait à son côté s'est refermée.

Abasourdie, Anna porte ses mains à son visage. Elle lève sur Carmel un regard hésitant, qu'elle dirige sur moi puis sur Thomas. Ensuite elle se tourne lentement vers la porte grande ouverte. Elle s'avance et, au moment d'en franchir le seuil, me fait un sourire par-dessus son épaule.

17

J'ai délivré Anna de la malédiction qui la tenait prisonnière. Je ne sais pas quoi en penser. Sans se préoccuper de mes états d'âme, elle foule d'un pas léger les planches mal équarries du perron. Prudente, ses yeux sondent les ténèbres du jardin. On dirait un animal sauvage qu'on laisserait enfin sortir de sa cage ; elle est aux aguets, vigilante et optimiste à la fois. Ses doigts s'attardent sur la rampe, comme si ce vieux morceau de bois était agréable au toucher. Je me sens écartelé. Une partie de moi se réjouit. Après toutes les injustices dont elle a été victime, j'aurais même envie de lui offrir plus que ce perron vermoulu. Je voudrais lui redonner une chance, une nouvelle vie qui commencerait ce soir.

Mais l'autre partie de moi ne peut pas ignorer les cadavres qui pourrissent dans la cave de cette maison ; ces âmes qu'Anna a volées et qui ne méritaient pas non plus un sort si cruel. Anna est morte il y a près de soixante ans ; j'ai rompu son maléfice, mais je ne pourrai jamais lui rendre la vie. J'ai peur d'avoir fait une énorme erreur.

— On devrait sortir d'ici, suggère Thomas.

Je lève les yeux vers Carmel qui hoche la tête. Je m'avance vers le seuil de la porte et fais signe aux deux autres de se tenir derrière moi, au cas où. Cela dit, sans mon athamé, je ne servirais pas à grand-chose si Anna décidait de jouer aux osselets avec nos têtes. Quand cette dernière entend le bois du perron craquer sous nos pas, elle se tourne et me fixe avec une petite moue.

— Ne t'inquiète pas, je ne leur ferai aucun mal.

— Tu en es sûre ?

Son regard se porte sur Carmel. Puis elle acquiesce :

— Oui, certaine.

Avec un soupir de soulagement, mes camarades sortent de mon ombre et s'avancent maladroitement. Je lui demande :

— Est-ce que ça va ?

Anna prend un temps de réflexion, comme si le mot juste ne lui venait pas tout de suite.

— Je me sens… normale. C'est incroyable, non ?

— Plutôt, lâche Thomas.

Je lui balance mon coude dans les côtes, mais Anna ne se formalise pas. Au contraire, elle rit même.

— C'est toi qui as sauvé Cas la première fois, reprend-elle en dévisageant Thomas. Je m'en souviens bien. Tu l'as sorti de la maison au moment où je n'arrivais plus à me contrôler.

— Je ne pense pas que tu l'aurais attaqué, réplique Thomas modestement.

Pourtant je vois le rose lui monter aux joues. C'est toujours agréable d'être cité en héros, surtout devant une fille que vous désirez impressionner.

C'est justement Carmel qui prend la parole :

— C'est vrai, Cas était à ta merci mais tu as choisi de tuer Mike. Comment est-ce que tu expliques ça, maintenant ?

— Mike, murmure Anna. Je ne sais pas. J'ai dû sentir que ses amis et lui étaient méchants. Je savais qu'ils jouaient un jeu cruel. J'ai peut-être agi par… compassion.

Ma fierté en prend un coup.

— De la compassion pour moi ? Merci, j'aurais très bien pu m'en sortir tout seul.

— Je te rappelle qu'ils t'ont mis KO avec une des planches de ce perron, rétorque Anna en haussant le sourcil.

— Tu dis « peut-être », intervient Thomas, parce que tu n'es pas vraiment sûre ?

— Honnêtement je ne saurais pas dire pourquoi j'ai réagi comme ça. Mais j'en suis contente, ça, c'est certain, ajoute-t-elle avec un sourire.

Je sens qu'elle voudrait en dire plus, mais elle se détourne et regarde au loin comme si elle était gênée, ou indécise.

— On devrait y aller, statué-je. Cette soirée nous a tous épuisés, il est grand temps de dormir.

— Tu reviendras ? me demande aussitôt Anna.

Je lis dans ses yeux la crainte de ne jamais me revoir.

Je hoche lentement la tête. Oui, je reviendrai. Pourquoi, ça, c'est moins clair. Je ne laisserai pas mon athamé entre les mains de Will une journée de plus. Anna ne sera pas en sûreté tant que je ne l'aurai pas récupéré. Pas en sûreté... qu'est-ce que je raconte ? Elle ne sera pas en sûreté non plus si c'est moi qui l'ai, ce couteau. Depuis quand la sûreté d'Anna est-elle devenue une de mes préoccupations ? Bon sang, j'ai besoin de sommeil, moi.

— Si tu ne me trouves pas dans la maison, me dit Anna, appelle-moi. Je ne serai pas loin.

Je ne suis pas ravi à l'idée qu'Anna soit lâchée en liberté dans la ville. Qui sait de quoi elle est encore capable ? Ma nature suspicieuse me crie de me méfier, mais en même temps qu'est-ce quc je peux faire, maintenant, à part dormir ?

— Drôle d'expédition. Je n'arrive pas à décider si on doit être contents du résultat ou non, constate Thomas tandis que nous regagnons la voiture.

Je ne sais pas quoi lui répondre. Le bilan de la soirée est lourd. J'ai perdu mon athamé. Anna est libre et sans limites. J'ignore les conséquences de ces deux éléments. Une chose est sûre : ce n'est pas fini. Pour le reste, je suis paumé. Mon cerveau est vide. Tout comme ma poche arrière. Sans mon athamé, je suis affreusement vulnérable. J'ai l'impression que mon énergie vitale s'échappe de mon corps par un millier de plaies béantes. Un abruti m'a volé ma raison d'exister.

— Je ne savais pas que tu parlais finnois, Thomas, s'exclame Carmel.

Un petit sourire mi-gêné, mi-flatté se dessine sur les lèvres de mon ami :

— Je n'en connais pas un mot, c'est le sortilège qui a fait ça. Cas, c'est la première fois que j'expérimente un truc aussi puissant. Il faudra absolument que tu me présentes à ton ami anglais.

— Pourquoi pas.

Je dis ça, mais ce n'est pas pour tout de suite. Gideon est la dernière personne à qui j'ai envie de parler, à présent que j'ai eu l'imprudence de perdre l'athamé. Je n'ose même pas imaginer sa réaction, je crois que mes tympans n'y survivraient pas. Il faut que je récupère le poignard, je n'ai pas une minute à perdre.

L'athamé ! Tu l'as perdu, petit incapable ! Où est-il ?

On m'a pris par le col de mon T-shirt, et les mains se referment sur ma gorge si fort que je ne peux pas répondre. Propulsé en arrière, je retombe de tout mon poids sur mon oreiller.

Crétin, crétin, CRÉTIN !

Je me réveille en sursaut, baigné de sueur. La pièce est vide. *Bien sûr qu'elle est vide, pauvre débile*. Tout le cauchemar me revient. C'est bizarre comme la sensation d'étranglement persiste… Je ne dois pas encore être bien réveillé. Je suis tellement oppressé que ma voix ne sort pas. Je prends une profonde inspiration. Je souffle : un sanglot sort de ma poitrine meurtrie. Mon athamé me manque, c'est presque physique. J'ai le cœur lourd, et pourtant il bat trop vite.

Dans mon rêve, était-ce mon père, qui me reprochait si amèrement de ne pas avoir pris soin de son héritage ? J'ai l'impression d'avoir sept ans de nouveau. Une culpabilité enfantine me tord l'estomac. Non, c'est impossible. L'homme qui me parlait avait un accent cajun. Ça ne peut pas être mon père. Pas la peine de faire appel au Dr Freud pour analyser ce rêve-là. C'est la perte du couteau qui me tourmente.

Tybalt choisit ce moment pour sauter sur mon lit et avancer son museau vers moi. La pièce est sombre ; je ne perçois que le contour ovale de ses yeux verts. Il pose une patte sur mon torse.

— Salut, le chat.

Ma voix sonne trop fort dans la pénombre. Ça a l'avantage de m'ancrer dans le réel et d'éloigner le souvenir du cauchemar au réalisme troublant. J'ai encore dans la bouche un goût doucereux de fumée.

« Miaou. »

— Tu as raison, mon vieux Tybalt, la nuit est finie pour Thésée Cassio, dis-je en le prenant dans mes bras et en quittant ma chambre.

Dans la cuisine, je mets le percolateur en marche et m'écroule sur une chaise. Devant moi, je contemple le pot de sel que ma mère a préparé sur la table, ainsi que le linge propre et l'huile nécessaire pour nettoyer l'athamé. Je suis tellement connecté à ce couteau que je sens qu'il est quelque part dans cette ville, aux mains de quelqu'un qui n'aurait jamais dû y toucher. Je commence à nourrir des pensées de meurtre à l'égard de Will Rosenberg.

Trois heures se sont écoulées quand ma mère me rejoint dans la cuisine. Je suis toujours assis, et je n'ai pas quitté le pot de sel des yeux tandis que les premières lueurs du jour envahissaient la pièce. Il y a bien eu un ou deux moments où ma tête s'est trouvée irrésistiblement attirée vers la table, mais il a suffi qu'elle en heurte la surface dure pour que je me réveille aussitôt. J'ai ingurgité le contenu d'une demi-cafetière, je suis en pleine forme. Ma mère est enveloppée dans sa robe de chambre bleue, les cheveux emmêlés par une bonne nuit de sommeil. Elle range le pot resté vide sur une étagère. Ça devrait m'angoisser, mais bizarrement je ne culpabilise plus. Je me sens instantanément plus calme à la regarder. C'est l'effet magique que peuvent avoir les mères sur leurs enfants. Étonnant mais efficace.

— Alors comme ça tu me voles mon chat ? relève-t-elle en se servant une tasse de café.

Tybalt n'a pas cessé de se frotter contre mes jambes depuis l'aube, traitement de faveur qu'il ne réserve en général qu'à ma mère. C'est sans doute la façon qu'il a de répondre à mon anxiété.

— Tiens, je te le rends, dis-je en soulevant l'animal et en le lui tendant par-dessus la table.

Un feulement de protestation accueille mon initiative. Tybalt ne s'apaise que lorsqu'il atterrit sur les genoux de sa maîtresse.

— Alors ? Je vois que vous avez fait chou blanc hier soir ?

— On ne peut pas vraiment dire ça… Il s'est même passé plus de choses que je n'aurais pu prévoir.

Je lui raconte tout d'une traite. Ce qu'on a appris du passé d'Anna, l'horrible scène de sa mort, puis comment j'ai rompu le maléfice, guidé par mon intuition. Je garde le pire pour la fin et ose à peine lever les yeux au moment de lui dire que j'ai perdu l'athamé de papa. Le fait est encore plus douloureux maintenant qu'il est formulé. Elle tente de contrôler son expression. Je n'arrive pas à savoir si elle fait cet effort pour me dissimuler son bouleversement, ou parce qu'elle sait combien ce vol doit m'affecter.

— Cas, je ne crois pas que tu aies fait d'erreur, dit-elle gentiment.

— Mais le couteau…

— Tu le récupéreras, je ne me fais aucun souci pour ça. J'appellerai la mère de ce garçon s'il le faut.

Aïe. Comme quoi on peut vite basculer du statut de reine de la compréhension à celui de mère la moins cool du monde.

— Non, je voulais parler de la façon dont tu as agi avec Anna. Je crois vraiment que tu as fait ce qu'il fallait.

— Si j'avais fait mon boulot, je l'aurais tuée.

— Je ne vois pas les choses comme ça. Pour moi ta mission, c'était de la mettre hors d'état de nuire.

Elle s'appuie contre le dossier de sa chaise, son café entre les mains.

— Comme ton père avant toi, tu as la vocation de débarrasser le monde des fantômes nuisibles. Mais ton rôle n'est pas de venger les crimes commis. Tu n'es pas un justicier chargé de rééquilibrer la balance, est-ce que tu vois la nuance ?

Je me frotte le visage. La fatigue brouille ma vue et mon cerveau.

— Cas, tu l'as bien mise hors d'état de nuire, n'est-ce pas ?

— Oui, soufflé-je, harassé.

La vérité, c'est que je n'en sais rien. Tout s'est passé si vite. Peut-être que j'ai juste permis à Anna de dissimuler le démon qui la ronge, et qu'il peut resurgir à tout instant. Mes paupières se ferment.

— Peut-être. Je crois, rectifié-je.

— Ce n'est pas le café qui va arranger ton cas, murmure ma mère en me dérobant ma tasse avec un soupir. Tu vas me faire le plaisir d'aller te recoucher. Après et seulement après, je te laisserai aller chez Anna pour vérifier la situation.

J'ai toujours été sensible à l'alternance des saisons. C'est une chose que j'aime particulièrement, dans les climats tempérés. On a le temps de regarder les arbres lorsqu'on évolue en marge du monde et qu'on ne se sent pas concerné par le rythme de l'école, la bande de copains, et le dernier film qu'il faut absolument aller voir au cinéma. En un mot, on devient contemplatif.

L'automne à Thunder Bay est un des plus beaux que j'aie jamais vus. Je le dis en connaisseur. Il fourmille de couleurs et de bruissements sensuels. Il est très changeant, aussi. Un jour il peut faire une humidité glaciale et le lendemain, grand soleil. C'est le cas aujourd'hui. On se croirait en juillet, sauf qu'il souffle une bise légère, comme une caresse.

J'ai emprunté la voiture de ma mère après l'avoir déposée en ville pour qu'elle y fasse quelques courses. Elle m'a dit de ne pas m'occuper d'elle, elle se ferait ramener par une amie. J'étais surpris et heureux à la fois de savoir qu'elle avait déjà tissé des liens avec des gens. Ça n'a jamais été un problème pour elle, elle est si ouverte et avenante. Tout le contraire de moi. Je crois que je tiens plutôt de mon père, pour le côté ermite ; comment était-il, mon père ? Je n'arrive pas bien à me souvenir, et je préfère arrêter d'y penser. Je n'ai aucune envie de constater que je commence à perdre la mémoire d'un homme que j'ai si peu connu au fond. Mieux vaut me dire que les souvenirs sont là, mais que je suis trop fatigué pour les mobiliser.

Je me gare devant la maison d'Anna. En sortant de la voiture, une ombre furtive attire mon attention, qui longe l'aile droite. Je secoue la tête, pensant que mon imagination déréglée par le manque de sommeil me joue encore un tour… Sauf que l'ombre se précise et blanchit, blanchit jusqu'à se révéler dans toute sa pâleur.

— Tu vois, je ne me suis pas trop éloignée, me dit Anna tandis que je marche à sa rencontre.

— Tu te cachais ?

— Je n'étais pas sûre que c'était toi. Je préfère éviter de me montrer au tout-venant. Ce n'est pas parce que je peux sortir de ma maison que je n'en suis pas moins morte.

Je suis désarçonnée par son détachement. Il n'y a pas à dire, la vérité ne lui fait pas peur. Je m'attendais à ce qu'elle soit ébranlée par les évènements de la nuit passée. J'en connais plus d'un qui aurait perdu la raison pour moins que ça, mais Anna est solide.

— Je suis contente que tu sois revenu.

— Je ne suis pas sûr de ce que j'ai fait, Anna. Il fallait que j'en aie le cœur net et que je sache si tu es encore dangereuse.

— On ferait mieux de discuter à l'intérieur.

Je suis d'accord. Ça fait un drôle d'effet de la voir à la lumière du jour, sous un tel soleil. Elle ressemble à s'y méprendre à n'importe quelle jeune fille sortie cueillir des fleurs dans son jardin par un après-midi radieux. Sauf qu'une jeune fille normale aurait trop froid avec cette seule petite robe blanche sur le dos.

Elle ouvre le chemin et referme la porte derrière moi en parfaite maîtresse de maison. Quel changement à l'intérieur ! Je n'arrive d'abord pas à percevoir ce qui fait une telle différence ; puis je réalise que l'horrible lumière grise a disparu, remplacée par un bon vieux rayon de soleil qui perce la poussière obstruant les vitres. Anna se tourne vers moi.

— Quel est exactement le but de ta visite, Cas ? Tu veux savoir si je tue encore ? Ou si je peux faire ça ?

Joignant le geste à la parole, elle place ses mains devant son visage. Une, puis deux, puis trois veines pourpres se mettent à serpenter le long de ses doigts. Quand elle baisse la garde, ses yeux ont viré au noir. Une tache de sang grandit sur sa robe, dévore le tissu en éclaboussant le sol d'un rouge plus vif que jamais.

Je saute en arrière.

— Anna, pour l'amour du ciel !

Ses pieds quittent terre et elle se met à voler avec grâce, faisant même un petit tour sur elle-même comme si elle dansait.

— Ce n'est pas beau à voir, hein ? commente-t-elle en fronçant le nez. Il n'y a plus de miroir ici, mais j'ai pu me faire une idée en me regardant dans les vitres à la pleine lune.

— Alors tu es toujours la même, rien n'a changé, murmuré-je avec effroi.

À ses mots les yeux d'Anna se voilent. Elle fait un effort pour me sourire. L'effet est calamiteux – elle ressemble à une Morticia Addams en voie de décomposition.

— Cassio, tout a changé ! Tu ne vois pas ?

Comme pour me le prouver, elle se pose sur le plancher. Mais les cheveux démoniaques et les yeux noirs sont encore là.

— Je peux me contrôler maintenant, je ne tuerai plus jamais personne. J'ai compris que cette chose que tu as devant toi fait partie de moi. Je pensais qu'elle s'en irait avec le maléfice ; pour en avoir le cœur net, je l'ai convoquée quand vous m'avez quittée hier.

Elle plante son regard dans le mien. Le noir de ses pupilles se résorbe instantanément, révélant l'autre Anna sous les oripeaux de la déesse.

— J'ai gagné la bataille. Avant je me sentais coupée en deux, et ces deux facettes de moi étaient irréconciliables. Maintenant je ne fais plus qu'une. Je sais combien la face noire te fait peur, mais grâce à elle je me sens plus forte. En sécurité. Je ne sais pas si je me fais bien comprendre.

Oh si, Anna, tu es très claire. Quand on a été assassiné comme tu l'as été, je peux concevoir qu'on ait besoin de se sentir protégé.

— Le sentiment de sa propre force est une planche de salut, je suis bien placé pour le savoir. C'est ce que je ressens quand je vais à la rencontre d'un nouveau fantôme avec mon athamé à la main. Dans ces moments-là, je suis intouchable. C'est grisant, cette sensation de puissance. Rares sont les gens qui l'expérimentent un jour, je pense.

Je regarde mes pieds, et ajoute d'un ton faussement renfrogné :

— Il a fallu que je tombe sur toi pour que toute cette belle confiance soit réduite en poussière. Imagine un peu : j'arrive tous muscles dehors, sûr de moi, et toi, tu m'utilises comme balle rebondissante. Ma virilité en a pris un coup, finis-je avec un sourire.

Anna éclate de rire.

— C'est clairement moi qui portais la culotte jusqu'ici.

Son sourire se ternit soudain.

— Tu n'as pas encore récupéré ton couteau, n'est-ce pas ? En général je sens son aura t'accompagner.

— Non. Mais Will ne perd rien pour attendre. Hors de question que je laisse l'athamé entre les mains de ce débile.

Après un silence, je ne peux pas résister à l'occasion de satisfaire ma curiosité :

— Tu sens l'aura du couteau ? Raconte-moi.

— Eh bien, la première fois que je t'ai vu, je n'ai d'abord pas su identifier d'où ça venait. Je percevais une vibration dans mes oreilles, dans mon estomac, un peu comme une note soutenue et très grave. Intense. Ensuite, même si je savais que le couteau était destiné à me faire disparaître, j'étais irrésistiblement attirée par lui. Quand ton ami m'a blessée avec l'athamé…

— Ce n'est pas mon ami, grincé-je entre mes dents.

— Je me suis sentie partir, comme si toute mon énergie était aspirée par la plaie. J'ai cru que mon heure était venue et que j'allais faire le grand saut. Mais il y avait autre chose aussi, comme une force noire qui émanait du couteau, une volonté qui lui était propre, une colère sombre d'avoir quitté ta main.

— Ça veut dire que, dans les mains de Will, le couteau n'aurait pas pu te tuer. J'en étais sûr, dis-je, profondément soulagé.

Car s'il y a une chose que je ne supporte pas, c'est l'idée que mon couteau obéisse à n'importe qui. Et surtout à Will. C'est mon couteau à moi – et tant pis si j'ai l'air d'un gros bébé en le disant.

Anna fait quelques pas vers la fenêtre, pensive.

— Non, j'aurais pu mourir, constate-t-elle, sérieuse. L'athamé n'est pas seulement relié à toi, mais à une force sombre. Ça m'a anéantie, et pendant que j'étais à terre à me vider de mon sang sans pouvoir bouger, j'étais assaillie par une odeur étrange. Quelque chose comme de la fumée.

C'est vrai que j'ignore d'où mon athamé tient son pouvoir. Gideon ne s'est jamais épanché là-dessus. Anna a raison, ce poignard peut être une puissance obscure. Moi, je m'en sers pour une bonne cause. Quant à son histoire de fumée, le lien me paraît plutôt évident.

— Anna, je pense que c'était une réminiscence de la pipe d'Elias, expliqué-je doucement. C'est logique que tu aies senti une odeur que tu détestes juste après t'être regardée mourir de cette façon, tu ne crois pas ? Quand je vois un film d'horreur, je fais des cauchemars la nuit qui suit. C'est exactement pareil.

— Quand tu ne tues pas des fantômes, tu regardes des films d'horreur ? Tu ne serais pas un peu monomaniaque ?

Je ne peux pas m'empêcher de sourire. Elle replace ses cheveux derrière son oreille. Ce simple geste me met le cœur à l'envers. Je ne saurais pas expliquer pourquoi, mais j'en oublie d'un coup ce que je suis venu faire ici.

Une porte claque quelque part dans la maison. Anna sursaute. C'est bien la première fois que je la vois avoir peur. Ses cheveux se hérissent à nouveau, reformant un essaim autour de sa tête.

— Qu'est-ce que c'était ? demandé-je.

Elle ne répond pas tout de suite et se contente de secouer la tête, mi-confuse, mi-effrayée.

— Tu te souviens de ta petite visite dans la cave ?

— Tu veux parler des murailles de cadavres qui servent de fondations à la maison ? Non, tiens, ça m'était sorti de l'esprit, ironisé-je.

Anna rit nerveusement, trois petites notes flûtées et ténues.

— Ils sont partout, maintenant, chuchote-t-elle.

Mon estomac fait un salto arrière et mes jambes deviennent cotonneuses. Les images de mon séjour dans le sous-sol sont vives dans ma mémoire. J'ai encore dans la bouche un goût de pourriture, et dans le nez l'odeur de cette horrible eau verte. L'idée que ces macchabées ravagés se baladent dans la maison en toute liberté me ravit très moyennement.

— C'est moi qu'ils hantent, désormais, ajoute Anna. C'est pour ça que je reste dehors. Ce n'est pas que j'aie peur, s'empresse-t-elle d'ajouter. Mais je ne supporte pas de les voir.

Elle marque un silence et croise les bras sur sa poitrine, comme si elle cherchait à se rassurer.

— Je sais ce que tu penses, affirme-t-elle.

Ah bon ? Tant mieux, parce que moi pas.

— Je mérite d'être enfermée avec eux, livrée à leurs tortures. Après tout, c'est à cause de moi qu'ils sont là.

Son ton est parfaitement sincère, assumé. Elle ne cherche pas à se dédouaner, ou n'attend pas que je la contredise. Elle garde les yeux baissés sur le plancher, et ajoute d'une voix blanche :

— J'aimerais pouvoir leur dire combien je regrette ce que je leur ai fait.

— Est-ce que ça changerait vraiment quelque chose ? Par exemple, qu'est-ce que ça te ferait si Malvina revenait te dire qu'elle est désolée ?

— Tu as raison, dit Anna en hochant la tête. Je dis n'importe quoi.

Elle jette un coup d'œil sur la droite, vers la lame de parquet sous laquelle j'ai trouvé sa robe. Une expression inquiète se peint sur son visage. Il faudra que je pense à demander à Thomas de venir la sceller à nouveau, si c'est possible.

Je n'ai qu'une envie, la toucher pour la réconforter, lui apporter un peu de chaleur humaine. Ma main en tremble presque.

— Non, tu ne dis pas n'importe quoi. Et pour tous ces morts, on va trouver une solution. On peut les exorciser, peut-être ? Morfran saura bien comment les délivrer, j'en suis sûr.

Je me veux rassurant, et je suis vraiment convaincu que tout le monde a le droit de trouver la paix. Anna aussi, maintenant qu'elle est inoffensive. Ce qui est fait est fait, il faut avancer ; mais à la minute où je pense cela, les images affreuses de ses méfaits me reviennent à l'esprit. Je ne suis pas sûr qu'elle puisse jamais dépasser une horreur pareille. C'est le genre de souvenirs qui vous taraudent pour toujours.

Je ne peux pas décemment lui dire de ne pas se torturer, ce serait trop hypocrite. Qui suis-je pour lui donner l'absolution ? Seulement je voudrais qu'elle puisse oublier, juste pour un instant. Toute sérénité lui est refusée, et je trouve ça intolérable.

— Tu dois retrouver ta place dans le monde, Anna.

Elle ouvre la bouche pour me répondre, mais ses mots se perdent dans un craquement retentissant. La maison s'ébranle, comme déracinée par une tornade. Quand le sol se stabilise sous nos pieds, l'air se met à vibrer dans un grondement sourd. Une silhouette se matérialise peu à peu, transparente d'abord puis de plus en plus tangible. En quelques secondes, un pauvre diable à la peau crayeuse et aux épaules tombantes se dresse devant nous.

— Je voulais simplement dormir, gémit-il.

À l'entendre on dirait qu'il vient de manger une poignée de gravier ; en fait, plus une seule dent ne tient en place dans sa bouche. Ça le vieillit, sans parler de sa peau distendue ; ce type ne devait pas avoir plus de dix-huit ans quand il a eu le malheur d'entrer dans la maison d'Anna. Cette dernière reste hypnotisée par cette apparition, l'air perdu et désolé.

Je la tire en arrière mais elle ne bouge pas d'un centimètre. Le jeune homme écarte lentement les bras. Attitude christique très appropriée, car soudain le sang commence à imbiber ses vêtements, suintant de chaque centimètre de son corps. Sa tête se balance d'avant en arrière, lentement d'abord, puis par à-coups secs. Soudain elle se détache de son cou, et le sang gicle dans tous les coins de la pièce.

Le bruit de tissu qu'on déchire succède à cette vision insoutenable. Ce n'est pas seulement de la chemise de l'homme qu'il s'agit mais bien de toute la peau de son ventre, qui se rompt sous nos yeux, livrant passage à un chapelet d'intestins qui se dévide sur le sol. Le corps déchiqueté s'effondre, menaçant d'ensevelir Anna. Ma main est assez ferme cette fois pour l'attirer contre moi, la dérobant au contact visqueux de son ancienne victime. Je fais une barrière de mon corps entre eux deux. C'est alors qu'un nouveau craquement se fait entendre : dans une explosion de poussière et d'échardes, un autre cadavre vient de crever le mur juste à côté de nous. Les restes humains volent à travers la pièce, un bras, une jambe en charpie. La tête vient finir sa course sous nos pieds, levant les yeux vers nous et retroussant les lèvres dans une dernière glissade.

Je ne me sens pas d'humeur à voir à quoi ressemble une langue en décomposition. Je réagis immédiatement, soulevant Anna par la taille jusqu'à la porte. Elle geint faiblement mais se laisse entraîner vers l'extérieur, à l'abri de la lumière du jour. Nous atterrissons sur le perron, et bien sûr, quand nous nous retournons vers la scène, il n'y a plus rien. L'intérieur est immaculé, sans une goutte de sang ni la moindre fissure au mur.

Le regard qu'Anna jette à sa maison en dit long sur son désespoir. À la terreur s'ajoute une culpabilité dévorante, car bel et bien justifiée. Je ne réfléchis plus et la serre dans mes bras. Ses cheveux s'écartent sous mon souffle haletant, je sens ses mains tremblantes s'accrocher à mon T-shirt.

— Tu ne peux pas rester ici.

— Je n'ai pas d'autre endroit où aller. Ne t'inquiète pas, tu sais, ce n'est pas tout le temps aussi terrible. Ils n'ont pas assez de pouvoir pour se livrer à ce genre de démonstrations plus d'une fois tous les deux, trois jours… à peu près.

— C'est déjà beaucoup trop ! Et s'ils gagnaient en puissance ?

— En même temps il fallait bien s'y attendre, déclare-t-elle en se dérobant à mon étreinte. Rompre la malédiction ne pouvait pas aller sans contrepartie.

J'aimerais trouver quelque chose à répliquer, mais aucun argument ne me vient à l'esprit. Pourtant elle ne peut pas continuer à subir ces atrocités. Elle va en devenir folle. Peu importe son avis, je ne la laisserai pas affronter seule ces créatures.

— J'irai parler à Morfran et Thomas. Ils sauront quoi faire. Anna, regarde-moi, ajouté-je en lui prenant le menton. Ça ne va pas durer, je te le promets.

Elle n'a plus assez d'énergie pour réagir, mais je me doute bien que, si elle pouvait, elle accueillerait mes paroles avec un haussement d'épaules. À ses yeux, elle mérite d'être punie. Pourtant cet épisode l'a plus secouée qu'elle ne veut l'admettre, et elle ne me répond rien. Je dois rentrer mais je répugne à la quitter.

— Est-ce que ça va aller ?

Anna a un sourire ironique.

— Je suis déjà morte. Je ne vois pas ce qui pourrait m'arriver de pire.

Je me dirige vers ma voiture. Anna n'est pas près de quitter le jardin, à mon avis.

— Cas ?

— Oui ?

— Je suis contente que tu sois revenu. Je ne pensais pas que tu le ferais.

— Tu peux compter sur moi, Anna, dis-je en glissant mes mains dans mes poches, pour me donner une contenance.

Sur le chemin du retour, je mets la radio à fond. C'est ma technique pour ne pas me laisser engloutir par le silence. Je commence à me sentir un peu mieux, entraîné par le rythme d'un vieux tube des Rolling Stones, quand soudain une dépêche d'informations vient interrompre le refrain de « Paint It Black ».

« Un corps a été retrouvé devant les grilles du cimetière du Parc. Il semblerait qu'un rituel satanique ait causé la mort de la victime, dont la police n'est pas encore en mesure de révéler l'identité. Le commissaire chargé de l'enquête n'a pas souhaité s'exprimer sur ce crime aux circonstances particulièrement atroces. La victime, un homme de quarante-cinq ans environ, aurait été démembrée. »

18

La scène qui se déroule sous mes yeux ressemble à s'y méprendre à un reportage du JT, le son en moins. Les gyrophares des voitures de police projettent leurs lumières rouges et blanches sur les murs de la rue, sirènes éteintes. Les officiers s'affairent dans leur uniforme sombre, le menton baissé, concentrés. Ils essaient de rester calmes comme s'ils traitaient ce genre d'affaire tous les jours, mais on voit à la figure décomposée de certains qu'ils regrettent leur donut de quatre heures et qu'ils iraient bien le vomir dans un buisson. Ils ont formé un cordon pour repousser les objectifs indiscrets des journalistes. Quelque part au centre de cette agitation, les restes d'un innocent s'éparpillent sur la chaussée.

Je voudrais pouvoir m'approcher et regrette de ne pas avoir une carte de presse dans ma boîte à gants. Ou assez d'argent pour soudoyer un ou deux flics. Malheureusement je ne suis pas un héros de film et dois me contenter de grossir les rangs des badauds curieux, cantonnés derrière les rubans jaunes : « scène de crime, limite à ne pas franchir ».

Une pensée m'obsède que j'essaie de refouler. Car si c'est vrai, si c'est bien Anna qui est responsable de cette mort, j'ai le sang d'un homme sur les mains. Et je ne pourrai plus jamais avoir foi en la rédemption.

Les policiers acheminent un chariot vers l'ambulance. Le sac noir dans lequel les victimes de meurtre font leur dernier voyage n'a en l'occurrence nullement la forme d'un corps. On dirait plutôt qu'on vient d'y fourrer un équipement de hockey sur glace. J'imagine qu'ils ont pourtant fait de leur mieux pour rassembler les morceaux du malheureux. Quand une roue du chariot heurte le trottoir, les pièces détachées tressautent à l'intérieur du sac ; on voit quelque chose tomber sur le côté, ne laissant plus de doute sur l'affreuse mutilation du cadavre. Une onde de choc parcourt la foule. J'en ai assez vu et joue des coudes pour regagner ma voiture.

Quand je me gare à nouveau devant chez elle, Anna m'accueille avec une expression de surprise joyeuse. Il y a à peine une heure que je suis parti et me voilà déjà de retour. Sauf que lorsqu'elle me voit fouler le gravier d'un pas furieux, la mâchoire et les poings serrés, elle se rembrunit, soudain inquiète.

— Que se passe-t-il, Cas ?

— À toi de me le dire.

Je ne m'attendais pas à être dans une telle colère. Une rage sourde met un voile sur ma voix.

— Qu'est-ce que tu as fait cette nuit ? Et aujourd'hui, où étais-tu ?

— De quoi est-ce que tu parles ?

Il va falloir être un peu plus convaincante que ça, ma petite.

— Réponds à ma question.

— Rien. Je suis restée ici, j'ai passé la nuit à comprendre qui j'étais, comme je te l'ai expliqué. J'ai…

Elle s'interrompt. Je hausse un sourcil inquisiteur, plus soupçonneux que jamais. Ses traits se durcissent.

— Si tu veux tout savoir, quand je me suis rendu compte que toutes mes victimes avaient été libérées en même temps que moi, je suis restée cachée dans ma chambre comme une gamine.

Elle me regarde avec défiance, l'air de dire : « Voilà, tu l'as eue, la vérité, tu es content ? »

— Alors tu n'as pas quitté la propriété ? Tu ne t'es pas mis en tête d'aller explorer Thunder Bay, de passer par le cimetière et, tiens, au hasard, de démembrer un pauvre joggeur qui passait par là ?

En face de moi, Anna semble avoir été frappée par la foudre. La voir si démunie me fend le cœur. J'éprouve une soudaine envie de me rattraper, mais comment lui expliquer mon accès de fureur ? Comment lui faire comprendre qu'elle doit me donner un meilleur alibi pour assurer ma tranquillité d'esprit ?

— Je n'arrive pas à croire que tu m'accuses.

— Je n'arrive pas à croire que ça te semble inapproprié, répliqué-je, incapable de museler mon agressivité. Sérieusement, Anna, les gens ne se font pas horriblement massacrer tous les jours, dans cette ville. Alors excuse-moi de trouver un peu suspect qu'on découvre un cadavre en morceaux la nuit même où j'ai rendu sa liberté au fantôme le plus dangereux du continent. C'est tout de même une sacrée coïncidence, tu ne crois pas ?

— Tu l'as dit, c'est une coïncidence, reprend-elle, les poings serrés dans une attitude défensive.

— Tu n'as rien de mieux en magasin ? Parce que là, moi, j'ai un peu de mal à oublier le spectacle que nous ont offert tes victimes tout à l'heure. Tu me contrediras si je me trompe, mais découper les gens en morceaux, c'est un peu ta spécialité.

Anna me lance un regard blessé. Les vannes sont ouvertes ; maintenant que je suis lancé, je ne peux plus m'arrêter.

— Si tu continues à tuer les gens impunément, tu comprends ce que ça veut dire, Anna ? Tu comprends ce que je vais devoir faire ?

Elle ne me répond pas. Je lui assène le coup final :

— Je devrai t'achever comme on le fait d'un animal qui a la rage.

Je regrette instantanément cette comparaison cruelle. Anna vacille, humiliée, meurtrie. Je crois que je ne me suis jamais senti aussi mal de ma vie, et pourtant je suis incapable de m'excuser. Le doute pèse encore sur mon esprit.

— Je n'ai pas commis ce crime. Comment peux-tu le croire une seule seconde ? Je me déteste déjà pour tout ce que j'ai fait.

Une chape de silence et d'immobilité nous tombe dessus. Anna est en colère et lutte pour ne pas pleurer. Tandis que nous nous dévisageons, mon cerveau turbine à toute vitesse. Il y a un chaînon manquant dans cette histoire, mais je ne parviens pas à mettre le doigt dessus. Je tourne et retourne les pièces du puzzle dans tous les sens, je les force à s'ajuster, en vain. Soudain, c'est le déclic ! Je comprends enfin pourquoi ma colère est si grande, pourquoi j'ai une telle peur qu'Anna soit incurable. Je mets enfin un mot sur tous ces pincements de cœur que j'éprouve à la regarder. Comment ne m'en suis-je pas rendu compte plus tôt ?

— Je suis désolé, m'entends-je chuchoter comme si j'étais hors de mon corps. Ce meurtre, c'est… je croyais que tout cela était fini.

Anna sent que je suis sincère et son regard se radoucit. Les larmes obstinées qui brouillaient son regard se résorbent peu à peu. Tout en elle, sa façon de se tenir, de respirer, trahit un besoin physique de se réfugier contre moi. Je ne demanderais pas mieux que de la prendre dans mes bras. Mais la conscience de cette attirance nous cloue littéralement sur place. C'est comme si une barrière invisible s'était érigée entre nous, infranchissable.

— Tu m'as sauvée, Cas, mais même en me libérant, tu ne pourras jamais me donner la seule chose que…

Elle s'interrompt. Elle voudrait en dire plus, je devine les mots qui se pressent sur sa langue, et je sais trop bien pourquoi elle n'osera pas les prononcer.

Nous faisons tous les efforts du monde pour refréner notre besoin de nous toucher. Le plus dur, c'est de désamorcer la pulsion. Mais ensuite un grand calme s'empare de nous, recouvre les traces de la frustration dans un épais manteau de neige, et étouffe le sentiment d'injustice qui nous serre le cœur. Je fais taire définitivement tous les arguments, toutes les raisons qui me viennent en tête et qui relanceraient un débat inutile. On a passé l'âge des contes de fées où les humains aiment des êtres surnaturels. Quand bien même on voudrait y croire, notre histoire ne serait pas taillée sur le modèle du Prince charmant et de la Belle au bois dormant. Pendant que moi, je passerais mes journées à éventrer des fantômes vindicatifs, Anna transpercerait avec art de pauvres innocents, les démantibulerait comme on rompt du petit bois pour allumer un feu. Quel couple ! Un dragon et une sorcière, ça donne envie. Je ne me fais aucune illusion sur notre avenir. Et pourtant je ne peux pas m'empêcher de lui dire :

— Ce n'est pas juste.

Anna sourit. Un vrai beau sourire, dénué d'amertume ou de tristesse.

— Cas, tu m'as déjà délivrée dans ce monde ; maintenant il faut aller au bout. Tu seras mon sauveur. Grâce à toi, je vais me racheter, et payer enfin pour tout le mal que j'ai fait.

Ses mots me font l'effet d'un coup de poing. Je ne m'y attendais pas. Je viens tout juste d'admettre les sentiments que j'ai pour cette fille, je vois qu'elle en a aussi pour moi, et qu'on ne pourra pourtant jamais les vivre. Je suis long à la détente, c'est vrai ; mais elle, elle est carrément passée à l'étape supérieure. Elle voudrait qu'on se sépare pour toujours ? Après toutes ces révélations, c'est un peu dur à avaler.

— Anna, tu ne peux pas me demander ça.

Un silence prolonge mes paroles. Ce n'est pas possible, je ne peux pas accepter.

— Non, Anna, je ne veux pas. Ce n'est pas fini. On aurait parcouru tout ce chemin pour rien ? Je me suis battu, j'ai cherché, j'ai participé à un putain de sortilège !

— Maintenant tu n'as plus qu'une chose à faire, Cas : récupérer ton athamé.

Sans ajouter un mot, Anna se dissout dans l'air sans que je puisse la retenir. Elle s'estompe dans ce monde où je ne pourrai pas la suivre.

19

Le sommeil me fuit depuis que j'ai libéré Anna. Je ne m'endors que pour plonger dans un tunnel de cauchemars affreux, où des ombres se penchent sur mon lit au milieu de volutes de fumée. Là-dessus, Tybalt vient gratter à la porte de ma chambre, me tirant de ma torpeur et se blottissant contre moi dès que je lui ouvre. Ça ne peut plus durer. Jusqu'ici, je n'ai jamais eu peur du noir. J'ai croisé dans ma vie à peu près tout ce qui effraie le commun des mortels – fantômes, goules, etc. Et, croyez-moi, les choses les plus terribles sont celles qui se produisent à la lumière du jour. Car c'est ce qu'on voit dans le détail qui vous hante le plus. Une ombre furtive dans une chambre sombre peut toujours passer pour un caprice de l'imagination. Or l'imagination n'a pas de mémoire, elle recrée tous les soirs ses propres formes avant de les effacer dans le sommeil. Ce qui s'est gravé dans votre œil, en revanche, ne sortira jamais de votre tête.

Pourquoi ces maudits cauchemars me sont-ils si insupportables, alors ? Justement à cause de leur réalisme. Et parce qu'ils ne passent pas. Chaque nuit c'est la même chose : quand j'ouvre les yeux, le front couvert de sueur, je vois bien que je suis seul dans ma chambre. Mais si j'étendais le bras pour sonder les profondeurs sous mon lit, je suis sûr qu'une main en décomposition viendrait saisir la mienne pour m'attirer en enfer.

Je me suis d'abord dit qu'Anna était responsable de mon calvaire ; mais c'était trop dur de penser à elle, alors j'ai préféré arrêter de me torturer. Je veux oublier la façon dont notre dernière conversation s'est terminée. Ce moment où elle m'a ordonné de récupérer l'athamé pour la tuer. C'est trop cruel. Elle sait que j'ai besoin de mon couteau, et elle me provoque pour que je l'utilise contre elle ; mais moi, je ne pourrai jamais m'en servir à ces fins.

Coincé comme je suis, j'ai décidé de faire de la procrastination mon nouveau sport national.

Pour l'heure, je lutte contre le sommeil en plein cours d'histoire. Ça se traduit par une difficulté à maintenir ma tête à la verticale pendant que M. Banoff discourt avec enthousiasme des guerres puniques. Heureusement pour moi, je suis au fond de la salle et il est beaucoup trop emballé par son sujet pour me remarquer. Moi aussi ça me passionnerait si seulement j'arrivais à rester conscient plus de trois minutes d'affilée. Je suis prisonnier d'une spirale infernale : je me concentre quinze secondes sur le blabla du prof, je m'assoupis, je sens une main décharnée me chatouiller le menton, je me réveille dans un spasme, et ça recommence. Quand la cloche sonne enfin, je sursaute de soulagement et m'extrais de ma chaise pour me diriger vers les casiers à la recherche de Thomas.

Il est là, occupé à ranger ses livres. Je m'appuie nonchalamment contre le casier qui jouxte le sien. Il évite mon regard. Quelque chose le contrarie. Ses fringues sont nettement moins froissées que d'habitude et plutôt bien assorties. Qu'est-ce qu'il ne ferait pas pour les beaux yeux de Carmel !

— Je rêve ou tu as mis du gel ?

— Tu crois vraiment que c'est le moment de faire de l'esprit ? me lance-t-il, impatienté. Tu n'as pas entendu les infos ?

— De quoi est-ce que tu parles ?

Je décide de feindre l'ignorance. Ou peut-être devrais-je dire l'innocence.

— Les informations ! martèle Thomas.

Puis, d'une voix plus basse :

— L'homme qu'on a retrouvé démantibulé à l'entrée du cimetière.

Il regarde autour de lui. Peine perdue, personne ne le remarque, comme d'habitude. À voir son air alarmé, ce n'est pas difficile de conclure :

— Tu penses que c'est Anna qui a fait le coup.

— Pas toi ? s'élève une voix dans mon dos.

Je fais volte-face et tombe nez à nez avec Carmel. Elle vient se placer à côté de Thomas. À la façon dont ils font front commun, je devine qu'ils s'en sont déjà parlé longuement en tête à tête. Ils me jaugent tous les deux d'un air soupçonneux. Non seulement je me sens attaqué, mais aussi laissé pour compte. Surpris par mon propre dépit, je suis désarmé comme un gamin de cinq ans, ce qui achève de m'énerver.

— Tu ne peux pas nier que la coïncidence est troublante, reprend Carmel.

— Je ne le nie pas, mais tu l'as dit, c'est une coïncidence. Anna est innocente.

— Comment peux-tu en être si sûr ? me demandent-ils à l'unisson.

Comme ils sont mignons, pensé-je amèrement avant qu'une voix n'interrompe notre conversation :

— Salut, Carmel.

Katie nous aborde, entourée d'un groupe de filles que je ne connais pas. Tiens, si, il y en a une qui est dans ma classe, une petite brune aux cheveux frisés, couverte de taches de rousseur. Elle me fait un sourire charmeur. Toutes ignorent Thomas comme s'il n'était pas là.

— Salut, Katie, répond froidement Carmel. Ça va ?

— Je voulais savoir si tu avais toujours l'intention de participer à l'organisation du gala d'hiver. On commence à se demander si tu ne nous as pas laissées tomber.

— Comment ça, « participer à » ? En tant que présidente du Bureau des élèves, je suis responsable de ce gala, il me semble ? s'étonne Carmel en dévisageant Katie.

— Ah, parce que tu comptes toujours exercer tes fonctions ? On finissait par en douter, vois-tu. Tu es tellement occupée ces derniers temps, lui assène Katie en me jetant un coup d'œil éloquent.

Je sais qu'on pense la même chose, Thomas et moi : on ne demanderait pas mieux que de déguerpir. Je préférerais encore me disputer avec Anna plutôt que d'avoir affaire à un gang de vipères comme la pauvre Carmel en ce moment. Mais j'oublie qu'elle n'est pas du genre à se laisser intimider.

— Oh, et je suppose que tu te serais proposée pour me remplacer, n'est-ce pas, Katie ? Tu ne serais pas en train de monter un coup d'État, par hasard ?

— Hein ? De quoi tu parles ? maugrée Katie en clignant des yeux. Je ne fais que demander, c'est tout.

— Dans ce cas tu n'as pas à t'en faire. Il nous reste encore trois mois pour tout planifier, c'est largement suffisant. On se voit samedi pour en parler.

Carmel se détourne, signifiant à Katie que l'audience est terminée. Cette dernière tente de se rattraper en bredouillant quelques phrases embarrassées. Elle risque un ou deux compliments qui tombent à plat, puis finit par battre en retraite, suivie par ses sbires. Carmel leur lance au passage :

— Et vous avez intérêt à avoir trouvé deux sponsors valables pour la collecte de fonds d'ici samedi !

Elle se retourne vers nous avec un petit geste d'excuse. Thomas siffle entre ses dents :

— Eh ben ! Qu'est-ce que vous pouvez être pestes !

Carmel écarquille les yeux, puis sourit de toutes ses dents.

— Qu'est-ce que tu croyais ? La vie est une lutte au royaume des filles. Bon, maintenant revenons à nos moutons. Cas, comment sais-tu que ce n'est pas Anna qui a tué le joggeur ?

Katie, reviens !

— Je suis retourné la voir.

Carmel et Thomas échangent un regard désabusé. S'ils croient que je ne les vois pas ! Je sais ce qu'ils pensent : que je suis naïf, aveuglé. C'est vrai que c'est une sacrée coïncidence. Mais sachant que j'ai passé ma vie au contact des fantômes et qu'eux manquent cruellement d'expérience dans ce domaine, j'aimerais bien qu'ils m'accordent un peu de crédit.

— Je ne fais pas confiance à Anna, déclare Thomas. Tout ce qui lui est arrivé est horrible, c'est vrai, mais c'est un monstre quand même. Je ne serai pas tranquille tant que tu n'iras pas au bout. Il faut que tu récupères ton athamé et que tu la délivres pour de bon. Ce sera mieux pour tout le monde.

Tout en moi se rebelle contre son discours et, en même temps, je dois lui reconnaître un certain cran. Il ne m'a pas habitué à une telle détermination. D'ailleurs son assurance est de courte durée : il commence à se dandiner sur place d'un air gêné. Pas étonnant, avec le regard noir que je fixe sur lui. Je n'ai qu'une réponse à lui faire :

— Non.

C'est au tour de Carmel d'argumenter :

— Cas, rien ne nous prouve qu'elle est inoffensive. Elle a passé quasiment les soixante dernières années à tuer des gens, ça ne doit pas être évident d'arrêter du jour au lendemain.

C'est un fantôme, les mecs, pas une junky en manque !

— Non, répété-je.

— Cas !

— Non, non et non. Vous aurez beau me sortir tous les arguments du monde, je maintiens qu'Anna ne mérite pas de mourir une seconde fois.

J'ajoute, sans pouvoir dissimuler un frisson :

— Si je la tuais, je ne sais même pas où elle irait.

— Et si on te donne des preuves de sa culpabilité ?

Leur insistance me met sur la défensive.

— Je vous interdis de l'approcher. Ce n'est pas votre problème.

— Depuis quand ? relève sèchement Carmel. Tu ne la jouais pas aussi perso quand tu avais besoin de notre aide, je te signale. Tu n'es pas le seul à avoir pris des risques l'autre soir. Je suis désolée, mais tu n'as aucun droit de te débarrasser de nous maintenant.

— Tu as raison, concédé-je avec un soupir.

Je suis frustré de ne pas trouver les mots pour leur expliquer. Si on se connaissait mieux, un seul regard suffirait pour qu'ils me comprennent. Pour une fois j'aimerais que Thomas lise dans mon esprit cet aveu que je n'arrive pas à faire. Soudain, il pose une main sur le bras de Carmel et lui chuchote qu'il faut me laisser un peu de temps. Puis il me pose la question fatidique :

— Dis-moi, Cas, tu réagis comme ça avec tous tes fantômes ?

Incapable de le regarder en face, je fixe le verrou de son casier.

— Qu'est-ce que tu veux dire ?

Ses yeux perspicaces ne me lâchent pas et mettent à nu tous mes secrets.

— Je ne sais pas, fait-il après un petit silence. Est-ce que tu es toujours aussi… possessif ?

Cette fois, je lève la tête. Je suis à deux doigts de tout lui déballer, là, au milieu du hall et des dizaines d'élèves qui se pressent, rejoignant leurs salles de cours. Je capte des bribes de leurs conversations au passage. Ils se plaignent de leurs profs, font des plans pour le week-end… Ils sont tellement normaux, les veinards. Je n'ai jamais eu le temps, moi. Si seulement je pouvais confier à mes amis que j'aimerais avoir des projets comme tout le monde, organiser une fête pour mon anniversaire, et être confronté à des questions existentielles comme : quel film on regarde ce soir, et chez qui ?

— Peut-être que tu pourras nous parler de ce qui te tracasse plus tard ? suggère Thomas.

À sa voix, je sais qu'il a compris. Un soulagement intense me réchauffe le cœur.

— Pour le moment, concentrons-nous sur ton athamé, poursuit-il.

Je hoche la tête faiblement. Il a raison, encore une fois, mais je suis accablé par la liste des choses à faire. Les problèmes s'accumulent, et j'ai à peine le temps de les résoudre. Je tombe de Charybde en Scylla, comme disait mon père, lui qui aimait tant l'Antiquité. Ça l'amusait de devoir se heurter sans cesse à de nouveaux défis. Il avait bien de la chance.

— Est-ce que vous avez croisé Will depuis la dernière fois ? demandé-je, tâchant de me ressaisir.

— J'ai essayé de l'appeler, mais il ne m'a jamais répondu, dit Carmel.

— Ça va mal finir, cette histoire. J'aimerais bien ne pas avoir à utiliser la force contre lui, continué-je avec une pointe de tristesse. Je sais combien il doit être en colère. Mais ça ne l'excuse pas.

La cloche sonne, annonçant la fin de la récré. Le couloir s'est vidé sans même qu'on s'en aperçoive. Soudain, nos voix sonnent trop fort dans le silence. Il faut qu'on bouge, sinon un surveillant va nous tomber dessus. J'ai une heure d'étude devant moi et absolument aucune envie d'y aller.

— Vous voulez sécher le reste de la matinée ?

Cette fois-ci c'est sûr, Thomas a lu dans mon esprit. Ou alors c'est juste que la proposition tombe sous le sens.

— Oh oui, m'écrié-je. Qu'est-ce que tu en penses, Carmel ?

Elle resserre son gilet crème autour de ses épaules.

— En principe je devrais être en cours de maths, mais je n'ai encore jamais été absente de l'année… j'ai bien droit à un petit écart de conduite.

— Super. On va manger un morceau ?

— Sushis ? suggère Thomas.

— Pizzas ! nous beuglons ensemble, Carmel et moi, comme un cri du cœur.

Thomas sourit et nous prenons le chemin de la sortie. Je me sens léger, comme si un poids s'était ôté de ma poitrine. Dans moins d'une minute, je sentirai le souffle frais du mois de novembre sur mon visage. Personne ne pourra nous empêcher de nous évader de ce bahut.

Une main s'abat sur mon épaule. J'ai peut-être été un peu trop optimiste.

Je n'ai même pas le temps de voir qui s'est mis sur mon passage que je me prends un énorme coup de poing en pleine figure. Tout disparaît autour de moi, une douleur foudroyante me courbe en deux. Je ferme les yeux, la tête enfouie entre les mains. Un liquide poisseux me coule sur les lèvres. J'ai le nez en sang. J'entends Carmel crier :

— Will, qu'est-ce que tu fais ?

Thomas proteste à son tour, et les aboiements de Chase se mêlent à la cohue. Des bruits de bagarre me parviennent confusément.

— Pourquoi est-ce que tu le défends ? s'élève alors la voix de Will. Tu n'as pas vu les infos ? Quelqu'un est mort à cause de lui.

J'ouvre les yeux pour voir Will me lancer un regard haineux par-dessus l'épaule de Thomas qui s'est jeté entre nous. Non loin, Chase est prêt à bondir. Il n'attend qu'un signe de son leader pour attaquer, et je doute sérieusement que Thomas soit de taille à affronter une montagne de muscles pareille.

— Anna est innocente, articulé-je en renversant la tête en arrière pour stopper le saignement.

Le sang me tombe dans la gorge. Je déteste ce goût métallique. Mes mains sont trempées de rouge.

— Tu te fous de moi ? persifle Will. Tu as écouté les témoignages ? Les gens ont entendu un homme hurler, mais les cris étaient couverts par une voix inhumaine. On a retrouvé le corps déchiqueté en six morceaux. Ça ne te rappelle rien, vraiment ?

— Si, grogné-je à mon tour, ça pourrait être l'œuvre de n'importe quel psychopathe. Crois-moi, j'en ai croisé un paquet.

C'est faux, bien sûr. J'avoue que cette histoire de voix surhumaine me file la chair de poule.

— Tu te voiles la face, mon pote. Pour moi c'est clair, tout est ta faute. Ça a commencé quand tu es arrivé ici. D'abord Mike, et maintenant ce pauvre type qui n'a rien demandé à personne.

Il marque une pause, ivre de colère, et farfouille dans la poche de son blouson pour en tirer l'athamé.

— Fais ton boulot, tu m'entends ?

Il est cinglé. Qu'est-ce qui lui prend de sortir le couteau au beau milieu du lycée ? Si quelqu'un arrive, il se fera renvoyer et moi, je devrai forcer la porte du pion qui lui aura confisqué l'arme.

— Rends-le-moi.

Ma voix ne ressemble plus à rien avec ce sang qui m'encombre le nez. Aucune crédibilité.

— Pour quoi faire, puisque tu ne veux pas t'en servir ? réplique Will, cinglant. C'est moi qui vais finir par l'utiliser.

Joignant le geste à la parole, il pointe la lame vers Thomas, menaçant.

— Qu'est-ce qui se passera si je taillade ton copain, là ? Tu penses que ça l'enverra au même endroit que tous les autres fantômes ?

— Laisse-le tranquille, s'emporte Carmel en se plaçant devant Thomas.

— Carmel ! crie ce dernier en la forçant à reculer d'un pas.

— Dis donc, tu as l'air d'y être bien attachée, à celui-là, remarque Will sans chercher à dissimuler son dégoût. Tu n'as jamais eu autant d'égards pour Mike.

Je n'aime pas du tout la tournure que prennent les événements. Quel effet aura l'athamé sur un vivant ? À ma connaissance, il n'a encore jamais été utilisé ainsi. J'imagine ce qui pourrait arriver à Thomas si Will passait à l'acte ; sa peau rétractée autour de son crâne, son être aspiré dans un horrible trou noir. Je dois faire quelque chose.

— Mike n'était qu'un crétin, dis-je lentement.

La phrase est si violente que Will baisse son arme, abasourdi. C'est exactement l'effet que je recherchais.

— Il ne méritait pas d'égards. Ni de la part de Carmel, ni de la tienne, Will.

Will se tourne vers moi. L'éclairage au néon de l'école fait briller la lame d'une lueur artificielle. Je serais curieux qu'il m'attaque. Non que j'aie envie de sentir ma peau se rétrécir autour de mon crâne, mais juste pour voir si le lien que j'ai avec l'athamé me protégerait. Peut-être que le couteau dont je suis le légataire ne peut pas se retourner contre moi ? Même si c'est risqué, ce serait une façon de le récupérer.

Malgré mes provocations, Will sourit.

— Je vais la tuer, tu sais, ton Anna chérie.

La formule me frappe. Je suis donc si transparent ? Tout le monde a deviné sauf moi, en fait, c'est ça. Bref, je me traiterai d'idiot plus tard. Pour l'heure, je tente le tout pour le tout.

— Réfléchis deux secondes, Will. Elle n'est plus affaiblie par le sortilège. Tu as beau avoir l'athamé, tu n'arriveras pas à l'approcher.

— C'est ce qu'on verra.

Il remise le couteau dans la doublure de son blouson. Mon cœur se serre. Si je pouvais je me jetterais sur lui, mais je ne veux pas prendre le risque de blesser quelqu'un. De toute façon Thomas et Carmel se placent à mes côtés, prêts à me retenir.

— Pas ici, me glisse Thomas pour me calmer. On le récupérera, ne t'inquiète pas, mais ce n'est pas l'endroit ni le moment. On trouvera une solution.

— On a intérêt à agir vite, murmuré-je.

Car, maintenant qu'Anna s'est mis en tête de mourir, elle serait bien capable de se livrer à Will Rosenberg, trop heureuse de tomber sous ses coups plutôt que sous les miens.

On décide finalement de zapper les pizzas et tout le reste de la journée de cours dans la foulée. Décidément, je suis d'une très mauvaise influence pour mes camarades. Je m'engouffre dans la Tempo de Thomas et Carmel nous suit dans sa propre voiture. Direction chez moi.

Je sens que Thomas a un truc à me dire. Il prend plusieurs fois son inspiration, puis se bloque et se mord les lèvres. J'attends un peu ; il commence à jouer avec les bouts effilochés de ses manches trop longues. Je vais lui faciliter la tâche :

— Tu as compris, hein ? Tu sais ce que je ressens pour Anna.

Il hoche la tête. Je passe une main dans mes cheveux qui me retombent obstinément sur les yeux.

— C'est parce que je n'arrête pas de penser à elle ?

Thomas plisse les yeux.

— J'ai arrêté de squatter ton cerveau le jour où tu me l'as demandé. Je respecte ce que tu me dis, Cas, tu es mon…

Il s'interrompt et fait une tête déconfite, se mord les lèvres de plus belle, la paupière tombante.

Je complète sa phrase en lui donnant un petit coup sur l'épaule :

— Ton ami. Tu peux le dire, mon pote. Toi et Carmel, vous êtes mes meilleurs amis.

— OK, acquiesce Thomas, c'est cool.

On fait tout les deux un sourire bête, à mi-chemin entre la gêne et le plaisir. Il s'éclaircit la gorge :

— Bref, j'ai su pour toi et Anna à cause de l'énergie que tu dégages en sa présence. De ton aura.

— Mon aura ?

— Parfaitement. Pour le coup tout le monde est sensible aux auras, mais moi, je les distingue hyper précisément. Au début, j'ai cru que tu étais comme ça en présence de n'importe quel fantôme. Toute ta silhouette brille d'une sorte d'éclat quand tu parles d'elle. Mais, depuis quelque temps, c'est permanent.

Je souris discrètement. Anna ne me quitte jamais. Je suis tellement bête de ne pas m'en être rendu compte plus tôt. C'est dingue, à mon âge, le bagage que je me traîne. Amour et mort, sans oublier un paquet de problèmes non réglés avec le père. Je suis un cas en or pour la psychanalyse !

Thomas se gare devant chez moi. Carmel nous rejoint à la porte d'entrée.

— Mettez vos affaires où vous voulez, dis-je en entrant.

On balance nos manteaux et nos sacs sur le canapé. Tybalt s'annonce par un petit bruit feutré de coussinets sur le carrelage. Il fonce immédiatement sur Carmel et se frotte contre ses jambes, avide de caresses. Elle se penche et ramasse son nouveau prétendant, auquel Thomas ne manque pas de lancer un regard jaloux.

Je les conduis dans la cuisine où ils s'asseyent à notre vaste table en chêne. J'ouvre le frigo.

— Alors, on a une pizza surgelée, ou sinon du poulet froid et des crudités. Je peux nous faire des club-sandwichs de folie. Qu'est-ce que vous préférez ?

— Le club-sandwich ! s'exclament Thomas et Carmel.

Ils se sourient et rougissent à nouveau de concert. Je demande à Thomas de quelle couleur est son aura maintenant ; il m'envoie un torchon à la figure. Vingt minutes plus tard les sandwichs sont prêts, et je dois dire qu'ils sont particulièrement réussis. J'en oublie le sang séché qui me tapisse les narines.

— Est-ce que j'aurai un bleu ? demandé-je en leur montrant mon nez.

Thomas me regarde attentivement.

— Non, diagnostique-t-il.

— Parfait. J'en ai marre de faire jouer les infirmières à ma mère. Elle n'a jamais autant préparé de potions cicatrisantes que depuis qu'on est à Thunder Bay.

— C'était une première pour toi, un fantôme de la poigne d'Anna ? m'interroge Carmel entre deux bouchées.

— Ça oui, c'est peu de le dire. Mais elle n'est pas la seule à avoir bouleversé mes habitudes. Je n'avais encore jamais demandé à qui que ce soit de m'aider dans une de mes missions.

— C'est un signe, affirme Thomas, la bouche pleine. Ça veut dire qu'il faut que tu lèves un peu le pied et que tu restes avec nous. Les fantômes aussi méritent une petite trêve, tu ne crois pas ?

Je lâche mon sandwich une seconde pour réfléchir. C'est la première fois de ma vie que je me laisserais bien tenter. Tout à coup je me souviens de mon enfance, des moments où je voulais que mon père s'arrête. Je me disais que ce devait être chouette de vivre un peu longtemps au même endroit, de se faire des amis et d'avoir un père qui jouerait au foot avec moi le samedi plutôt que de rester pendu au téléphone avec un occultiste, ou plongé dans je ne sais quel grimoire poussiéreux. Cela dit, que leurs parents tuent des fantômes ou qu'ils aient un autre boulot, tous les enfants pensent ça un jour ou l'autre.

Je me prends à nouveau à rêver de stabilité, comme le petit garçon que j'étais. C'est vrai que j'aime bien cette maison. Elle est confortable, avec sa grande cuisine. Ce serait bien de pouvoir passer du temps avec Thomas, Carmel, et Anna bien sûr. On pourrait passer notre bac ensemble, puis aller dans la même université. Ce serait presque idéal. Moi, mes amis, et ma copine morte.

Non, mais sans blague. L'idée est juste tellement ridicule que je m'esclaffe tout seul.

— Quoi ? s'enquiert Thomas.

— Je suis le seul exterminateur de fantômes au monde. Je ne peux pas m'arrêter. J'adorerais rester avec vous, mais il y a des choses plus importantes que mon confort personnel. Bientôt j'aurai récupéré mon couteau et je me remettrai au travail. C'est mon destin, je ne peux pas y échapper.

Thomas se décompose, visiblement déçu. Carmel s'éclaircit la gorge avant de faire diversion :

— Justement, ton couteau, comment est-ce qu'on va faire pour le récupérer ?

— Will n'est pas prêt à coopérer, commente Thomas, toujours aussi abattu.

— Mes parents sont amis avec les siens, réfléchit Carmel. Je pourrais leur demander d'intervenir ? Leur dire que Will t'a volé un objet auquel tu tiens énormément parce qu'il te vient de ton père, etc. Ce ne serait pas mentir, en plus.

— Imagine la tête de tes parents quand on leur expliquera que l'objet en question est un couteau de vingt centimètres à double tranchant. De toute façon je ne crois pas que ce genre de pression suffirait, au point où on en est. Non, la seule solution, c'est de le lui voler.

— Tu veux t'introduire chez lui ? Tu es cinglé, affirme Thomas.

— Pas tant que ça, tempère Carmel. Figurez-vous que j'ai ses clés. Nos parents sont vraiment amis, je vous dis. On a chacun un double de l'autre au cas où il y aurait un problème. On veille sur la maison des Rosenberg quand ils ne sont pas là, et réciproquement.

— Comme c'est urbain, commenté-je avec un sourire amusé.

— Sans rire, mes parents possèdent les clés de tout le voisinage. Ils ont tellement bonne réputation que les gens se battraient pour leur donner un trousseau. On a donné les nôtres aux Rosenberg uniquement.

Elle marque une pause et considère, avec un brin de lassitude :

— Parfois, ça sert d'avoir des parents qui font de la politique. La plupart du temps, c'est juste pénible.

Marginaux comme nous sommes, ni Thomas ni moi ne pouvons compatir. Personne n'a jamais manifesté l'envie de confier ses clés aux sorciers qui nous servent de parents.

— Quand est-ce que tu penses passer à l'acte ? demande Thomas.

— Le plus rapidement possible. Il faut être sûr qu'il n'y aura personne chez lui. Juste après le départ de Will pour l'école, par exemple.

— Oui, mais s'il garde tout le temps le couteau sur lui ? remarque Thomas.

— Je n'ai qu'à balancer à une ou deux copines que Will rapporte un couteau au lycée et qu'on ne peut pas le laisser faire un truc aussi dangereux, répond Carmel en sortant son téléphone. La rumeur lui reviendra aux oreilles avant demain matin et il jouera la sécurité.

— À moins qu'il ne décide de sécher les cours…

— On ne t'a jamais dit que tu étais un fichu pessimiste ? lancé-je à Thomas avec un regard appuyé.

— Je ne suis pas pessimiste, je suis prévoyant, me corrige Thomas avec fierté. Tu n'as jamais entendu le proverbe : « Prudence est mère de sûreté » ?

Carmel lui lance un regard admiratif. Ne me dites pas que son numéro de coquelet marche sur elle ?

— Tu m'étonnes de jour en jour, susurre-t-elle affectueusement tout en continuant d'écrire frénétiquement ses textos.

— Ça suffit les roucoulades. On ira chez Will dès demain matin. Ça veut dire qu'on devra rater les deux premières heures de cours.

— Ça tombe bien, ce sont justement les deux heures qu'on n'a pas séchées aujourd'hui ! réplique Carmel avec malice.

Le lendemain matin, Thomas et moi, nous nous garons en embuscade à quelques mètres de la maison de Will. Entre la vieille Tempo au look improbable et nos capuches rabattues, je crois qu'on ne peut pas avoir l'air plus suspect que maintenant. Discrétion garantie.

Le quartier est l'un des plus beaux – et riches – de la ville. Ça ne m'étonne pas, puisque c'est là que vit Carmel. L'inconvénient, c'est que ça double le risque de tomber sur une femme de ménage ou de se faire repérer par des mères au foyer épiant le moindre de nos faits et gestes derrière les rideaux de leur cage dorée.

— C'est l'heure ? ne cesse de me demander Thomas d'une voix anxieuse.

— Pas encore.

Je puise dans mes réserves de sang-froid pour lui donner l'impression que je maîtrise la situation et que j'ai déjà fait ça des centaines de fois. C'est faux, bien sûr, et je n'en mène pas large.

— On a dit qu'on attendait le coup de fil de Carmel.

Thomas essaie de se détendre et prend une profonde inspiration. Puis soudain il plonge en avant, tentant de se cacher derrière le volant.

— Je crois que j'ai vu un jardinier passer, hulule-t-il.

Je l'extirpe de sa cachette en tirant sans ménagement sur sa capuche.

— Arrête un peu. Comment veux-tu qu'il y ait un jardinier à cette période de l'année ? À la rigueur un type pour balayer les feuilles, et encore. Dis-toi bien que la police n'a aucune raison de frapper à la portière pour nous embarquer. On ne fait rien de mal.

— Pour le moment.

— En attendant ça arrangerait tout le monde si tu arrêtais de te comporter comme un malfaiteur en puissance.

On a décidé de se répartir les rôles : Thomas et moi sur le terrain, tandis que Carmel joue les espionnes. Elle est au lycée pour s'assurer que Will est bien parti de chez lui. Comme ses parents partent super tôt, on n'a aucune chance de tomber sur eux.

Bien sûr, ça n'a pas été facile de convaincre Carmel de rester en retrait. Elle nous a taxés de sexistes et a argumenté que nous avions tout intérêt à ce qu'elle soit là : si nous étions découverts, sa présence dans la maison semblerait déjà un peu plus légitime que la nôtre. Mais Thomas n'a rien voulu entendre. Hors de question qu'elle coure le moindre risque. Je regretterais presque d'avoir approuvé, en le voyant se ronger les ongles et sursauter à chaque coup de vent. Quand mon téléphone vibre, il saute en l'air comme un chaton apeuré.

— C'est Carmel, dis-je en décrochant.

— Il n'est pas là, chuchote une voix paniquée à l'autre bout du fil.

— Hein ?

— Et Chase non plus. Ils ne sont pas venus ce matin.

Je reste sans voix. Thomas tire sur ma manche comme un gamin de huit ans à qui on cache un secret.

— Ni Will ni Chase ne sont au lycée, lâché-je enfin, exaspéré.

Je vais finir par croire que Thunder Bay me porte la poisse. Rien ne fonctionne jamais comme prévu dans cette fichue ville. Carmel continue de s'inquiéter dans mon oreille droite tandis que Thomas émet des suppositions dans mon oreille gauche. Il y a beaucoup trop de monde dans mon cerveau pour que je réfléchisse.

— Qu'est-ce qu'on fait maintenant ? me demandent-ils en même temps.

Une seule idée me vient en tête : protéger Anna. Will a dû comprendre nos manigances et il est probablement déjà en route pour la tuer ! Il nous a laissés venir jusque chez lui pour mieux nous semer. Peut-être qu'il rit en ce moment en nous imaginant en train de fouiller sa chambre en vain.

— Démarre, tonné-je en raccrochant au nez à Carmel.

Je dois rejoindre Anna, et vite. Il est peut-être déjà trop tard.

— Pour aller où ? veut savoir Thomas tout en passant le long de la maison de Will.

— Chez Anna.

— Tu crois que... Peut-être qu'ils sont juste restés chez eux, tu sais. Ou alors ils sont en retard ?

Il fait d'autres hypothèses mais je ne l'écoute plus. Quelque chose a attiré mon attention sur la façade de la maison de Will. Au deuxième étage, les rideaux étaient tirés bizarrement devant une des fenêtres. Ils étaient froissés.

— Stop. Gare-toi.

— Qu'est-ce qu'il y a encore ? me demande un Thomas déboussolé.

Je ne quitte pas la fenêtre des yeux. Will se cache derrière ces rideaux, j'en suis sûr maintenant. Une colère sombre monte en moi. J'ai assez joué au chat et à la souris, il y en a marre. Fais gaffe, Will Rosenberg, parce que je viens récupérer mon couteau, et tu as intérêt à ne pas faire d'histoires.

Thomas n'a pas encore éteint le moteur que je suis déjà dehors. Il essaie de me suivre, mais sa ceinture se bloque. Je n'ai pas le temps d'attendre et ai déjà gravi les marches du perron lorsqu'il s'extirpe de la voiture. Une seconde après, il m'a rejoint et m'assaille d'un milliard de questions :

— Qu'est-ce qui se passe ? Qu'est-ce que tu comptes faire ? Qu'est-ce que je dois faire ?

— Je vais reprendre ce qui m'appartient.

Machinalement Thomas lève la main vers la sonnette. Je retiens son poignet de justesse et sors la clé de ma poche. Je ne suis pas d'humeur pour ce genre de politesses. On ne va pas non plus laisser le temps à Will de cacher mon athamé. Qu'il essaie un peu pour voir.

— Mets ça, au moins, dit Thomas en brandissant une paire de gants sous mon nez.

Je n'ai pas besoin de gants pour balancer mon poing dans la figure de Will. Le plan n'est plus d'entrer en effraction chez lui, je n'ai pas envie de m'embarrasser de précautions inutiles. Je m'exécute tout de même pour faire plaisir à Thomas. Il revêt une paire de son côté. Je tourne la clé dans la serrure et ouvre la porte.

Nous pénétrons dans l'imposant hall d'entrée. Ma colère tout comme mon assurance retombent immédiatement. L'endroit est impressionnant. L'avantage d'être à l'intérieur, c'est qu'au moins Thomas est obligé de la boucler. Mon cœur bat lourdement dans ma poitrine. Mes muscles sont si tendus qu'ils me font mal. Je préfère largement les maisons délabrées dans lesquelles je traque mes fantômes. Plus le cadre est vétuste, plus je suis en confiance. Une question d'habitude. Là, je me sens comme un petit garçon qui a perdu sa maman au supermarché.

Nous avançons sur le parquet recouvert d'épais tapis. La rampe de l'escalier brille. Elle doit être astiquée tous les jours. Je remarque la qualité des tableaux aux murs. Rien à voir avec l'art moderne new-yorkais prétentieux que je m'attendais à trouver. Non, les Rosenberg ont un goût classique. Il y a de beaux paysages à la manière française et de petits portraits de femmes, délicates dans leurs robes en dentelle. En temps normal je m'attarderais devant ces toiles. Gideon a eu soin d'éduquer mon œil dans les galeries des musées de Londres à chacun de mes séjours chez lui. Sauf qu'aujourd'hui j'ai mieux à faire.

— On récupère l'athamé et on déguerpit d'ici, chuchoté-je à Thomas en empruntant l'escalier.

Une fois en haut je prends à gauche, vers la chambre aux rideaux tirés. J'espère que j'ai bien compté les fenêtres. J'ai tout de suite pensé que c'était la chambre de Will, mais qu'est-ce qui me le prouve au fond ? C'est peut-être un dressing ou une salle de jeux ? Bon, ça suffit, ce n'est pas le moment de douter. Je m'arrête devant la porte qui va bientôt me révéler ses secrets.

La poignée tourne sans aucune résistance. Il fait trop sombre pour que nous distinguions les détails de la pièce, mais j'aperçois ce qui me semble être un lit et, contre un mur, une armoire. La chambre est vide. Nous nous glissons à l'intérieur sans bruit, comme des cambrioleurs professionnels. Je m'avance un peu, laissant mes yeux s'habituer à la pénombre.

— On pourrait allumer ? suggère Thomas.

— Peut-être, grogné-je sans lui prêter attention.

Je n'aime pas du tout ce que je devine dans le noir.

Les portes de l'armoire sont grandes ouvertes, les tiroirs ont été arrachés. Des vêtements gisent éparpillés par terre. Le lit n'est pas à son emplacement normal, en partie décollé du mur.

Je tourne sur moi-même pour constater le désastre, les affiches arrachées, le miroir brisé.

— Quelqu'un nous a devancés, constate Thomas.

Je passe ma main gantée sur mon front, surpris d'y trouver des perles de sueur. Je ne comprends pas qui a pu venir ici avant nous et pourquoi. Est-ce que Will aurait des ennemis ? Ça paraît énorme, mais en même temps j'ai appris à ne plus m'étonner de rien, et surtout pas des coïncidences.

Mes yeux sont attirés par une ombre sur le mur. On dirait qu'on y a écrit quelque chose. Je m'approche pour mieux voir, quand mon pied heurte une masse sur le sol avec un petit bruit mat. Je comprends aussitôt.

— Thomas, trouve un interrupteur.

Je fais quelques pas en arrière. La lumière inonde la pièce, et l'horrible spectacle se révèle à nous.

Ils sont morts. Tous les deux. Ce contre quoi je viens de buter, c'est la cuisse de Chase. Ou plutôt ce qu'il en reste. Ce que j'ai pris pour des lettres tracées sur le mur ne sont rien d'autre que des éclaboussures de sang. Ce sang noir macule la pièce en arcs poisseux. Thomas s'est agrippé à mon T-shirt, suffoquant à moitié. Je me dégage doucement, à l'affût d'indices. C'est étrange, mon cerveau est déconnecté de l'horreur de la situation. Le besoin de comprendre est plus fort que mon instinct de fuite.

Will repose entre le lit et le mur, étendu sur le dos. Il a les yeux ouverts, entièrement rouges. C'est sans doute les vaisseaux qui ont éclaté. Tiens non, en fait une traînée de sang lui barre le visage. La pièce est ravagée. Draps et couvertures ont été déchiquetés. Will porte un pantalon de flanelle et un T-shirt. C'était probablement son pyjama. Chase est tout habillé. J'observe ces détails comme un expert de la police scientifique, méticuleux, professionnel. Je les classe pour mieux les retenir. Ça m'évite de penser à ce que j'ai tout de suite remarqué quand la lumière s'est faite : la forme si singulière des plaies qui constellent les deux cadavres. Ce sont des entailles rouges, profondes, en forme de croissants. Des pans entiers de chair et de muscles ont été arrachés. Je reconnaîtrais ces blessures entre toutes, bien que je ne les aie jamais vues que dans mes cauchemars. Ce sont des traces de morsures.

Will et Chase ont été dévorés vivants.

Comme mon père avant eux.

— Cas ! hurle Thomas d'une voix si pressante que je comprends qu'il a dû m'appeler plusieurs fois avant que je ne réagisse. Il faut qu'on sorte d'ici !

Mes jambes ne m'obéissent plus. Je reste là, les bras ballants. Thomas finit par me soulever à moitié pour me sortir de la pièce. Ce n'est qu'au moment où il éteint la lumière et que la scène se soustrait à mon regard que je reprends mes esprits et le contrôle de mon corps. Nous courons tous les deux désespérément vers la sortie.

20

— Qu'est-ce qu'on va faire ? Non mais qu'est-ce qu'on va faire ?

Thomas tourne en boucle. Mon téléphone n'arrête pas de sonner. C'est Carmel. Je suis incapable de lui répondre. Qu'est-ce qu'on va faire ? Je n'en ai aucune idée. Je suis cloué au fond de mon siège, les yeux perdus dans le vague, tandis que Thomas roule à toute vitesse, sans but précis. Moi qui me suis toujours demandé à quoi ressemblait un choc traumatique, je suis servi. Ce n'est pas désagréable, au fond. Je ne panique pas, je ne réfléchis plus. Une série de mots se déroule dans ma tête, comme une comptine : *Il m'a retrouvé, il est revenu, il m'a retrouvé.*

Un voile me coupe du monde, derrière lequel je perçois la voix de Thomas. Il parle au téléphone. Carmel a dû se lasser de me harceler pour finir par l'appeler lui. Il raconte ce qu'on vient de voir. Un blanc, puis :

— Je ne sais pas. Je crois qu'il pète les plombs, dit-il.

Ma bouche se contracte ; je voudrais trouver la force de lui prouver le contraire, mais je n'arrive pas à me secouer. J'ai l'impression d'avoir été pris dans une avalanche et de me réveiller avec une tonne de neige au-dessus de la tête. Mon cerveau fonctionne au ralenti, brassant des segments d'informations : Will et Chase sont morts. La chose qui a dévoré mon père est revenue. Thomas conduit, mais pour aller où ?

Au moins, je n'ai pas peur. C'est l'avantage de ne plus avoir aucun affect. Soudain Thomas crie mon nom et me donne un violent coup de poing dans le bras. C'est comme s'il venait d'ouvrir un robinet : un flot d'images et de sensations irrigue progressivement mes neurones.

— On va chez Anna, lancé-je enfin.

Thomas pousse un soupir de soulagement. Il était à deux doigts de paniquer, livré à lui-même. Il était temps que je me réveille.

— Ça y est, il s'est enfin décidé, lâche-t-il. Il va le faire. On est en train d'y aller. Tu peux nous y rejoindre. N'entre pas si tu arrives la première, tu m'entends ?

Je ne vais rien faire du tout. Il n'a toujours pas compris. Comment lui expliquer ? Je ne lui ai jamais raconté la façon dont mon père était mort. Il ne peut pas savoir ce qui est en train de se passer. La bête m'a retrouvé. Elle resurgit dans ma vie au moment où je suis le plus vulnérable. Et moi comme un idiot je n'ai rien vu venir. Je sourirais presque de ma négligence. On ne peut pas lutter contre son destin, je n'aurais jamais dû l'oublier.

Les kilomètres défilent au compteur sans que je m'en aperçoive. Thomas s'acharne à dire des paroles encourageantes que je n'écoute pas. Enfin il bifurque et s'arrête devant la maison d'Anna. Quelques secondes plus tard la portière de mon côté s'ouvre et il me tire de la voiture manu militari.

— Allez, Cas, secoue-toi, c'est le moment.

Je le regarde, l'air grave.

— Est-ce que tu es prêt ? Comment vas-tu t'y prendre ?

Je n'ai aucune idée de ce que je pourrais répondre. Il serait temps que je récupère mon cerveau, moi. L'apathie, ça va bien deux minutes.

Le gravier de l'allée crisse sous nos semelles. Je suis hypnotisé par la nappe de buée qui se dégage de ma bouche à chaque expiration. La vapeur sort à un rythme frénétique du côté de Thomas. C'est drôle, non ?

— Ça va mieux ? me demande-t-il avec empressement. Bon Dieu, c'était horrible. Je ne peux pas croire qu'elle soit allée jusqu'à…

Il ne peut pas continuer et se plie soudain en deux. Je sais ce qu'il éprouve. Les images du carnage lui reviennent en mémoire. Il vaudrait mieux qu'il pense à autre chose s'il ne veut pas dégobiller sur ses chaussures. Je m'arrête à mon tour et le soutiens par les épaules.

— On ferait bien d'attendre Carmel, lâche-t-il en se dégageant doucement.

Soudain la porte de la maison s'ouvre. Anna s'avance lentement sur le porche, gracieuse et fragile à la fois dans sa robe d'été. Le vent glacé balaie sa silhouette sans qu'elle bronche. La mort lui épargne la morsure du froid.

— Tu l'as retrouvé, Cas ?

— Retrouvé quoi ? me glisse Thomas. De quoi elle parle ?

Sans un mot, je rejoins Anna en deux enjambées et entre dans la maison où elle me suit, interloquée.

— Que se passe-t-il ? me demande-t-elle en frôlant mon bras.

— Pas touche ! s'exclame Thomas en la poussant pour se placer entre nous.

Il fait une croix avec ses deux index qu'il brandit sous le nez d'Anna. C'est avec ça qu'il compte se défendre ?

— Arrête, Thomas. Ce n'est pas elle qui les a tués.

— Quoi ?

Je lui lance un regard autoritaire, pour lui faire comprendre que j'ai récupéré mes esprits. Il reste figé, incapable de réagir.

— Tu peux laisser tomber la croix, mec. Anna n'est pas un vampire, tu es juste ridicule.

Les muscles de sa mâchoire se détendent. Il se ressaisit enfin.

— Ils sont morts, dis-je à Anna en réponse à son regard interrogatif.

— Qui ça ? Et depuis quand est-ce que tu ne me suspectes plus de tous les crimes de l'humanité ?

Thomas s'éclaircit la gorge, avant de préciser :

— Lui peut-être, mais pas moi. Où étais-tu la nuit dernière et ce matin ?

— Je n'ai pas bougé d'ici.

On entend au loin une portière qui claque. Carmel est là.

— Du temps où tu étais liée à cette maison, je t'aurais crue, reprend Thomas. Mais maintenant que tu es libre, qu'est-ce qui me dit que tu ne hantes pas tout le voisinage ? Quel intérêt tu aurais à rester dans un endroit dont tu as été prisonnière pendant près de soixante ans ?

Il inspecte la pièce d'un œil nerveux.

— En tout cas, moi, je préférerais être n'importe où ailleurs qu'ici.

Les marches du perron gémissent et Carmel déboule dans la pièce, une barre en métal à la main.

— Laisse-les tranquilles ! hurle-t-elle en faisant tournoyer son arme dans les airs avant de l'abattre sur la tête d'Anna.

C'est à peu près comme si elle s'attaquait à Terminator avec une paille en plastique. Anna a d'abord l'air surpris, puis relativement offensé. Carmel la regarde avec stupéfaction.

— Ne te fatigue pas, Carmel, Anna n'a rien fait.

Carmel baisse légèrement sa garde.

— Comment tu le sais ? me demande-t-elle, les mains tremblantes.

— Au secours, expliquez-moi ce qui se passe ! s'exclame soudain Anna. Qu'est-ce que je n'ai pas fait ? Comment est-ce qu'il sait quoi ?

— Will et Chase sont morts, lâché-je.

Elle baisse les yeux.

— Qui est Chase ?

C'est bientôt fini, les questions ?

— Il était là le soir où Mike m'a assommé et que… bref, c'était lui l'autre type à la fenêtre.

— Je vois.

Je n'ai plus la force de poursuivre. Heureusement Thomas prend le relais. Il déballe tout ce que nous avons découvert ce matin, sans épargner aucun détail. Carmel pâlit de plus belle, et Thomas lui lance un regard navré tout en continuant son récit. Anna me fixe. Quand il a fini, Carmel s'insurge :

— Qui a pu faire un truc pareil ? Dites-moi au moins que vous n'avez touché à rien quand vous étiez là-bas ! Personne ne vous a vus ?

— Ne t'inquiète pas pour ça, on avait des gants.

Leurs voix sont à peu près calmes. Ils essaient d'évacuer la tension en se focalisant sur la dimension pratique de l'affaire. Réaction classique, mais qu'il va falloir dépasser. Je dois leur révéler pourquoi je ne suis que l'ombre de moi-même depuis une heure. Courage.

— Il y avait du sang partout, ajoute Thomas d'une voix cassée. Je ne comprends pas comment on peut en arriver à une telle violence. Qui…

— Ce n'est pas « qui », la question. C'est plutôt « quoi », soufflé-je.

Je suis épuisé avant même d'avoir commencé. Tiens, ce canapé me tend les bras ! Si je pouvais juste m'y allonger une seconde… Je me contente de m'y appuyer, le temps de rassembler mes forces.

— Qu'est-ce que tu racontes ? s'exclame Carmel.

— Tu m'as bien entendu. Il ne s'agit pas de quelqu'un, mais de quelque chose. C'est cette chose qui a démembré le type dans le cimetière. La police a sans doute préféré ne pas parler des morsures à la presse. Il vaut mieux cacher certains détails au public. Sinon j'aurais fait le lien tout de suite.

— Alors c'était ça ? murmure Thomas. Ce n'est pas possible. Les plaies étaient trop importantes pour être des morsures, non ?

— Je t'assure que si. J'ai déjà vu ça avant. Enfin, jamais de mes propres yeux, mais c'est pareil.

Un tintement emplit l'espace. Carmel, les yeux dans le vague, frappe machinalement le sol du bout de sa barre métallique. Sans un mot, Anna se penche, lui prend l'objet des mains et le dépose sur le canapé.

— Tu m'excuseras, chuchote-t-elle dans le silence.

Carmel croise les bras, compréhensive.

— Pas de problème, je n'avais pas réalisé. Et puis… désolée d'avoir essayé de t'assommer.

— Je n'ai rien senti, la rassure Anna.

Elle se rapproche doucement de moi.

— Cassio… Cette chose, qu'est-ce que c'est ? Tu dois nous dire.

— Quand j'avais sept ans, mon père est parti chasser un fantôme dans la ville de Baton Rouge en Louisiane.

Je n'arrive pas à détacher mes yeux du sol.

— Il n'est jamais revenu. La chose… l'a tué.

Anna pose une main sur mon bras.

— C'est de ton père que tu tiens ta vocation ?

— De lui et de mes ancêtres avant lui. Mais il était meilleur que moi. Rien à voir.

Mes pensées s'égarent. L'assassin de mon père est là, tapi quelque part à me guetter. La tête me tourne. Ça ne devait pas se passer comme ça. C'est moi qui étais censé le pourchasser, pas l'inverse. J'aurais été préparé, toutes les conditions réunies pour que je le traque jusqu'à la mort.

— Il était meilleur que moi et il s'est quand même fait avoir.

— Tu sais comment c'est arrivé ? me demande doucement Anna.

— Non.

Mes mains tremblent sans que je puisse les contrôler.

— D'abord j'ai pensé qu'on lui avait tendu un piège. Ou qu'il avait eu un moment d'inattention. Puis je me suis dit que le couteau l'avait lâché. Que l'athamé cessait de fonctionner quand votre heure était venue, vous voyez. Et qu'en fait, c'était moi qui l'avais tué. Parce que, en grandissant, j'allais tôt ou tard le remplacer. L'athamé l'a senti et ne lui a pas laissé le temps de vieillir.

— C'est une idée folle. Tu sais bien que ce n'est pas vrai, s'insurge Carmel.

— Quand tu as sept ans, que ton père meurt et qu'on te dit que sa dépouille a l'air d'avoir été livrée en pâture à une armée de tigres de Sibérie, je t'assure que tu es assailli par une marée de pensées ridicules.

— Tu veux dire qu'il a été mangé ? demande Thomas.

— Je te cite le rapport de police. Morceaux de chair vraisemblablement arrachés par des dents. La même chose que pour Will et Chase.

— Ça ne veut pas nécessairement dire que l'auteur est le même, insiste Carmel. Dix ans plus tard, ça fait long, non ?

Je ne peux pas la contredire, mais je suis certain d'avoir raison. Thomas prolonge sa pensée en suggérant que les deux affaires sont peut-être différentes. Tout en moi proteste :

— Non. Je le sais, je le sens, la chose est revenue.

— Cas, reprend Thomas, sois raisonnable.

Je ne peux rien faire d'autre que le foudroyer du regard, malgré toute mon affection pour lui.

— Écoute-moi bien. Je ne suis peut-être pas un sorcier comme toi, ni télépathe, ni voyant, mais j'ai de la pratique, et plus d'expérience que tout ce dont tu pourras jamais te vanter. Je sais ce que je dis, d'accord ? Et si tu veux des arguments, sache que je ne connais pas de fantôme qui mange de la chair humaine.

Thomas se tourne vers Anna et admet, levant un sourcil interrogateur :

— C'est vrai, je n'ai jamais mangé personne, moi, par exemple.

— Le pire c'est que j'attendais depuis toutes ces années le moment d'affronter ce monstre. Je me préparais secrètement à travers chaque nouvelle mission, et je croyais être enfin prêt. Je m'y voyais déjà, je pensais qu'Anna serait ma dernière…

Je me tourne vers elle, soudain gêné.

— … victoire. Peut-être qu'il l'a senti.

— C'est pour ça qu'il a pris les devants, murmure Anna d'un air absent.

Je me frotte les yeux, dépassé. Il faudrait que j'arrive à faire le point, mais je suis épuisé. J'ai pourtant dormi comme un loir la nuit dernière, pour la première fois depuis des semaines.

Tout à coup un déclic se fait dans mon cerveau.

— Les cauchemars ! Ils se sont aggravés depuis que je suis arrivé à Thunder Bay.

— Quels cauchemars ? demande Thomas.

— Je ne me suis pas méfié, je pensais que c'était mon subconscient qui s'exprimait. Maintenant c'est clair comme le jour, c'était un signe !

— Qu'est-ce que tu veux dire ?

— Chaque nuit je faisais des rêves prémonitoires, qui m'avertissaient depuis mon emménagement : et moi, comme un crétin, je ne me suis pas méfié.

La voix rocailleuse me revient en mémoire avec son accent étrange, mi-cajun, mi-caribéen. Je plisse le nez :

— Il y avait toujours cette odeur de fumée un peu douceâtre.

— Cas ! m'interpelle Anna alarmée, c'est exactement ce que j'ai senti quand Will m'a blessée avec l'athamé. Tu te rappelles, quand tu m'as dit que ce n'était que le souvenir de la pipe d'Elias. C'était peut-être la même chose !

— Impossible.

J'ai beau rejeter l'idée, elle tient debout. J'entends de nouveau les mots, acérés comme une lame de rasoir : *L'athamé ! Tu l'as perdu ! Où est-il ?*

Une peur implacable rampe le long de mon échine. Mon cerveau fonctionne à plein régime pour tenter de recouper les éléments. La créature qui a tué mon père puise ses origines dans le vaudou. Mais comment faire le lien avec le reste ? Je sens que je touche quelque chose du doigt mais qu'il me manque l'ultime maillon. Qu'est-ce que Morfran m'a dit, déjà, au sujet de la magie vaudou ?

Le doigt de Carmel se lève dans les airs. Elle demande la parole comme si elle était en classe.

— J'aimerais juste mettre les choses à plat. Quels que soient la nature de ce démon assassin et son éventuel rapport avec l'athamé, je vous rappelle que ce truc a déjà zigouillé au moins trois personnes à Thunder Bay. Il faut qu'on fasse quelque chose, et vite.

Le silence écrase la pièce. Carmel a raison, mais sans mon couteau, je ne peux rien faire. La créature a tué Will pour s'approprier l'athamé. Je ne veux même pas penser aux conséquences de cette situation.

— Sans mon athamé…

— Ne commence pas avec ça, m'interrompt Anna. Sans Excalibur, Arthur était toujours aussi vaillant.

— Exact, renchérit Carmel. Tu n'as peut-être plus ton couteau, mais on a d'autres atouts. Anna est avec nous, ce n'est pas rien. Will et Chase sont morts, on sait qui les a tués. Nous sommes les prochains sur la liste. Alors pour l'amour du ciel, on se bouge et on réagit, OK ?

Quinze minutes plus tard, nous voilà serrés à bord de la Tempo de Thomas. Les garçons devant, les filles à l'arrière. Ne me demandez pas pourquoi on n'a pas pris l'Audi de Carmel, tellement plus spacieuse, fiable et surtout discrète ; c'est le genre d'erreur qu'on commet quand on élabore un plan de bataille en un quart d'heure. Plan de bataille, c'est beaucoup dire sachant qu'on n'a aucune idée de notre adversaire ni de nos moyens. Je me fie à mon intuition, mais est-ce suffisant quand il s'agit de cibler une créature dont nous ne connaissons ni la forme ni les intentions ?

Dans ces conditions, on a décidé de se focaliser sur des objectifs concrets. La priorité, c'est de retrouver l'athamé. Nous allons mettre la magie à profit pour cela. C'est une idée de Thomas, évidemment.

Anna a insisté pour venir. Au fond elle sait très bien que je suis vulnérable. Je repense à sa comparaison avec le roi Arthur. Je ne sais pas si elle connaît bien ses classiques, mais elle a quand même choisi le héros qui meurt tué par un fantôme de son passé. Je me suis gardé de le souligner pour ne pas casser l'ambiance, et pourtant ça ne me rassure pas franchement.

Avant de quitter la maison, nous nous sommes brièvement demandé s'il ne fallait pas qu'on s'invente des alibis plausibles pour anticiper le moment où la police trouverait les corps de Will et de Chase. On a vite laissé tomber. Quand la priorité est d'éviter de finir dévoré vif dans les prochaines heures, la question des alibis paraît tout de suite nettement moins cruciale.

Si étrange que cela puisse paraître, je me sens bien. Ça se traduit dans mon corps, redevenu souple et confiant. Il s'en est passé des choses, ces derniers jours. La mort de Mike, le sortilège pour libérer Anna, les cadavres affreusement mutilés de Will et Chase, tout cela défile devant mes yeux comme un film d'horreur. La chose qui a tué mon père est à mes trousses, probablement dans l'intention de me faire subir le même sort. J'éprouve l'un des plus grands stress de mon existence, mais malgré ça je suis heureux. Parce que, pour une fois, je ne suis pas seul.

Quand Thomas s'arrête devant la boutique de Morfran, je me rends compte que je n'ai donné aucune nouvelle à ma mère depuis ce matin. J'ai toujours pris soin de lui cacher les rebondissements sordides de mes missions ; cette fois, je ne m'en sens pas le droit. Si je dois vraiment affronter la créature qui a tué papa, il faut qu'elle le sache.

— Attendez, lancé-je au groupe en train de se diriger vers la porte. Il faudrait que j'appelle ma mère.

— Ce serait encore mieux que tu la ramènes, suggère Thomas en me lançant les clés de sa voiture. On va avoir besoin de son savoir-faire. Fonce, on peut commencer sans toi.

— Merci, lui dis-je en me glissant derrière le volant. Je fais aussi vite que possible.

Anna s'engouffre par la portière de droite et s'installe à côté de moi sans que j'aie le temps de protester.

— Je viens avec toi.

Je ne trouve rien à y redire ; au fond je ne suis pas fâché d'avoir un peu de compagnie. Je démarre. Anna dévore le paysage des yeux. C'est vrai que ça doit lui faire tout drôle de revoir sa ville si changée ; égoïstement j'aimerais bien qu'elle me parle. Je finis par lancer la conversation, oppressé par le silence :

— Est-ce que Carmel t'a fait mal tout à l'heure ?

— Ne sois pas bête, me répond-elle avec un sourire.

— Et quand tu étais seule chez toi, ça n'a pas été trop dur ?

Son expression est indéchiffrable. Elle feint la tranquillité mais je ne suis pas dupe : son esprit est aussi vif qu'un requin en chasse.

— Les fantômes ne m'ont pas épargnée, articule-t-elle en mesurant chaque mot, mais je finis par me faire à leurs démonstrations. À part ça, c'est vrai que l'attente était longue.

— Qu'est-ce que tu attendais exactement ?

J'exagère, je sais : parfois il faut savoir se faire plus bête qu'on ne l'est pour s'entendre dire ce qu'on veut. Malheureusement pour moi, Anna n'a pas l'air de vouloir mordre à l'hameçon. Elle ne relève pas et le silence nous enveloppe. Les mots se bousculent dans ma tête, des mots que je voudrais avoir le courage de lui dire. Je ne veux pas qu'Anna disparaisse. Pourquoi devrais-je la sacrifier ? J'ai une vie si étrange qu'elle pourrait sans problème y trouver sa place. Au lieu de tout ça, j'emprunte un nouveau détour :

— Je sais que tes victimes te pèsent sur la conscience, mais tu n'avais pas le choix.

— Ce n'est pas une raison.

— Comment tu peux dire une chose pareille ?

— C'est comme ça, Cas. Je ne changerai pas de position. Je sais que tu réprouves ma façon de voir les choses, mais je n'ai pas d'autre issue. Ça me rend malade de te faire souffrir en prenant cette décision.

— Vraiment ?

Elle a un sourire triste.

— Évidemment. Crois-moi, je n'ai jamais eu l'âme d'une héroïne tragique. Je préfère largement les happy ends.

Nous arrivons. À mon grand soulagement, la voiture de ma mère est là. Je sais que cette discussion avec Anna n'est pas finie. Je pourrais protester, on se disputerait… Mais je n'en ai pas envie. Je ne veux pas regarder la réalité en face. Ça tombe bien, on a un problème plus urgent à traiter. Avec un peu de chance, peut-être qu'après je n'aurai jamais à affronter Anna sur ce sujet. Peut-être que, dans l'intervalle, les choses auront changé.

Nous remontons à pied vers le perron, quand soudain Anna se met à renifler comme si quelque chose la gênait. Son front se plisse et elle porte une main à sa tête.

— Ah merde, c'est vrai ! La maison est protégée, expliqué-je. Une astuce de ma mère pour empêcher les morts d'entrer. C'est plus sûr, tu comprends ?

— Oui, fait Anna en croisant les bras et en s'appuyant contre un des piliers de la véranda. Allez, file la chercher ta mère.

Quand j'ouvre la porte, j'entends cette dernière fredonner une mélodie de son invention. Puis je la vois passer dans la cuisine. Elle glisse un peu sur le parquet ciré avec ses chaussettes. La ceinture de son gilet traîne par terre derrière elle. Je me penche et la tire doucement au passage.

— Cas ! lâche-t-elle avec un regard surpris puis franchement courroucé. Qu'est-ce que tu fais là ? Il n'y a pas classe aujourd'hui ?

— Tu imagines dans quel état aurait été ta veste si Tybalt avait vu ta ceinture traîner comme ça ? Tu pourrais au moins me remercier.

Elle me prend la ceinture des mains et ferme son gilet avec un soupir fâché. La cuisine embaume un mélange de fleurs et de fruits. Une chaude odeur d'hiver, réconfortante. Elle est en train de préparer une nouvelle fournée d'une de ses meilleures ventes, un pot-pourri stimulateur d'énergies.

— Alors ? J'attends. Est-ce que tu vas me dire pourquoi tu n'es pas au lycée ?

Je prends mon courage à deux mains.

— Il est arrivé quelque chose.

— Quoi ? lâche-t-elle d'une voix fatiguée, pressentant les mauvaises nouvelles.

Ça doit être usant d'avoir un fils comme moi, je n'y pense jamais assez.

Je ne sais pas par où commencer. J'ai peur qu'elle réagisse mal. En même temps est-ce qu'on peut bien réagir à ce que je m'apprête à lui dire ? À force d'hésitation, l'expression de ma mère se fait de plus en plus inquiète.

— Il va falloir passer aux aveux, Thésée Cassio Lowood.

— OK, maman, mais, s'il te plaît, promets-moi de ne pas paniquer.

— Hein ? s'exclame-t-elle, les poings sur les hanches. Mais qu'est-ce qui se passe, à la fin ? Je n'aime pas du tout le tour que prennent les choses.

Sans me quitter des yeux, elle attrape la télécommande sur la table de la cuisine et allume la télé.

— Maman ! grommelé-je.

Trop tard. Les lumières agressives des voitures de police envahissent l'écran avec, en haut à droite, les photos de Will et de Chase en vignette. L'affaire est déjà rendue publique. Une nuée de policiers et de journalistes se déverse sur les pelouses de l'élégante maison des Rosenberg, comme des fourmis à l'assaut d'un morceau de fromage.

— Qu'est-ce que… ? commence ma mère.

Elle porte une main à sa bouche, abasourdie.

— Oh, Cas, est-ce que tu connaissais ces garçons ? Mon Dieu, c'est affreux. Je comprends mieux pourquoi tu n'es pas au lycée, ils ont dû le fermer pour la journée.

Je connais très bien sa manière de procéder. Elle essaie de noyer le poisson en me posant des questions naïves. Mais elle connaît la musique et ne pourra pas longtemps se duper elle-même. Quelques secondes plus tard, elle éteint puis hoche doucement la tête, comme pour digérer ce qu'elle vient de voir. Enfin, elle se tourne vers moi.

— Maintenant je veux tout savoir.

Je ne me fais pas prier plus longtemps et me lance. Je lui épargne le plus de détails possible, mais je suis bien obligé de lui parler des morsures. C'est comme si je lui avais mis un coup de poing dans le ventre.

— Tu crois que c'est la même créature qui a… ?

Sa voix s'étrangle.

— J'en suis sûr. Je le sens dans chaque fibre de mon être.

— Mais comment… ?

— Maman, crois-moi. Je le sais.

Je la ménage au maximum, prenant des pincettes à chaque mot. Elle a la bouche pincée et le menton qui tremble. Si ça continue, elle va se mettre à pleurer.

— Tu es allé dans cette maison ? Où est l'athamé ?

— Je ne sais pas. S'il te plaît, reste calme. On a besoin de toi.

Elle ne dit plus rien, une main posée sur le front et l'autre toujours sur la hanche, le regard perdu. Une ride profonde se creuse entre ses sourcils. Cette ride que j'ai remarquée pour la première fois le jour où mon père est mort.

— Besoin de moi ? murmure-t-elle comme si ces mots n'avaient pas de sens.

Puis, un peu plus fort :

— Besoin de moi !

Mince, je crois que le choc est trop dur à encaisser. Elle n'a pas l'air de s'en remettre.

— Écoute, dis-je gentiment, voilà ce qu'on va faire : tu vas rester ici, d'accord ? Je m'occupe de tout, maman, je te promets.

Anna m'attend, et Dieu sait ce qui se passe à la boutique en ce moment. J'ai l'impression que ça fait des heures que j'ai quitté mes amis.

— Fais tes bagages.

— Quoi ?

— Tu m'as bien entendue. Tu vas faire tes bagages, maintenant. On s'en va d'ici.

Elle me pousse et s'engouffre dans l'escalier, prête à lancer le grand départ. Je la suis en grognant. Je n'ai pas le temps pour ces enfantillages. Elle va me faire le plaisir de se calmer et de ne pas me mettre des bâtons dans les roues. Si ça l'amuse de fourrer mes affaires dans des cartons, qu'à cela ne tienne.

Mais elle ne me fera pas monter dans la camionnette tant que le démon qui a tué mon père sera encore de ce monde.

— Maman, garde ton sang-froid, s'il te plaît. Je ne partirai pas.

Elle a beau péter les plombs, elle n'en reste pas moins d'une efficacité redoutable. En moins d'une minute mes chaussettes ont été sorties de leur tiroir et disposées en tas sur le haut de ma commode, les rayées d'un côté, les unies de l'autre.

— Je te dis qu'on part, assène-t-elle tout en continuant la mise à sac de ma chambre. On ne dormira pas dans cette maison une nuit de plus, même si je dois t'assommer pour t'en faire sortir.

— Maman, calme-toi.

— Je t'interdis de me dire de me calmer.

Elle crie ces derniers mots, mais c'est un cri contrôlé qui vient des tripes. Soudain elle s'arrête et se fige, les mains enfouies dans l'un de mes tiroirs.

— Cette chose a tué mon mari. Il est hors de question qu'elle te tue toi aussi.

Chaussettes et caleçons se remettent à voler à travers la pièce. J'aurais préféré qu'elle s'attaque à autre chose qu'à mes sous-vêtements.

— C'est l'occasion parfaite pour l'empêcher de faire plus de mal.

— Ce n'est pas ton rôle, Cas. Quand ton père est mort, j'aurais dû te faire comprendre que tu n'as pas à sauver le monde, que ce n'était pas ton *devoir* ou ton *héritage*. D'autres gens peuvent s'en charger.

— Pas tant que ça, assené-je, soudain fou de rage. Elle ne se rend pas compte qu'elle est en train de cracher sur ce que j'ai de plus sacré.

— Tu n'es pas obligé, Cas.

— Non, tu as raison, rien ne m'y oblige. C'est *mon* choix ! crié-je à mon tour. Si on part, le démon nous suivra. Et si je ne le tue pas, il continuera de dévorer des humains. Tu ne comprends pas ça ?

Elle ne réagit pas. Il est temps qu'elle apprenne la vérité, que je lui révèle le secret que je cache depuis tant d'années.

— Maman, ça fait dix ans que j'attends ça. J'ai enchaîné les missions comme autant d'entraînements pour affronter ce monstre. Je n'ai jamais cessé de le chercher depuis que j'ai trouvé la croix vaudou dans la maison de Baton Rouge.

Ma mère referme brusquement le tiroir et se tourne vers moi, hors d'elle. Ses joues sont rouges et ses narines dilatées. J'ai l'impression qu'elle pourrait me frapper.

— Tu veux te faire tuer, c'est ça ?

— Merci de croire en moi, ironisé-je d'un ton amer.

— Cas...

— Attends. Ferme-la deux secondes.

Je n'avais encore jamais dit à ma mère de la fermer, mais à situation exceptionnelle, mesure exceptionnelle. Quelque chose dans cette pièce vient de me glacer le sang. Quelque chose qui ne devrait pas y être. Ma mère suit mon regard et j'attends sa réaction avec impatience, parce que, si je suis le seul à voir ce que je vois, c'est vraiment que je deviens fou.

Nous contemplons tous les deux mon lit dans un silence de mort. Il est exactement comme je l'ai laissé ce matin, à moitié défait, la couverture rabattue. On distingue encore le creux laissé par ma tête sur l'oreiller. Jusque-là tout va bien ; sauf que de sous cet oreiller dépasse le manche en bois de l'athamé de mon père.

C'est impossible. Le couteau ne peut pas être ici. Il est caché au fond du placard de Will Rosenberg, ou entre les mains du démon qui l'a assassiné. Je m'avance vers le lit et tends le bras. L'objet se fond immédiatement dans ma paume. Les deux dernières pièces d'un puzzle qui s'ajustent enfin. Je le regarde fixement, la peur au ventre.

— Maman, il faut qu'on sorte d'ici. Vite.

Elle reste clouée sur place, clignant des yeux comme une chouette prise dans les phares d'une voiture. Un craquement sinistre que je ne reconnais pas se fait alors entendre.

— Cas… C'est la trappe du grenier.

La trappe du grenier. Ces mots que ma mère prononce dans un souffle épouvanté me font dresser les cheveux sur la tête. Une nuée d'images me reviennent confusément : ma mère me disant d'aller placer des pièges contre les rats, la façon dont Tybalt m'a sauté dessus le jour de notre emménagement…

Chaque son est démultiplié par le calme assourdissant qui règne autour de nous. Je ne m'y trompe pas quand j'entends un léger frottement retentir depuis le couloir : le bruit de l'échelle que l'on déplie pour descendre du grenier.

21

Cette fois je ne demande pas mieux que de partir, et plus vite que ça. Il faut qu'on sorte de cette maison, que je retrouve l'usage de mes jambes et le contrôle de ma mâchoire. La peur atrophie tous mes muscles. Je serais prêt à me jeter par la fenêtre plutôt que d'affronter la chose qui nous attend au bout du couloir. Sauf que je ne peux pas abandonner ma mère, qui a l'air encore plus choquée que moi. Je me rapproche d'elle et la protège de mon corps.

L'échelle grince sous le poids de quelqu'un. Mon cœur n'a jamais battu aussi fort. Une odeur de fumée commence à me parvenir. Il faut tenir le coup, me répété-je pour me donner du courage. Je vomirai quand tout sera fini. Enfin si j'ai encore la chance d'être en vie.

On entend les échelons ployer un à un sous les pas de l'envahisseur. C'est intolérable cette attente, ce silence, notre immobilité. On va finir par mourir de peur sans même s'être battus. On ne peut pas rester sans rien faire, c'est impossible. Je voudrais que tout ne soit qu'un mauvais rêve, mais ce n'est pas le cas. Je dois à tout prix nous tirer de là, qu'on essaie au moins de rejoindre l'escalier avant que la chose ne nous bloque le passage. Quand j'attrape sa main, ma mère se met à secouer la tête comme une petite fille. Elle ne veut pas avancer, mais je la tire quand même, progressant peu à peu vers la porte, mon couteau pointé en avant comme une torche.

Anna. Viens nous sauver, ça y est, c'est ton moment ! Revêts tes attributs de déesse et sois notre héroïne… J'ai beau l'invoquer de tous mes vœux, je sais très bien qu'elle est coincée à la porte. Je pense un instant à l'ironie de la situation : je vais peut-être mourir ici réduit en charpie pendant qu'elle, impuissante, sera condamnée à regarder un monstre me mastiquer les os depuis le seuil de cette maison qui sera mon tombeau.

Je chasse ces pensées parasites de ma tête et rassemble tout mon courage. Allez, à trois, je sors de la chambre. Ou plutôt à cinq.

Au bout du couloir, je distingue l'échelle tirée et la forme qui est en train d'en descendre. Je préférerais ne pas la voir. Je voudrais me cacher dans un trou et y attendre la fin de la tempête. En moins d'une seconde, toutes ces années passées à m'entraîner, mes efforts, mon instinct, tout est réduit à néant. Me voilà face à l'assassin de mon père. Je devrais être en colère. Je devrais me jeter sur lui. En vérité, je suis terrifié.

Il me tourne le dos, et je constate que l'échelle est assez éloignée de l'escalier pour que nous puissions nous y précipiter avant qu'il ne soit en bas. Du moins s'il ne décide pas de sauter les derniers échelons pour attaquer directement. Pourquoi est-ce que je pense à ça, moi ? Ce genre de pronostic ne va pas nous aider à sauver notre peau. D'autant que la créature en face de moi n'a pas l'air pressé. Pendant que nous glissons sans bruit vers notre but elle pose tranquillement pied à terre et, toujours sans se retourner, prend la peine de remettre l'échelle en place.

Quand nous atteignons le haut des marches, je prends ma mère par les épaules pour l'inciter à descendre en premier. La silhouette au fond du couloir ne semble pas nous avoir remarqués. Nous tournant encore le dos, elle se balance doucement sur place, comme si elle écoutait une musique intérieure.

Je m'imaginais un être démoniaque, mais c'est bien d'un homme qu'il s'agit. Il porte une veste ajustée du genre smoking. Vert foncé ou noir sale, je ne saurais dire. Un chignon de dreadlocks crasseuses surmonte sa tête. Certaines, à moitié pourries, pendent sur ses épaules, près de tomber. Je ne vois toujours pas son visage, mais la peau de ses mains est grise et craquelée. Il tient entre ses doigts quelque chose qui ressemble à un long serpent lustré.

Ma mère n'a pas bougé, et je la pousse doucement pour qu'elle descende. Je dois gagner du temps, qu'elle rejoigne Anna à l'extérieur et se mette hors de danger. Tiens, on dirait que je regagne du poil de la bête.

C'est le moment que choisit la créature pour se retourner. La petite lueur d'espoir qui venait de s'allumer dans ma poitrine meurt aussitôt. La chose me regarde droit dans les yeux. Du moins je crois, car je ne saurais dire s'il me voit. Ses paupières sont cousues ensemble à gros points de fil noir. Ma mère résume ma pensée en lâchant un petit cri horrifié.

— Y a pas de quoi, me lance l'homme d'une voix reconnaissable entre toutes, comme s'il venait de mâcher des clous rouillés.

— Je ne t'ai pas remercié de quoi que ce soit, répliqué-je dans un sursaut de révolte.

L'homme penche la tête. Ne me demandez pas comment, mais je comprends qu'il regarde l'athamé dans ma main. Puis il s'avance vers nous.

— C'est peut-être moi qui devrais te remercier, alors, articule-t-il avec cet accent tout droit sorti de mes cauchemars.

— Qu'est-ce que tu fous ici ? Comment est-ce que tu as pu entrer dans notre maison ?

— Je me suis installé là avant votre emménagement.

Ses dents sont d'une blancheur éclatante au milieu de sa figure terreuse. La taille de sa mâchoire, tout à fait normale pour un humain, ne colle pas avec le souvenir des morsures qu'il laisse sur ses victimes.

Il sourit à présent, le menton en avant, l'air crâne. Sa démarche est heurtée, comme chez la plupart des revenants. Leurs membres raidis et leurs ligaments en décomposition ne les aident pas. Je n'en reste pas moins sur mes gardes, car je sais que, lorsqu'ils attaquent, ils se révèlent souvent agiles comme des fauves. Je ne me ferai pas avoir.

— C'est impossible. La maison est protégée.

J'aurais dormi tout ce temps avec l'assassin de mon père tapi au-dessus de ma tête ?

— Je te dis que j'étais déjà à l'intérieur. Je vous attendais. Vous pouviez installer toutes les barrières que vous vouliez, puisque j'étais déjà là, je n'étais pas concerné. Je vais et je viens comme bon me semble. Pour récupérer les objets que les garçons étourdis laissent traîner entre n'importe quelles mains, par exemple. Le reste du temps, je l'ai passé dans le grenier à me nourrir de tout ce qui passait. Avec une certaine prédilection pour les chats, je dois dire.

Je me rends soudain compte que ce que j'avais d'abord pris pour un serpent entre ses doigts n'est autre que la queue de Tybalt.

— Espèce d'ordure, tu as bouffé mon chat !

Cette fois ça y est, les vannes s'ouvrent, et toute ma rage se déverse en un hurlement de bête sauvage. Merci, Tybalt, pour ce dernier service que tu me rends, cette montée d'adrénaline salvatrice. Un bruit sourd s'élève au niveau de l'entrée. Anna m'a entendu crier et tape à la porte. Je l'entends nous demander si tout va bien. Le fantôme en face de moi tend l'oreille, comme un serpent dresse la tête vers sa proie.

Le raffut achève de déboussoler ma mère. Je ne lui ai pas dit qu'Anna était là. Elle se blottit contre moi sans plus savoir à quel saint se vouer.

— Cas, il y a quelque chose dehors. Comment est-ce qu'on va sortir, maintenant ?

— Ne t'en fais pas, maman, ce n'est pas ce que tu crois.

— Ah, mais n'est-ce pas la jeune fille que nous attendions tous ? intervient l'homme en faisant un pas en avant.

Nous dégringolons d'une marche, et je dois me raccrocher à la rampe pour ne pas tomber. Je lève mon athamé devant les yeux de mon adversaire et grince entre mes dents :

— Tu n'approcheras pas Anna.

— C'est pour elle que je suis ici, Cas. Que nous sommes venus ici, toi et moi.

Il s'avance à nouveau dans un bruissement étrange. J'ai l'impression que son corps n'est pas matériel, que ses vêtements ne reposent sur rien.

— Il n'y a pas de *nous* qui tienne, tu m'entends ? *Je* suis venu pour tuer un fantôme. Et je ne vais pas laisser passer ma chance.

Joignant le geste à la parole, je me jette en avant. J'ai mal évalué la longueur de mon coup et ma lame fend l'air, frôlant à peine les boutons de sa veste.

— Cas, arrête ! crie ma mère en essayant de me retenir par le bras.

Ça commence à bien faire. Il va falloir qu'elle lâche un peu de lest ou on ne va pas s'en sortir. Qu'est-ce qu'elle croit, que j'ai passé les dernières années à combattre les fantômes en posant des pièges ? En agitant un bouchon au bout d'une ligne ? Eh bien non, maman, chaque fois j'y suis allé au corps à corps. C'est encore ce que je sais faire de mieux.

Pendant ce temps-là, les coups d'Anna redoublent contre la porte. Je n'ose pas imaginer la migraine qu'elle doit avoir en s'aventurant jusque-là.

— Tu es venu pour la tuer, elle, mon garçon. Et c'est exactement ce qui va se passer, siffle le fantôme en contre-attaquant.

Son coup de poing me rate d'au moins un mètre. Ce n'est pas à cause de ses yeux cousus, je ne me fais pas d'illusions. C'est juste qu'il joue avec moi. D'ailleurs il rit.

— Je me demande ce que ça fera quand je t'aurai transpercé de mon athamé, le provoqué-je en rétractant mon couteau dans son manche. Vas-tu te racornir sur place, ou alors fondre sur le sol en n'y laissant qu'une flaque ?

— Rien de tout ça, réplique-t-il, le sourire aux lèvres.

— Ah oui ? Et si je t'arrache le bras ?

Je bondis vers lui en déployant d'un coup sec ma lame, qui fend l'air en tintant.

— Je n'ai pas besoin de mes bras pour te tuer, petit morveux.

Il m'attaque à nouveau, et cette fois ce n'est plus pour rire. Le coup m'atteint en pleine poitrine. J'entraîne ma mère dans ma chute. Nous tournons et roulons sur nous-mêmes jusqu'en bas des marches, nos deux corps empêtrés l'un dans l'autre. L'atterrissage est douloureux. Je crois que j'ai fini par énerver mon adversaire. Tant mieux. J'aide ma mère à se relever.

— Ça va ? Rien de cassé ?

Elle fait non de la tête.

— OK. Maintenant écoute-moi bien, je veux que tu sortes d'ici.

Je la pousse vers la porte et me retourne face à l'escalier que l'homme est en train de descendre tranquillement, d'un pas leste. Plus aucune trace de la raideur que je constatais tout à l'heure. Il est aussi souple qu'un jeune homme. Je continue sur ma lancée pour combler le silence. Je n'ai jamais su tenir ma langue, ce n'est pas maintenant que je vais commencer.

— Tu vas peut-être t'évaporer, qui sait. Mais ce serait trop doux. Moi, ce que j'espère, c'est de te voir imploser.

Il prend une profonde inspiration. Puis une deuxième et une troisième, sans relâcher son souffle. Son thorax se gonfle comme un ballon ; j'entends ses côtes craquer, ses tendons s'allonger, près de se rompre. Le temps est suspendu quand soudain il se jette sur moi et me plaque contre le mur. J'ignore comment il a fait pour bouger si vite. Il a immobilisé ma main droite, celle de l'athamé, et me tient par le cou, son visage à deux centimètres du mien. J'essaie de le frapper de ma main gauche restée libre, mais je fais autant de dégâts qu'un chaton s'acharnant sur une pelote de laine.

Il relâche alors l'air qui gonflait ses poumons. Un tourbillon de fumée douceâtre envahit mes narines, me brûle les yeux, si écœurante que mes jambes vacillent sous le choc.

Je suis à moitié évanoui quand soudain ma mère surgit dans mon champ de vision. Elle m'agrippe par le bras et me tire à elle en hurlant mon nom.

— Maintenant ton choix est simple, fiston, susurre l'homme à mon oreille : Si tu ne me guides pas jusqu'à elle, c'est toi qui mourras.

Il me relâche et je tombe dans les bras de ma mère. Le fantôme poursuit, menaçant :

— Oui, tu mourras, et dans d'affreuses souffrances. Ton corps pourrira de l'intérieur et ton cerveau coulera par tes oreilles alors que tu respireras encore.

Je ne peux plus bouger ni parler. Toutes mes fonctions vitales semblent gelées. Je ne sais plus comment je m'appelle ; je flotte loin, très loin, quand je perçois vaguement ma mère se pencher sur moi avec un cri apeuré. La porte de la maison vole en éclats et Anna apparaît sur le seuil, drapée dans sa robe de sang.

— Si c'est moi que tu veux, viens me chercher toi-même, lance-t-elle au fantôme.

Mon Anna, forte et effrayante à la fois. Je voudrais la mettre en garde, lui dire de se méfier, que son ennemi est plus redoutable qu'il n'y paraît, mais c'est au-dessus de mes forces. Nous nous retrouvons coincés ma mère et moi au milieu de cet affrontement de titans. Les deux plus puissants spectres que nous ayons jamais vus se toisent, tandis que nous nous blottissons l'un contre l'autre, ridiculement petits.

— Alors, qu'est-ce que tu attends pour venir te battre, ma belle ?

— Et toi, qu'est-ce que tu attends pour sortir, espèce de lâche ?

Je vois combien il en coûte à Anna de lutter contre le sort qui la repousse. Sa tête doit être sur le point d'éclater, comme la mienne ; un filet de sang s'échappe de son nez, teintant ses lèvres de noir. Elle continue pourtant :

— Prends le couteau et viens, je t'attends. Viens me libérer, je ne demande pas mieux.

L'homme se tient à distance, bouillonnant de colère, les mâchoires serrées.

— Le garçon devra faire couler ton sang avant demain ; sinon, c'est lui qui nous rejoindra.

Je veux empoigner le manche de mon athamé, mais je ne sens plus mes doigts. J'entends juste Anna crier quelque chose en réponse, avant que mes oreilles ne me lâchent – elles semblent bourrées de coton. Cette fois, je perds connaissance pour de bon.

22

J'ai besoin d'air. Mes poumons me brûlent comme si j'étais resté sous l'eau trop longtemps. La surface est seulement à quelques brassées, mais je suis incapable de fournir l'effort, paralysé par la peur.

Au moment où je me sens mourir, mes yeux s'ouvrent malgré moi et je prends enfin une inspiration déchirante. Tout est flou autour de moi ; je reste quelques secondes à haleter, étendu sur le dos, savourant ce souffle douloureux qui me ramène à la vie.

La tête de Morfran m'apparaît soudain en très gros plan. Je m'enfonce instinctivement dans la surface molle sur laquelle je repose pour éviter tout contact avec sa barbe moussue. Je vois ses lèvres bouger mais aucun son ne parvient à mes oreilles. Je n'entends absolument rien, pas un bruit de fond ni même un bourdonnement interne. Est-ce que je suis devenu sourd ?

À mon grand soulagement, Morfran s'est reculé pour parler à ma mère. Elle est dans un piteux état, la figure défaite, les yeux rouges ; je déteste l'idée qu'elle ait pleuré. Une vision plus réconfortante lui succède : Anna se penche sur moi. J'essaie de tourner la tête vers elle tandis qu'elle s'installe à mon chevet. Elle me caresse le front d'une main timide, sans mot dire. Le soulagement illumine son visage.

Mon ouïe se rétablit peu à peu. Les sons me parviennent d'abord étouffés. C'est une drôle de sensation. Plus mon environnement sonore se clarifie, plus je perds le sens de ce qu'on me dit. Mon cerveau a dû croire qu'il avait été coupé en deux. Il a du mal à se remettre en marche ; mais je sens les connexions se faire petit à petit et le flux d'informations circuler à nouveau. Mes neurones sont trop heureux de constater que tout fonctionne. J'attends qu'ils daignent bien envoyer un signal vers ma langue et marmonne enfin :

— Où suis-jc ?

— Merde, mon pote, j'ai cru que tu étais grillé pour de bon, s'exclame Thomas dont la silhouette se découpe au pied d'un vieux canapé que je connais déjà. Carmel est à ses côtés.

Je suis dans la boutique de Morfran.

— Quand elles t'ont amené ici, j'ai bien cru que…

Les mots s'étranglent dans sa gorge, mais je n'ai pas besoin qu'il en dise plus. Je me redresse péniblement et pose une main sur son épaule.

— T'en fais pas, va, j'ai déjà connu pire.

Un grognement nous parvient du fond de la pièce où Morfran s'affaire en nous tournant le dos, comme à son habitude.

— Ne sois pas si optimiste, mon garçon.

Il se retourne enfin et remonte les lunettes qui ont glissé au bout de son nez.

— Tu n'es pas tiré d'affaire, si j'en crois la puissance du sort dont tu es prisonnier. On ne plaisante pas avec la magie obeah.

À ce mot, Thomas, Carmel et moi échangeons des regards ahuris comme si Morfran venait de se mettre à parler en elfique.

— Oui, obeah, répète Morfran d'un ton cassant. Une magie vaudou qui vient d'Inde de l'Ouest. Tu as de la chance que j'aie passé six ans sur l'île d'Anguilla à me former auprès d'un spécialiste. Il s'appelle Julien Baptiste. Un vrai homme obeah comme on n'en fait plus.

Je m'étire doucement et me redresse. Morfran exagère. À part une légère faiblesse dans les reins et ma tête endolorie, je me sens plutôt bien.

— J'ai été obeafié par un homme obeah, c'est ça ? Est-ce que c'est aussi grave que lorsqu'un schtroumpf en schtroumpfe un autre ?

— Cassio, ce n'est pas drôle.

C'est ma mère qui me rappelle à l'ordre.

— Je n'arrive toujours pas à comprendre comment il a pu s'introduire chez nous, bégaie-t-elle. Avec toutes les précautions qu'on a prises… La barrière protectrice a pourtant bien fonctionné sur Anna…

— C'est vrai, madame Lowood, vous n'avez rien à vous reprocher. Je n'aurais jamais pu entrer, et ce n'est pas l'envie qui m'en manquait, intervient gentiment Anna.

Une ombre noire passe sur son visage tandis qu'elle prononce les derniers mots.

— Qu'est-ce qui s'est produit après ma perte de connaissance ?

L'euphorie de me réveiller vivant s'est estompée. J'ai besoin de détails.

— Quand je lui ai demandé de sortir pour m'affronter, l'homme n'a rien répondu et s'est contenté de sourire. Un sourire à vous glacer le sang. Une seconde plus tard, il a disparu en ne laissant derrière lui qu'un nuage de fumée. Je dis « l'homme », mais qu'est-ce que c'est exactement ? ajoute Anna à l'intention de Morfran.

— Avant qu'il ne se dématérialise, c'était un homme obeah. Mais maintenant, je ne saurais pas te dire. Il s'est défait de sa dépouille humaine pour n'être plus qu'une force pure.

— Est-ce que je suis la seule à ne pas savoir ce que « obeah » veut dire ? s'enquit à son tour Carmel.

— C'est comme le vaudou, expliqué-je avec nonchalance.

Morfran abat un poing furieux sur le comptoir de la boutique.

— Si c'est ce que tu penses, tu es mort, mon garçon.

— Comment ça ?

Ce n'est pas une conversation que j'ai envie de tenir en restant allongé. Je me soulève tant bien que mal et me mets debout sur mes jambes flageolantes. Anna me prend la main.

— La magie obeah découle des rites vaudou, mais elle ne joue pas dans la même cour, crois-moi. Le vaudou obéit à des règles, comme n'importe quel autre type de sorcellerie occidentale ou orientale ; la magie obeah, elle, n'a pas de règles. Le vaudou se contente de canaliser un pouvoir, de le relayer. L'homme obeah ne relaie rien : tout son être *est* pouvoir.

— Mais je croyais que… c'est une croix vaudou que j'ai trouvée à l'endroit où mon père est mort. Une croix noire, comme celle de Papa Legba dans votre jardin.

Morfran écarte mon objection d'un revers de la main.

— C'était il y a dix ans. Ton fantôme a probablement commencé par le vaudou, mais il a parcouru bien du chemin depuis. Tu n'as pas idée de la puissance qu'il a emmagasinée. On peut dire que tu nous as mis dans un sacré pétrin, mon garçon.

— Hein ? Attends, ce n'est pas comme si c'était moi qui lui avais couru après, genre « hé, toi qui as tué mon père, si tu venais nous pourrir la vie, mes amis et moi ? »

— *Tu* l'as amené ici, je te signale, gronde Morfran. Depuis des années tu le balades partout où tu vas sans le savoir.

Il s'arrête pour jeter un regard sombre à l'athamé dans ma main droite.

— Il s'est infiltré dans ce maudit couteau sans que tu t'en rendes compte.

Non. *Non !* Ça ne peut pas être vrai. Soudain l'athamé semble peser une tonne. Je le fixe, incrédule. Un reflet sournois passe sur sa lame, comme le sourire narquois de la trahison. L'homme obeah se serait servi de ce que j'ai de plus précieux au monde comme d'un portail ?

Je refuse d'y croire. Mon cerveau s'acharne à trouver une alternative. Pourtant toutes les évidences sont contre moi. Pourquoi l'homme obeah m'a-t-il rendu mon couteau si ce n'est pour rester lié à moi ? Pourquoi Anna a-t-elle senti cette horrible odeur de fumée au contact de la lame ? Je me souviens de ses paroles : « L'athamé est relié à une force sombre. » Et moi qui pensais comme un idiot qu'il s'agissait de son pouvoir propre.

— L'homme obeah… il a tué mon père, murmuré-je pour moi-même.

— Et c'est comme ça qu'il s'est approprié l'athamé, achève Morfran en détachant chaque mot comme s'il parlait à un enfant.

La démonstration est implacable. Oui, Morfran, je te l'accorde, je suis lent à la détente ; mais un peu d'indulgence, s'il te plaît. Il y a cinq minutes j'étais encore dans les vapes, et ce n'est pas une petite révélation que tu viens de me livrer.

— C'est en le dévorant que… murmure doucement ma mère, les yeux dans le vide.

— Mais oui, bien sûr ! rebondit immédiatement Thomas.

Il se tourne vers Morfran qui lui adresse un signe d'approbation puis il reprend :

— En mangeant ses ennemis, l'homme obeah s'approprie leur essence. La chair humaine est porteuse du pouvoir intrinsèque de chacun. En dévorant ton père, il a absorbé son pouvoir.

Il regarde mon athamé comme s'il le voyait pour la première fois.

— Ce lien du sang qui te relie à ton couteau et que tu évoques si souvent… le monstre l'a ingéré. Cela fait des années qu'il s'en nourrit, jour après jour.

— Non !

Mon cri de protestation meurt dans ma gorge. Thomas me regarde avec un air désolé, comme s'il voulait me dire que ce n'est pas ma faute, que je ne pouvais pas savoir.

— Attendez, ça veut dire que cette chose monstrueuse transporte en elle un peu de Will et de Chase ? s'écrie Carmel, horrifiée.

Mes yeux tombent à nouveau sur le couteau que je ne me suis toujours pas résolu à lâcher. Thomas et Morfran disent pourtant vrai, je ne peux plus le nier. Je n'ose pas penser à tous les fantômes que j'ai éliminés avec cet athamé. Où sont-ils à présent ? Leurs visages me reviennent en mémoire, un à un. Leurs traits contorsionnés par la colère, la surprise et la douleur. Je revois les yeux apeurés de l'autostoppeur qui voulait juste rejoindre sa copine. Je serais hypocrite si je prétendais que je pensais agir pour leur bien. Je l'espérais. Mais maintenant je vois combien je me suis trompé, et une chape de culpabilité s'abat sur mes épaules. Le coup est tellement dur que je persiste dans le déni :

— Ce couteau est censé tuer les morts, pas les nourrir.

— Hé, mon garçon, on dirait que tu parles du Saint-Graal, rétorque Morfran. Es-tu seulement capable de me dire dans quelles circonstances cette lame a été forgée ? C'était il y a trop longtemps, on ne sait pas quelles forces ont été mobilisées. Ce n'est pas parce que tu l'as mise au service d'une cause noble qu'elle y a été destinée, et qu'elle n'est pas capable de se prêter à d'autres desseins. La mort de ton père a changé la donne. L'arme dont il se servait a été investie d'un autre pouvoir. Chaque fantôme que tu as tué depuis est allé nourrir l'homme obeah pour le rendre plus fort. Rappelle-toi, il absorbe l'essence des êtres.

Son ton accusateur me donne l'impression d'être un petit garçon. Je voudrais me réfugier dans les jupes de ma mère et qu'elle prenne ma défense, qu'elle me rassure en me disant que ce ne sont que de sales menteurs ! Sauf que ma mère ne bronche pas et écoute Morfran avec le respect qu'on doit à la vérité.

— Vous êtes en train de me dire que j'ai vécu dans une promiscuité totale avec le monstre qui a tué mon père, qu'il s'est renforcé à mon insu et grâce à moi pendant les dix dernières années ?

J'ai mal au cœur.

— Oui, mais n'oublie pas que l'athamé n'est rien qu'un objet, au même titre que ceux que tu trouveras dans cette boutique. Il a son histoire propre, c'est à ses dépens que le monstre a vécu, pas aux tiens.

Morfran ajoute, en regardant Anna d'un air sombre :

— Et maintenant il a jeté son dévolu sur une sacrée proie.

— S'il est capable d'absorber l'énergie des gens en les dévorant, pourquoi a-t-il besoin de moi ? S'il voulait Anna, il n'avait qu'à sortir de la maison tout à l'heure et la croquer.

— Il mange la chair humaine, Cas. La mienne a pourri depuis longtemps, intervient Anna.

— C'est brutal, mais ça a le mérite d'être clair, constate Carmel. Il n'y a que les zombies qui doivent être mangeables. C'est en perpétuel état de décomposition, un zombie, non ?

La formulation me donne un nouveau haut-le-cœur. La pièce se met à tourner et je sens mes jambes se dérober. Anna réagit immédiatement en passant un bras autour de ma taille.

— Ce n'est pas le moment, Carmel, déclare-t-elle d'une voix ferme. Restons concentrés sur nos objectifs.

Son ton est autoritaire et protecteur. Je la regarde avec reconnaissance, pâle et mince dans sa robe légère. On ne croirait pas qu'une silhouette si frêle dissimule de telles ressources. Elle cache bien son jeu.

L'homme obeah ne s'y est pas trompé. Il connaît sa force. Anna, pour lui, c'est le gueuleton du siècle. Le clou de toute une carrière.

— Ce salopard ne perd rien pour attendre.

— De toute façon tu n'as pas le choix. Il faut que tu le tues si tu veux rester en vie, m'annonce Morfran.

Tiens, je ne l'avais pas vue venir, celle-là.

— Qu'est-ce que vous voulez dire ?

— Je ne m'y connais pas bien en magie obeah, une vie ne suffirait pas à faire le tour du sujet, alors six ans… Même si j'étais plus performant, je ne crois pas que je serais capable de te délivrer de l'envoûtement qu'il t'a jeté. Tout ce que je peux faire, c'est te faire gagner un peu de temps, pas beaucoup. L'équation est simple : si tu ne le tues pas ou si tu ne te plies pas à sa volonté en lui livrant Anna avant demain, c'est toi qui mourras.

Une décharge électrique parcourt le corps d'Anna tandis que ma mère étouffe un cri et se met à pleurer.

Mort avant demain. D'accord. Pourtant je me sens parfaitement bien. Il y a juste cette vibration lancinante qui résonne dans chacun de mes membres. À part ça, tout est normal.

— Qu'est-ce qui va m'arriver ?

— Difficile à dire. Ça peut prendre la forme d'une mort naturelle ou bien celle d'un empoisonnement. Dès les prochaines heures tes organes vont commencer à se dégrader. Quelqu'un va mourir. Reste à savoir qui, toi, elle ou lui.

Anna me serre la main. Je sais exactement ce à quoi elle pense, et j'ai mon mot à dire sur la question. Je me tourne vers elle :

— Si veux me convaincre de te livrer à l'homme obeah, c'est peine perdue. J'en ai assez de ton numéro de fantôme suicidaire, tu m'entends ?

— Ce n'est pas ce que j'allais te demander, déclare-t-elle en levant le menton vers moi. En me tuant, tu ne ferais que le rendre plus fort, et je doute qu'il te laisse tranquille une fois que ce sera fait.

— Alors qu'est-ce qu'on fait ? balbutie Thomas d'une voix haletante.

Tous les regards sont tournés vers moi. Je n'ai pas l'âme d'un leader. Je préfère largement risquer ma peau en solo plutôt que d'avoir la responsabilité de celle des autres. Sauf que je n'ai plus le temps pour ce genre de considérations. Je suis au pied du mur. Finalement, je ne suis pas fâché de ne pas être seul pour me battre.

Je me tourne vers Anna.

— On va jouer la revanche sur notre propre terrain. Jusque-là il a eu le monopole de la feinte. Il est temps qu'on lui montre de quel bois on se chauffe.

23

Honnêtement, pour une expédition punitive, on a piteuse allure. Nous roulons vers notre destin, entassés dans la Tempo décatie de Thomas et le vieux pick-up de Morfran. Je ne sais pas lequel des deux véhicules remporte la palme du plus gros dégagement de CO_2, mais ce qui est sûr, c'est qu'on ne passe pas inaperçus.

Les premières lueurs du jour nous saluent à l'horizon, annonçant une journée radieuse. Le chargement du matériel nous a pris une éternité. Il faut dire qu'on a embarqué la moitié du stock de la boutique de Morfran. Quand je pense que, autrefois, il suffisait d'une heure à peine aux tribus nomades pour démonter un campement entier et se lancer à la poursuite d'un buffle. Quand les humains ont-ils perdu le sens de l'essentiel ?

Nous voici enfin à destination. Nous nous mettons en devoir de tout décharger dans le jardin de la maison d'Anna. C'est ça que j'appelle « notre propre terrain » ; enfin, c'était surtout le seul endroit disponible pour baser mon plan, sachant que ma maison a été contaminée et que la boutique de Morfran est trop exposée. Quand j'ai parlé à ce dernier de la présence des victimes d'Anna sur les lieux, il m'a assuré qu'elles n'oseraient pas se montrer face à tant de sorciers. Je préfère lui faire confiance sur ce coup-là.

Carmel fonce vers son Audi, garée là depuis hier, et renverse le contenu de son sac sur le siège afin de s'en servir pour transborder huiles et onguents. Je ne me sens pas trop mal, en dépit des prédictions de Morfran. Il y a bien ce point qui me brûle, là, juste entre les deux yeux, mais il ne faut pas oublier que je viens de recevoir un certain nombre de coups sur la tête. Si on se débrouille bien, on en aura fini avec notre adversaire avant que le sort ne commence vraiment à agir. Je mise tout là-dessus ; à quoi je vais servir, moi, si je ne suis bon qu'à me tortiller de douleur dans un coin ?

J'essaie de cacher mes élans de défaitisme au groupe. En tant que leader, je n'ai pas le droit de douter. Ma mère est si inquiète que ses cheveux blanchissent à vue d'œil. Quant à Carmel et Thomas, je les trouve beaucoup trop pâles, même pour des Canadiens. Mon boulot, c'est de donner le change et d'afficher une confiance sans faille.

— Tu es sûr qu'il nous trouvera ici ? me demande Thomas pendant que nous sortons un énorme sac de bougies de sa voiture.

— Il est capable de me localiser où que je sois. Ou, plutôt, de localiser l'athamé.

Il jette un coup d'œil à Carmel, occupée à rassembler divers bocaux remplis de substances bizarres et d'animaux momifiés.

— Carmel et ta mère n'auraient peut-être pas dû venir.

— Tu aurais voulu qu'on les laisse à l'abri ? Mais où ? Cela dit c'est une option. Morfran et toi pourriez très bien partir avec elles et vous planquer quelque part. Si le démon sort vainqueur, je suis sûr qu'à vous tous vous trouveriez le moyen de le combattre, et des alliés pour vous y aider.

— Ça voudrait dire vous abandonner, toi et Anna ?

— C'est à nous deux qu'il en veut…

Thomas fronce le nez, puis secoue une tête farouche.

— Jamais de la vie. À mon avis elles sont autant en sûreté ici qu'ailleurs. C'est vrai qu'elles risquent de voir voler quelques coups, mais au moins elles seront au cœur de l'action.

Je regarde avec amitié ce visage déterminé, prêt à en découdre. De prime abord, Thomas est tout sauf courageux. Ça rend ses accès de bravoure d'autant plus sublimes.

— J'ai vraiment de la chance de pouvoir compter sur toi, lui dis-je avec émotion.

Il part d'un petit rire :

— C'est normal, voyons. Bon, maintenant, est-ce que tu vas me dévoiler le fameux plan grâce auquel nous ne finirons pas en bouchées apéritives pour monstre affamé ?

Je lance un regard furtif derrière moi. Devant le coffre de la voiture, Anna aide ma mère, un pack d'eau minérale coincé sous le bras. Sans détourner les yeux, je donne mes instructions à Thomas :

— Dès que l'homme obeah sera dans la maison, il faudra que vous le bombardiez de sorts pour l'affaiblir au maximum. J'aurai besoin de vous pour le convoquer, aussi. Tu saurais comment l'appâter ?

— Sans aucun problème. Les sorts d'invocation sont les plus classiques. Je suis sûr que ta mère en connaît un paquet, il suffira de les adapter. On pourra aussi paramétrer sa barrière pour repousser les morts et la transformer en cercle de contention. Comme ça dès qu'il aura mis les pieds ici, il ne pourra plus en repartir tant qu'on n'en aura pas fini avec lui.

Ou lui avec nous, pensé-je ; mais je ne dis rien et laisse Thomas dresser son plan d'attaque à voix haute, énumérant les diverses techniques à mettre en place, les sourcils froncés par la concentration.

— Ça m'a l'air parfait, approuvé-je à la fin, quoique la moitié de ce qu'il a dit me soit passé au-dessus de la tête.

— C'est ça. Ce n'est pas du tout comme si on jouait aux apprentis sorciers face à un démon qui a concentré les énergies de plus de vingt fantômes et de je ne sais combien d'humains depuis une dizaine d'années.

— Et tu maintiens que tu n'es pas pessimiste ? le taquiné-je en riant. Ne t'en fais pas, va. Vous allez très bien vous en tirer. De toute façon, on n'a pas le choix, achevé-je en faisant un effort pour garder les yeux ouverts et ne pas céder à la douleur insidieuse qui me fend le crâne.

C'est le branle-bas de combat ; deux ateliers ont été établis dans la maison qui n'a sans doute jamais connu une telle fébrilité. Thomas et Morfran ont investi l'étage, et répandent de l'encens en poudre en haut des marches de l'escalier. Morfran dessine des pentagrammes dans les airs à la pointe de son propre athamé. C'est puéril, mais je suis fier de constater que le mien est plus imposant. Je le porte en bandoulière, maintenu contre ma poitrine dans son étui de cuir. J'essaie de ne pas trop penser à ce que j'ai appris sur son compte. Je dois relativiser, ce n'est qu'un objet. Il n'a pas de volonté propre, ni de vocation à faire le mal, ou le bien d'ailleurs. Je ne suis pas fétichiste, hors de question de finir comme Gollum dans sa cave avec son anneau. Reste que mon athamé est lié à l'homme obeah. Mais ça ne va pas durer. Ce soir, j'aurai repris ce qui m'appartient.

J'observe Morfran tourner lentement sur lui-même en chuchotant une incantation dans sa barbe. Thomas sort d'un petit sac quelque chose qui ressemble à une main desséchée avec laquelle il se met à brosser chaque marche. Quand Morfran a fini de psalmodier, il fait un signe à Thomas qui jette une allumette par terre. La ligne d'encens s'embrase, illuminant tout l'étage d'une flamme bleue qui s'évanouit dans un nuage de fumée.

— La vache, cette odeur ! On se croirait à un concert de Bob Marley, lancé-je à Thomas.

— C'est le patchouli.

— Et ta petite balayette bizarre, là, c'était quoi ?

— Une racine de consoude. Pour protéger la maison.

Il a descendu les marches et regarde autour de lui, établissant une liste mentale de tout ce qui lui reste à faire.

— Qu'est-ce qui va se passer là-haut ?

— C'est de là qu'on va opérer pendant l'affrontement, ça nous donnera une meilleure portée pour les sorts de contention. Les hauteurs forment des lignes de protection naturelles. On a barricadé tout l'étage, donc si les choses tournent au vinaigre, on pourra toujours s'y réfugier. Avec la dose de charmes protecteurs qu'on a mise, il ne pourra pas nous y attaquer. Je ferais mieux de me mettre à sceller les fenêtres, j'ai encore un paquet de pentagrammes à tracer, achève-t-il dans un soupir.

Une rumeur monte de la cuisine où s'affaire la deuxième équipe constituée par ma mère, Carmel et Anna. Quand j'entre dans la pièce, cette dernière est en train d'indiquer à ma mère comment faire fonctionner le four à bois. Changement d'ambiance au niveau de l'odeur, quoique celle qui règne ici soit tout aussi puissante. Prédominance du romarin et de l'essence de lavande, pour guérir les plaies. Ma mère a sorti le grand jeu. À l'inverse de moi, elle est plutôt du genre optimiste, ce qui ne l'empêche pas de se préparer pour le pire avec lucidité. Je suis content qu'elle soit là. Beaucoup de choses reposent sur ses épaules, notamment le fait d'attirer le monstre dans la maison. Ma ruse seule n'aurait peut-être pas suffi.

Oui, car j'ai bien une idée derrière la tête. Il serait temps d'ailleurs que je l'explique à la principale intéressée. Car ma ruse, voyez-vous, c'est de tuer Anna.

Je regarde ma mère hacher une botte d'herbes filandreuses. L'odeur qui domine à présent émane d'un pot ouvert sur le plan de travail, une sorte de mixture verte qui sent les cornichons et l'écorce d'arbre. Carmel furète dans tous les coins, soulevant tel ou tel ingrédient, mettant le nez au-dessus de la casserole qu'Anna surveille. Puis elle aperçoit la porte de la cave et s'en approche, curieuse.

— Sur quoi ça donne, ça ? demande-t-elle en tournant la poignée.

Anna, plus pâle que jamais, me lance un regard inquiet. Qu'est-ce qui se passerait si Carmel descendait dans cette crypte sinistre ? Serait-elle happée par une armée de cadavres errants ?

J'en doute. Pour moi, ces manifestations sont principalement l'effet de la culpabilité d'Anna. Si les revenants venaient nous faire coucou maintenant, je pense qu'ils miseraient plutôt sur les grands classiques des maisons hantées. Quelques portes qui claquent, quelques chuchotements mystérieux et basta.

— Tu n'y trouveras rien qui puisse nous aider, dis-je en refermant la porte au grand soulagement d'Anna.

Je m'empresse de changer de sujet :

— Ça avance bien là-haut. Comment est-ce que ça se passe de votre côté ?

— Je ne sers pas à grand-chose, remarque Carmel avec un hochement d'épaules désappointé. En général, je fais brûler tout ce que je cuisine, alors je préfère m'abstenir. Mais elles ont l'air de s'en sortir. Même si ça prend un temps fou, ajoute-t-elle en masquant à peine son exaspération.

— Une bonne potion est avant tout faite de patience, commente ma mère avec un sourire. Si on va trop vite, on risque d'avoir des effets secondaires fâcheux. Carmel, je t'assure que tu nous as été d'une grande aide. Tu as nettoyé les cristaux un à un !

Carmel lui adresse un sourire, puis se retourne vers moi en levant les yeux au ciel. Elle est sur le point de craquer.

— Je crois que je vais aller voir ce que Morfran et Thomas fabriquent.

À peine a-t-elle quitté la pièce que je me sens bizarrement oppressé entre Anna et ma mère. Il est grand temps que je parle, mais cette dernière n'a pas besoin d'entendre ce que j'ai à dire.

Anna doit sentir mon malaise et s'éclaircit la gorge avant de demander :

— Je crois qu'on a lancé toutes les préparations, n'est-ce pas, madame Lowood ? Est-ce que je peux encore vous être utile ?

— Pas pour le moment, Anna, merci, répond ma mère en me jetant un regard en coin.

Nous traversons le salon pour rejoindre la terrasse. Sans avoir besoin de nous le dire, nous partageons le même besoin d'intimité. Anna lève le nez vers l'étage au passage.

— Ça me fait bizarre de voir toutes ces personnes dans ma maison sans avoir envie de les réduire en bouillie.

— Pourquoi, tu regrettes ? la taquiné-je avec un sourire.

— Tu n'es qu'un... attends... comment Carmel a dit l'autre jour ? Ah oui, un pauvre mec, m'assène-t-elle avec une moue scandalisée.

— Pas mal, tu apprends vite.

Nous sortons. Un petit vent frais me fait frissonner. Je referme mon manteau que je n'avais pas enlevé – la maison n'a pas été chauffée depuis plus d'un demi-siècle, ça commence à faire juste.

— J'aime bien Carmel. Alors qu'au début...

— Tu ne l'aimais pas ?

— Je croyais que c'était ta copine, m'avoue-t-elle en haussant les épaules. Je sais, ce n'est pas une bonne raison de ne pas aimer quelqu'un, ajoute-t-elle avec un sourire.

— Surtout que tu t'étais trompée. Je ne l'aurais jamais imaginé au départ, mais je crois bien que ça pourrait marcher entre elle et Thomas.

On s'est appuyés contre la façade. Je sens les planches se gondoler dans mon dos, pourries par les ans. J'ai l'impression qu'elles pourraient lâcher si je me laissais aller de tout mon poids.

Ma tête me fait de plus en plus mal, et je commence à sentir comme un point de côté. Je devrais peut-être prendre une aspirine. Une aspirine pour lutter contre un envoûtement vaudou. Mais bien sûr, Cas.

— Ça empire, n'est-ce pas ?

Anna me dévisage, sans dissimuler son angoisse. J'étais en train de me frotter les yeux sans m'en rendre compte.

— Ça va aller.

— On ne peut plus attendre, il va falloir convoquer l'homme obeah, et vite.

Elle fait quelques pas et revient vers moi.

— Comment est-ce que tu comptes l'attirer ici ?

Ça y est, c'est le moment. Il faut parler.

— En faisant ce que tu m'as demandé il y a quelques jours.

Anna accuse le coup. Je lis sur son visage un mélange de tristesse et de reconnaissance.

— Attends, ne t'emballe pas. Je ne vais pas te tuer pour de bon, qu'on soit bien d'accord. Je vais juste faire semblant ; il faut que ton sang coule.

— Tu penses que ça suffira ?

— Combiné avec tous les sortilèges qu'ils sont en train de préparer, j'en suis quasi certain, oui. On le verra rappliquer comme un chien errant devant un marchand de saucisses ambulant.

— Ça risque de m'affaiblir.

— Beaucoup ?

— Je ne peux pas dire.

S'il y a bien une inconnue qui m'inquiète dans mon plan, c'est celle-là. Et pourtant je suis obligé de prendre le risque. Le sang d'Anna est la clé de tout. Il agira comme un catalyseur au contact de ma lame, et fera perdre toute prudence à mon adversaire. Il sera à ma merci. Du moins je l'espère. Je ferme les yeux, submergé par le doute. De toute façon c'est trop tard pour changer de cap.

Je cligne des paupières pour chasser mon horrible migraine ophtalmique. J'ai du mal à me concentrer. Si les préparatifs durent plus longtemps, j'ai peur de ne plus avoir assez de présence d'esprit pour mener l'assaut. Ou pour tenir mon couteau au moment de frapper Anna.

— Tu m'inquiètes vraiment, Cassio.

— J'aimerais pouvoir te rassurer, mais là… dis-je en souriant faiblement.

Je n'y tiens plus, il faut que je ferme les yeux. Le pire, c'est que cette douleur est continue. Aucun répit possible. C'est à devenir fou.

Une main froide se pose sur ma joue, remonte le long de mes tempes, remettant mes cheveux en place. Puis les doigts délicats viennent frôler mes lèvres.

Quand j'ouvre les paupières, mon regard rencontre le sien, tout proche. Je m'avance doucement pour embrasser Anna. Cette fois, j'ai une bonne raison de fermer les yeux.

Je ne saurais pas dire combien de temps dure notre baiser. Nous finissons par reprendre notre souffle, nos deux fronts joints. Mes mains sont posées sur ses hanches tandis qu'elle me caresse doucement les tempes du bout des doigts.

— Je n'aurais jamais cru que ça arriverait un jour.

— Moi non plus. J'étais venu pour te tuer.

Un sourire indéchiffrable se dessine sur sa bouche. Si elle pense que rien n'a changé, elle se trompe. Tout a changé à l'instant où j'ai mis les pieds dans cette ville. Mon destin me reliait étroitement à Thunder Bay, je le vois à présent. Je me rappelle le pressentiment étrange que j'ai eu en entendant parler d'Anna pour la première fois : tout avait déjà un sens, seulement je ne le soupçonnais pas encore.

Plus lucide que jamais, je suis bien conscient du danger que nous courons tous. La douleur qui me pique les yeux me le rappelle à chaque seconde. Je vais au combat loin de me sentir le plus fort. Mes organes semblent près d'exploser. Pourtant je n'ai pas peur. Parce qu'elle est avec moi et que j'ai enfin l'impression d'avoir un but. Nous allons nous sauver l'un l'autre. Ensuite, j'aurai tout le temps de la convaincre qu'elle a sa place auprès de moi pour toujours.

Un fracas de ferraille retentit à l'intérieur de la maison. Ma mère a dû faire tomber une marmite. Ce n'est rien, pourtant Anna sursaute et se dérobe à mon étreinte. Une décharge au niveau du flanc me plie en deux. Je crois que ma rate est en train de déclarer forfait. Ma rate ou autre chose d'ailleurs, je n'ai jamais été fort en anatomie.

— Cas ! s'écrie Anna en m'aidant à me redresser.

— Reste avec moi.

— Je suis là.

— Pour toujours ? lui lancé-je d'un ton taquin.

Elle me fait les gros yeux, puis pose un baiser sur mes lèvres ; alors qu'elle s'apprête à reculer, je la retiens et l'embrasse fougueusement. Elle cède d'abord mais se dégage bientôt en riant, comme si elle craignait de trop s'abandonner.

— Tu ferais mieux d'économiser tes forces.

Elle n'a pas tort ; mais je lui donne beaucoup plus raison lorsqu'elle plonge son regard doux dans le mien et m'embrasse à nouveau.

Tout est prêt. Allongé sur le canapé poussiéreux du salon, j'essaie d'apaiser mes maux de tête en pressant une bouteille d'eau sur mon front. Si elle n'était pas tiède, ce serait plus efficace. Je ne m'efforce même plus de garder les yeux ouverts. Le monde est nettement plus vivable dans le noir.

Sans les soins de Morfran, je n'aurais pas tenu jusque-là. Tout à l'heure, il s'est à nouveau penché sur moi pour tenter de repousser les forces malignes qui me rongent ; ça consistait en une série d'incantations prononcées en frottant deux silex qui déversaient une pluie d'étincelles sur ma tête. Ensuite il m'a frictionné le front et la poitrine avec une substance noire et crayeuse qui sentait le soufre. La douleur à mon côté s'est un peu calmée ; en tout cas je ne la sens plus remonter dans ma cage thoracique. La migraine est redevenue à peu près supportable, mais je sens que je ne vais pas tenir longtemps. Même Morfran a eu l'air inquiet de ne pas arriver à mieux me soulager. D'après lui, il aurait obtenu de meilleurs résultats s'il avait eu du sang de poulet frais à disposition. J'ai beau souffrir le martyre, je ne suis pas fâché qu'aucun poulet ne soit passé dans le coin à ce moment-là. Ça n'aurait pas été beau à voir.

Les paroles de l'homme obeah dansent devant mes paupières closes. « Ton cerveau coulera par tes oreilles. » Je commence à comprendre que ce n'était pas du second degré.

Assise à l'autre bout du canapé, ma mère a la main posée sur ma jambe, qu'elle masse d'un air absent. Je sais la lutte qui se livre en elle. Tout son instinct maternel lui crie de me sauver du désastre, de m'emmailloter et de m'emporter là où personne ne pourra nous suivre. Sauf que ce n'est pas une mère comme les autres. Sans quoi je ne serais pas qui je suis. Voilà pourquoi elle reste là, assise à mes côtés à me soutenir quoi qu'il arrive, prête pour la bataille.

— Je suis désolé pour ton chat, tu sais, lui glissé-je.

— Notre chat, me corrige-t-elle avec un sourire triste.

— Pendant tout ce temps, il essayait de nous avertir. J'aurais dû l'écouter, cette fichue petite boule de poils. Il va me manquer, ajouté-je en reposant la bouteille par terre.

Ma mère acquiesce, l'œil humide.

— Maman, quand le monstre sera là, je voudrais que tu te barricades dans une des chambres de l'étage.

Elle hoche à nouveau la tête ; elle sait bien que sa présence risque de me déconcentrer.

— Pourquoi est-ce que tu ne m'as rien dit, Cas ? Toutes ces années passées à traquer ce démon, à t'entraîner pour prendre ta revanche. Pourquoi as-tu gardé tout ça pour toi, pourquoi ?

— Je ne voulais pas que tu t'inquiètes, murmuré-je en me sentant un peu idiot. J'ai bien fait, quand on voit comment les choses ont tourné, ironisé-je.

Elle écarte les mèches de cheveux qui me tombent sur le front. Soudain elle s'approche et me prend le visage entre les mains, ravagée par l'anxiété.

— Tes yeux. Ils sont jaunes.

Les siens se baignent de larmes. J'entends Morfran lâcher un juron dans la cuisine.

— Ton foie est en train de lâcher, chuchote ma mère. Tes reins aussi.

Bon, au moins ça explique pourquoi j'ai l'impression que mes entrailles se liquéfient dans mon ventre.

Il est temps d'abréger notre scène de confession mère-fils. C'est drôle, chacun a fait la même chose que nous et est parti se recueillir dans un coin avant l'affrontement final. J'espère que Carmel et Thomas ont eu la bonne idée de se recueillir à deux et qu'ils se roulent une pelle quelque part dans un placard. Soudain, un éclair fend le ciel noir.

— Ce n'est pourtant plus la saison des orages, remarqué-je.

— Cet éclair-là n'est pas naturel, mon garçon, me répond Morfran revenu de la cuisine. L'homme obeah n'est pas loin.

— Il faut en profiter pour l'attirer jusque dans la maison. On devrait commencer, suggère ma mère.

— Je vais chercher Thomas, dis-je en me soulevant avec peine.

À mon arrivée en haut des marches, des voix étouffées me parviennent. Thomas et Carmel se sont isolés dans une des chambres. Je colle mon oreille à la porte.

— Je n'ai rien à faire ici.

C'est Carmel qui parle, d'un ton teinté de peur et d'amertume.

— Qu'est-ce que tu racontes ?

— Ne fais pas l'idiot, Thomas. Mon but dans la vie, c'est d'être élue reine de la promo et de régner sur le lycée. Je n'ai pas ma place parmi vous. Cas est la nouvelle Buffy contre les vampires, sa mère, ton grand-père et toi êtes tous plus ou moins sorciers, et Anna est… Anna, quoi. Je suis le boulet de l'équipe.

— Carmel, on a besoin de toi justement parce que tu as les pieds sur terre. Tu es la voix de la rationalité.

— Mouais. Je pense surtout que je vais me faire tuer en premier, comme la pom-pom girl dans les films d'horreur. Ainsi s'achèvera la triste histoire de Carmel Jones, qui voulait combattre les forces du mal armée d'une simple barre en métal.

— Arrête. Tu délires. Je ferai en sorte que tout aille bien pour toi, Carmel.

Leurs voix tombent soudain et je me sens horriblement indiscret. Je n'ai pas le cœur de les interrompre. On peut très bien commencer sans Thomas, je ne vais pas lui voler son moment. Je redescends les marches et pousse la porte de l'entrée.

Je me demande ce qu'il adviendra de nous quand ce sera fini ; en supposant qu'on en réchappe, bien sûr. Est-ce que tout redeviendra comme avant ? Carmel a-t-elle les épaules suffisamment solides pour assumer cet épisode de sa vie ? Peut-être qu'elle fuira Thomas, trop occupée à reconquérir ses galons auprès de la petite société dont elle était le centre il n'y a pas trois mois. Je ne sais pas si je peux faire confiance à une fille qui vient de me comparer à Buffy.

Je fais quelques pas sur la terrasse, frissonnant dans ma veste. Anna est assise sur la rampe du perron. Elle regarde le ciel où les éclairs se succèdent, illuminant son visage fasciné et inquiet.

— Drôle de temps.

— D'après Morfran, ce n'est pas la météo qui fait ça.

— Tu as l'air d'aller un peu mieux, constate Anna.

C'est vrai, et bizarrement ça me rend plus timide, aussi. J'éprouve comme une pudeur à l'approcher. Ce n'est pas le moment. Je rassemble mon courage et me place derrière elle, la prenant par la taille.

Je finis par m'habituer à ne sentir aucune chaleur humaine sous mes doigts, aucune odeur lorsque j'approche mon visage de ses cheveux. Je suis déjà trop heureux de pouvoir la toucher. C'est une sensation si familière... pour elle aussi, je le sens à la façon dont elle s'abandonne contre mon épaule.

La brise nous apporte un parfum d'épice. Je lève la tête. Des volutes de fumée poivrée s'échappent d'une des fenêtres du premier étage ; elles se maintiennent dans les airs malgré le vent, imperturbables, comme un signal d'appel vers des horizons étranges. C'est la première étape du rite incantatoire. Ma mère et Morfran ont commencé.

— Tu es prête ?

— Comme jamais, souffle-t-elle tandis que je dépose un baiser dans son cou.

— Où est-ce que je dois te frapper ?

— Il faut que la blessure ait l'air mortelle.

— Au poignet, alors. Un grand classique.

Anna est assise par terre au milieu du salon. Elle me tend son bras pâle. Je commence à voir flou. Nous sommes tendus, et la rumeur obsédante qui nous parvient de l'étage où est groupé le reste de l'équipe n'arrange pas les choses.

— J'ai peur de te faire mal, murmuré-je.

— Ne t'en fais pas, je ne sentirai rien.

Des flashs électriques déchirent la nuit. L'étrange tempête se rapproche de la maison. Ma lame, d'ordinaire si sûre, tremble dangereusement tandis que je trace un sillon rouge dans la chair tendre. Aussitôt, un sang épais jaillit, noircit le bras d'Anna et dégouline sur le plancher poussiéreux.

Ma boîte crânienne est près d'exploser. Ce n'est pas le moment de flancher. Nous regardons le liquide poisseux goutter sur le sol à un rythme hypnotique quand soudain un souffle parcourt la pièce, un flux d'énergie hostile qui nous fait dresser les cheveux sur la tête.

— Il arrive, crié-je pour que m'entendent Thomas, Morfran Carmel et ma mère, penchés par-dessus la rampe, dans l'escalier. Maman, ton boulot est fini maintenant. Va t'enfermer dans une des chambres.

Elle s'exécute à contrecœur. Le regard qu'elle me lance en s'apprêtant à monter les marches est plein d'encouragements et de mots inquiets qu'elle n'ose me dire.

— Je ne me sens pas bien, souffle Anna. J'ai l'impression de partir, comme l'autre fois. Peut-être que tu as coupé trop profond ?

— Je ne crois pas, dis-je en lui prenant le bras et en inspectant la blessure. Enfin, je ne sais pas, ajouté-je en avisant les bouillons de sang qui s'échappent de la plaie.

Tout à coup j'ai peur. Combien de litres de sang coulent dans les veines d'une jeune fille morte ?

— Cas !

La voix de Carmel sonne comme une alarme. Un épais brouillard venu de dehors s'insinue par les fentes de la porte d'entrée comme un essaim de serpents ondoyant sournoisement vers leur proie. Cette vision ressuscite en moi une terreur primitive. Je suis déstabilisé, cloué sur place. Je m'attendais à ce que l'homme obeah pénètre dans la pièce avec fracas, faisant voler le chambranle en morceaux, sa silhouette se découpant sur le seuil dans un reflet de lune. Comme un vrai méchant de science-fiction, quoi.

La brume visqueuse nous encercle de toutes parts. Anna et moi tombons tous les deux à genoux, vaincus, épuisés. Nous qui voulions feindre la défaite pour appâter l'ennemi, on ne pouvait pas rêver composition plus réaliste. Ce qui m'inquiète, c'est qu'Anna a vraiment l'air plus morte que d'habitude.

En une seconde, la fumée s'amasse dans un coin de la pièce. Un éclair m'aveugle un instant et, quand je rouvre les yeux, j'ai devant moi l'homme obeah qui me fixe derrière ses paupières cousues.

S'il y a bien une chose que je déteste, c'est quand les fantômes n'ont pas d'yeux. Ça me rend malade, moi, les orbites vides, les globes blanchâtres, les pupilles crevées. Ils pourraient quand même faire un effort pour être présentables, non ?

Les incantations montent d'un cran au-dessus de nos têtes, ce qui déclenche l'hilarité de l'homme obeah.

— Vous pouvez toujours essayer de m'affaiblir, j'ai déjà ce que je suis venu chercher.

— Scellez la maison ! crié-je en me relevant.

Je jauge mon adversaire, le poing serré autour du manche de mon athamé.

— Si tu cherches à te prendre mon couteau dans le ventre, sois le bienvenu.

— Tu es ridicule, fiston.

Je ne l'entends plus, j'ai déjà pris mon élan. Je plonge, je fends l'air, je me bats de toutes les forces qui me restent, lançant chaque coup comme un défi.

Le revenant pare, se cabre, esquive avec une vitesse et une agilité inouïes. Merde alors, je ne vais tout de même pas me laisser vaincre par plus mort que moi ! J'arrive enfin à trouver une brèche. Mon corps tout entier se tend comme un arc au moment où je sens mon couteau déchirer le flanc de mon adversaire.

Il fait un bond en arrière et porte la main à sa blessure. Mon triomphe est de courte durée. J'ai à peine le temps de cligner des yeux qu'il est déjà sur moi. La seconde d'après, je vole à travers la pièce. Je heurte le mur du fond et me ramasse par terre, aussi mou qu'une poupée désarticulée.

— Bombardez-le ! hurlé-je.

Il s'est déjà glissé comme une araignée sournoise vers le canapé qu'il soulève à la force du poignet et balance depuis le bas de l'escalier sur mon équipe du premier étage. Une clameur s'élève, bris de bois et cris de douleur. Je n'ai pas le temps de me demander si tout le monde va bien : le monstre, revenu vers moi, me soulève par les épaules et me plaque contre le mur. Un craquement inquiétant me déchire le thorax. Je crois que mes côtes n'ont pas résisté au choc.

— L'athamé m'appartient autant qu'à toi, me siffle-t-il à la figure dans un dégagement de fumée douceâtre, découvrant ses gencives rances. Il a un dessein propre, il se conformera autant à ta volonté qu'à la mienne. À ton avis, qui sera le plus fort ?

« Un dessein propre. » Tandis que ses mots résonnent dans ma tête, je vois Anna se recroqueviller derrière nous, couverte de ses oripeaux de sang. La blessure à son bras s'est élargie. Elle gît dans une épaisse mare sombre. Ses yeux, entièrement noirs, sont tournés vers le sol, absents. À l'étage, le canapé obstrue la cage d'escalier. Une paire de jambes dépasse d'en dessous. Un goût métallique m'emplit la bouche. J'ai du mal à respirer.

Tout semble perdu quand soudain Carmel apparaît, surgie de nulle part comme une amazone vengeresse, poussant un hurlement de fauve échappé. L'homme obeah se retourne juste à temps pour recevoir une barre de fer en pleine tête. Carmel n'en est pas à son coup d'essai, mais cette fois l'attaque est bien plus efficace, décuplée par la rage. Sonné, le démon tombe à genoux. Carmel ne perd pas une minute et le frappe à tour de bras, déchaînée. Elle qui pensait ne servir à rien !

J'en profite pour planter mon athamé dans la cuisse du monstre qui mugit de douleur ; il rue et parvient malgré nos efforts à attraper la jambe de Carmel. Il ouvre une bouche immense ; un petit claquement humide résonne dans la pièce. Je comprends enfin pourquoi l'homme obeah laisse de si grandes traces de dents dans ses victimes : sa mâchoire inférieure est désarticulée. Horrifié, je le vois enfoncer ses crocs dans la cuisse de Carmel.

— Non ! hurle Thomas, se dégageant des débris du canapé avec l'énergie du désespoir.

Il descend les marches à pas douloureux. Il n'arrivera pas à temps. Je me jette sur l'homme obeah et lui plonge mon couteau dans la joue. Je découperai sa satanée mâchoire s'il le faut !

Carmel pousse un cri perçant. Elle s'agrippe à Thomas qui la tire de toutes ses forces pour l'arracher à l'emprise du crocodile. Je tourne et retourne le couteau à l'intérieur de cette gueule immonde, priant pour ne pas taillader la jambe de Carmel au passage. Il finit par lâcher prise dans un horrible bruit de succion. La maison tout entière tremble de rage avec lui.

Attendez une minute, ce n'est pas *sa* maison, c'est celle d'Anna. C'est de sa rage à elle que les fondations se font l'écho. L'homme, lui, est de plus en plus faible. Une substance gluante s'échappe de ses plaies. Nous roulons à travers la pièce dans un corps à corps poisseux. Il prend le dessus et m'immobilise contre le sol. Tant mieux pour lui, comme ça il ne voit pas l'image funeste qui s'est dressée au-dessus de nous et nous surplombe de toute sa splendeur mortuaire.

Je regrette plus que jamais l'absence d'yeux de mon adversaire au moment où Anna le saisit par le col et le lance comme un fétu de paille contre la cage d'escalier : j'aurais tellement aimé y lire son expression de surprise. Mon Anna est revenue des limbes, prête à combattre. Elle est plus puissante que jamais, galvanisée par la colère. Sauf qu'un flot rouge coule toujours de la blessure à son bras.

L'homme obeah se redresse lentement au milieu des restes de l'escalier éventré. Il prend le temps de s'épousseter puis relève la tête en montrant les dents. Non, c'est impossible. Les plaies que j'ai creusées dans son visage et dans sa jambe ne saignent plus.

— Tu croyais vraiment que tu allais pouvoir me tuer avec mon propre couteau ?

Je cherche Thomas du regard. Il est en train de nouer sa veste en garrot autour de la jambe déchiquetée de Carmel. Je me sens complètement démuni. Si je ne peux pas le tuer avec mon athamé, je ne sais pas comment m'y prendre. Je ne maîtrise pas les autres façons d'anéantir les revenants et personne ne peut m'aider. Toutes mes forces m'abandonnent. La douleur dans mes côtes me semble soudain insupportable. J'ai l'impression que plus aucun os n'est solidaire à l'intérieur de mon thorax. Je suis sur le point de céder au désespoir quand une voix forte me force à rouvrir les yeux :

— Profites-en. Parce que, après ce soir, ce couteau ne sera plus à toi.

Anna me regarde et m'adresse un sourire presque imperceptible.

— Après ce soir, il sera de nouveau à Cas.

— Anna…

Les mots s'étranglent dans ma gorge. J'aurais voulu que ça se passe autrement. Tous les regards convergent vers Anna. Dans un silence de mort, elle prend son élan et s'abat de tout son poids sur le sol. Le parquet vole en éclats. Suffoqué par la poussière et par le bruit, je ne comprends pas ce qu'elle cherche à faire.

C'est alors que je remarque la lumière rouge qui éclaire le visage d'Anna, comme un projecteur posé à ses pieds. Je baisse les yeux : une fissure ardente vient de s'ouvrir entre les lames du plancher.

Anna semble d'abord aussi surprise que moi ; puis un sourire de triomphe se dessine sur ses lèvres. Je n'y crois pas. C'était un coup de bluff ? En tout cas ça a marché, et peut-être au-delà de ses espérances. Elle serre la mâchoire, les mains refermées en deux poings menaçants.

Les adversaires se jaugent un instant ; puis Anna se lance à l'attaque. L'homme obeah lâche un grondement féroce. Même affaiblie, elle reste impressionnante. Les coups fusent, d'une violence surnaturelle. Tout va si vite que j'ai du mal à suivre. Anna réussit à dévisser le cou de son opposant ; il le remet en place la seconde d'après dans un horrible craquement de vertèbres.

Je vois qu'Anna commence à fatiguer. Il faut que je l'aide ; tant pis si mes côtes menacent de transpercer mes poumons à chaque mouvement. Je me laisse glisser sur le ventre, et me mets à ramper en m'aidant de mon couteau que je plante dans le plancher.

Toute la maison vibre de la puissance de l'affrontement. Les murs gémissent ; chaque clou rouillé émet sa complainte, comme pour avertir qu'il ne va pas tenir longtemps. Je grimace, les tympans au bord de la rupture. À cela s'ajoute le fracas énorme des deux corps emmêlés dans la bataille. C'est un miracle qu'ils n'aient pas déjà explosé tous les deux en mille morceaux sanglants.

— Anna !

J'ai beau hurler, je n'ai plus assez d'air. Anna ne m'a pas entendu, occupée à secouer l'homme obeah qui mugit de rage. Il tente de lui assener un coup de tête, mais elle recule, plus rapide. Elle me voit enfin, aplati contre le sol.

— Cas ! Va-t'en d'ici. Aide les autres à sortir ! me crie-t-elle entre ses dents serrées.

— Je ne te laisserai pas !

Je ne sais plus si je l'ai pensé ou si je l'ai dit à voix haute. Mon cœur s'essouffle dans les débris de ma cage thoracique. Tout clignote autour de moi.

Non, je ne peux pas m'évanouir maintenant. Je ne la laisserai pas.

— Anna !

Elle me répond par un râle. L'homme obeah a profité de son moment d'inattention pour planter ses crochets de serpent dans le bras d'Anna. Le sang perle sur les dents du salopard. C'est plus que je n'en puis supporter. Dans un sursaut de révolte, je parviens à me lever pour voler au secours de la fille que j'aime.

Je me jette sur l'homme et le tire par les cheveux pour le forcer à lâcher prise. Sa peau entamée par ma lame claque comme les ouïes d'un poisson. Je plonge à nouveau mon couteau dans ses gencives, essayant de faire levier pour écarter ses mâchoires. Mon regard croise celui d'Anna. Elle réussit à dégager son pied qu'elle lui envoie dans l'estomac. En réunissant nos forces, nous parvenons à le projeter à l'autre bout de la pièce. Il s'écrase contre un mur, à moitié assommé.

— Cassio, il faut que tu sortes d'ici. Je t'en prie !

Une pluie de poussière commence à tomber du plafond. La maison est en train de s'effondrer, aspirée par la crevasse brûlante qu'Anna a ouverte dans le sol. La brèche s'élargit, comme un appel vers l'au-delà. Les Enfers ont faim, il leur faut une victime. Il n'y a pas de retour possible.

— Je ne partirai pas sans toi, soufflé-je en prenant Anna par le bras.

Elle ne fléchit pas d'un centimètre. J'essaie de l'attirer à moi, mais c'est comme si je m'arc-boutais contre une colonne grecque. À un millier de kilomètres, Thomas et Carmel ont atteint la porte et me crient de les rejoindre. Je les entends dévaler les marches du perron. Au moins ils sont hors de danger.

Au milieu de ce désastre, Anna est d'un calme olympien. Elle pose une main sereine sur ma joue.

— Je n'ai aucun regret, murmure-t-elle en me regardant tendrement.

Cet instant de répit est de courte durée. Une seconde plus tard, son œil est redevenu noir et furieux. Elle me repousse, si violemment que je chancelle à travers la pièce avant de perdre l'équilibre et de rouler contre le mur. Mes côtes me font tellement mal que je ne peux même pas crier. Tout ce qui m'importe, c'est de relever la tête pour voir Anna. Elle se rue sur l'homme obeah toujours affalé dans un recoin de la pièce et le soulève à bras-le-corps. Il ne revient à lui qu'au moment où elle commence à reculer vers le trou dans le sol.

Quand il se rend compte de ce qui se passe, je vois la peur resserrer les sutures de ses paupières. Il se met à rouer Anna de coups, martelant ses épaules, son visage. Elle progresse, inflexible, jusqu'à ce que son pied glisse dans la brèche et que toute sa jambe s'embrase d'une lumière rouge.

— Anna !

Ma voix est couverte par l'horrible craquement qui gondole la maison. Je voudrais me lever, mais je ne peux plus. Je suis condamné à regarder ces deux créatures s'enfoncer dans l'abîme comme dans des sables mouvants infernaux ; l'assassin de mon père est en train de disparaître dans des profondeurs inconnues en même temps que mon premier amour.

Dans un ultime sursaut, je me jette par terre et me remets à ramper vers Anna. Un goût de sang et de panique me remplit la bouche. Je sens deux mains me retenir par les épaules. Thomas essaie de me tirer vers la porte. Je nous revois quelques semaines plus tôt, dans cette même situation. J'ai l'impression que dix ans ont passé depuis le soir où j'ai rencontré Anna. Cette fois, je ne me laisse pas faire, et Thomas est obligé de lâcher prise. Il se retourne et court vers l'escalier où ma mère crie à l'aide tandis que la maison se met à ployer dangereusement. La poussière reflue en nappes opaques qui m'empêchent de voir et de respirer.

Anna, je t'en supplie, regarde-moi, prié-je à voix basse ; mais je ne la distingue déjà presque plus. Seules quelques mèches de ses cheveux surnagent au-dessus du sol. Thomas est à nouveau sur moi, il me traîne de toutes ses forces en arrière. Je fends l'air de mon athamé, manquant l'érafler au passage. Malgré ma résistance, nous sommes déjà sur la terrasse. Thomas me fait rouler au bas des marches du perron. La douleur me suffoque. Il y a des coups de couteau qui se perdent ; puis il me tire jusqu'au bout du jardin où Morfran s'appuie sur l'épaule de ma mère, et Carmel sautille, en équilibre sur une jambe.

La bouche pâteuse, j'essaie de dire à Thomas de me lâcher, de me laisser tranquille, mais rien ne sort.

— Oh ! s'exclame quelqu'un tandis que je me débats vainement comme un animal blessé.

Je me retourne, l'œil attiré par la lumière rouge qui vient d'embraser la maison. L'espace d'une seconde, l'édifice ressemble à un cœur qu'on brandirait dans la nuit sombre, battant de ses dernières forces. Puis il explose. Les murs s'effondrent sur eux-mêmes dans un crépitement assourdissant ; un nuage de fumée, de clous et d'échardes envahit l'espace.

Quelqu'un s'est jeté sur moi, m'enfouissant la tête dans le sol pour me protéger. Pourtant je voulais voir. Peut-être l'aurais-je aperçue une dernière fois.

Épilogue

Je n'aurais jamais pensé qu'on réussirait à inventer une histoire crédible pour justifier nos blessures à l'hôpital où nous nous sommes présentés ce soir-là. Sauf que les gens sont prêts à croire n'importe quoi quand on leur met sous les yeux une blessure qui ressemble à une morsure de loup-garou. Ils veulent rationaliser. Va donc pour le scénario catastrophe où un groupe de randonneurs se fait attaquer par un ours sauvage au cœur de la nuit.

Un ours, oui, vous avez bien entendu. Qui n'a mordu que Carmel et m'a envoyé valser dans un arbre alors que j'essayais de lui faire lâcher sa proie. Pareil pour Morfran. Pareil pour Thomas. Tout le monde s'est mangé un arbre sauf ma mère, qui s'en est sortie sans une égratignure. Les ours ont leurs raisons, c'est comme ça.

Seuls Carmel et moi avons été admis aux urgences. Elle écope d'une bonne trentaine de points de suture et d'un traitement contre la rage – c'est ce qu'on gagne à se faire bouffer par une bête sauvage. Quant à moi, je gis sur un lit, le torse entièrement plâtré. Tant pis si je meurs d'asphyxie, au moins mes côtes seront ressoudées. Ils m'ont fait une batterie d'examens pour vérifier l'état de mon foie. J'étais tellement jaune à mon arrivée qu'ils se sont inquiétés ; mais tout est rentré dans l'ordre, je n'ai aucune séquelle.

Ma mère et Thomas se relaient à mon chevet. Une fois par jour, ils poussent le fauteuil roulant de Carmel jusque dans ma chambre pour qu'on regarde la télé ensemble. Personne ne dit rien, mais je sais qu'ils pensent tous qu'on a eu de la chance de s'en sortir aussi bien. Ça aurait pu être pire. C'est peut-être vrai, mais je suis content qu'ils ne le formulent pas à voix haute. Ça me rendrait fou de rage au milieu de mon chagrin. Si on est à peu près sains et saufs, du moins physiquement, on ne peut pas en dire autant de la personne à qui nous devons la vie.

Anna s'est sacrifiée pour nous. Dieu seul sait où elle est maintenant. La pensée de sa disparition m'est insupportable. Je passe mes journées à me demander ce que j'aurais pu faire pour la sauver. En même temps en réfléchissant ainsi, je ne rends pas justice au dévouement de ma belle, de ma stupide Anna ; alors j'essaie juste d'encaisser et d'accepter, mais c'est dur.

Quelqu'un frappe à ma porte. Thomas apparaît sur le seuil. Je presse un bouton pour mettre mon lit en position assise et l'accueillir comme il se doit.

— Salut ! dit-il en s'asseyant dans un fauteuil. Tiens, tu ne finis pas ta gelée ?

— Non. Mais sers-toi, si ça te tente.

— Sans façon, je voulais juste vérifier que tu avais gardé goût à l'existence.

Je ne peux pas m'empêcher de pouffer.

— Aïe ! Ah bravo, merci de me faire rire, gros malin.

Thomas me sourit. Je suis tellement soulagé qu'il n'ait rien. Un ange passe, puis il s'éclaircit la gorge, avant de lâcher :

— Tu sais, Carmel et moi, on est désolés pour Anna. On l'aimait bien, au fond, même si elle était un peu flippante. Et puis surtout on sait que tu…

Il s'interrompt et rougit légèrement. Je finis mentalement sa phrase : « … que je l'aimais. »

— Tout ce qui s'est passé dans cette maison, mec, c'était dingue ! enchaîne Thomas. On se serait cru dans *Poltergeist*. Le deuxième, celui qui fait vraiment peur avec le vieux, là.

Il marque à nouveau une pause.

— On y est retournés, Morfran et moi, pour inspecter les décombres, voir s'il restait quelque chose. On n'a rien trouvé. Même les esprits des victimes d'Anna ont disparu.

Une boule se forme dans ma gorge. Si les esprits ne sont plus là, c'est que le charme qui les retenait prisonniers a été rompu. Je devrais m'en réjouir ; mais malgré moi j'espérais qu'il resterait une trace d'Anna, un signe m'indiquant que je ne l'ai pas tout à fait perdue. Il faut que je me résigne, et l'injustice de la situation me tord l'estomac. C'était mon premier amour, la seule avec qui j'aurais pu être heureux. Nous n'avons eu que deux mois ensemble. C'est si peu ! Après tout ce qu'on a traversé dans nos existences respectives, je ne comprends pas que le destin s'acharne à ce point.

Je ne suis qu'un idiot de croire que l'univers me doit quoi que ce soit. Il se fiche de savoir ce qui est juste ou non. Ça ne fonctionne pas comme ça. J'ai passé mes premières journées à l'hôpital à pleurer de désespoir comme une victime impuissante ; mais, avec le temps, je finis par voir les choses autrement. Plus je réfléchis, plus je me dis que ce lien qui m'unit à Anna ne peut pas être tout à fait rompu. Si elle n'appartient plus au monde visible, elle a laissé une porte ouverte derrière elle. Je ne sais pas sur quoi donne cette porte, mais il suffit juste d'en tourner la poignée.

— Qu'est-ce qu'il y a de si drôle ?

Je regarde Thomas avec stupéfaction avant de me rendre compte que je m'étais mis à sourire.

— La vie. Et la mort, murmuré-je en haussant les épaules.

Thomas réprime un soupir. Je le vois faire un effort sur lui pour prendre un ton guilleret :

— Je suppose que tu vas bientôt quitter la ville ? Partir pour une nouvelle mission ? Ta mère nous parlait d'un wendigo, l'autre jour…

Je pouffe à nouveau, ce que mes côtes me font aussitôt regretter. Thomas rit aussi, mais je sens bien qu'il se force. Il sait que nous n'allons plus nous voir, et il essaie à grand-peine de me cacher sa tristesse.

— Où est-ce que…

Il s'arrête et réfléchit un quart de seconde par peur de me heurter.

— Où est-ce que tu penses qu'elle est, maintenant ?

Je regarde longuement mon ami à l'expression si franche, si bienveillante.

— Je ne sais pas, dis-je doucement.

Un éclat malicieux s'allume dans mon regard.

— Ce dont je suis sûr, c'est que je vais la retrouver. Et pour ça, j'aurai bien besoin que vous m'aidiez, Carmel et toi.

Remerciements

Il faut du courage pour se lancer dans l'écriture ; je pourrais remplir un deuxième livre avec tous les remerciements que je voudrais adresser à ceux qui m'y ont aidée. J'essaierai de faire plus court et commencerai par mon agent, Adriann Ranta, et mon éditrice, Mellisa Frain, à qui je dois beaucoup. Vous avez tous les deux contribué à rendre Anna plus forte ; un écrivain ne peut pas rêver être mieux entouré. Je voudrais également citer Bill et Mary Jarret, propriétaires du Country Cozy Bed and Breakfast de l'authentique ville de Thunder Bay en Ontario et les remercier pour leur hospitalité et pour m'avoir éclairée sur l'histoire de la ville. Comme toujours, merci à mon équipe de terrain, Susan Murray, Missy Goldsmith et mon frère, Ryan Vander Venter. Merci à Tybalt pour sa compagnie bienveillante et à Dylan, mon porte-bonheur.

Pour finir en beauté, merci aux lecteurs, de tout âge et de tout pays. Le monde a besoin de vous.

PAPIER À BASE DE FIBRES CERTIFIÉES

Le Livre de Poche s'engage pour l'environnement en réduisant l'empreinte carbone de ses livres. Celle de cet exemplaire est de :
400 g éq. CO_2
Rendez-vous sur www.livredepoche-durable.fr

« Pour l'éditeur, le principe est d'utiliser des papiers composés de fibres naturelles, renouvelables, recyclables et fabriquées à partir de bois issus de forêts qui adoptent un système d'aménagement durable. En outre, l'éditeur attend de ses fournisseurs de papier qu'ils s'inscrivent dans une démarche de certification environnementale reconnue. »

Édité par Librairie Générale Française – LPJ
(58, rue Jean Bleuzen, 92178 Vanves Cédex)

Composition PCA
Achevé d'imprimer en Espagne par CPI
Dépôt légal 1re publication : mars 2016
23.9914.7/01 – ISBN : 978-2-01-319302-3
Loi n° 49-956 du 16 juillet 1949 sur les publications destinées à la jeunesse
Dépôt légal : mars 2016